KB128376

 6

초판 1쇄 인쇄일 2019년 5월 16일 | **초판 1쇄 발행일** 2019년 5월 21일

지은이 조휘 | **펴낸이** 곽동현 | **담당편집 팀장** 이범수
편집부 정요한 홍현주

펴낸곳 (주)조은세상 | **출판등록** 제2002-23호
주소 경기도 연천군 미산면 청정로1355
TEL 02)587-2966 | FAX 02)587-2922
E-mail bukdu@comics21c.co.kr

조휘ⓒ2019
ISBN 979-11-6432-245-9 | ISBN 979-1-89785-63-5(set)
값 8,000원

독재자

조휘 대체역사 장편소설

ALTERNATIVE HISTORY FICTION

6

조휘 대체 역사 장편소설

NEO ALTERNATIVE HISTORY FICTION

CONTENTS

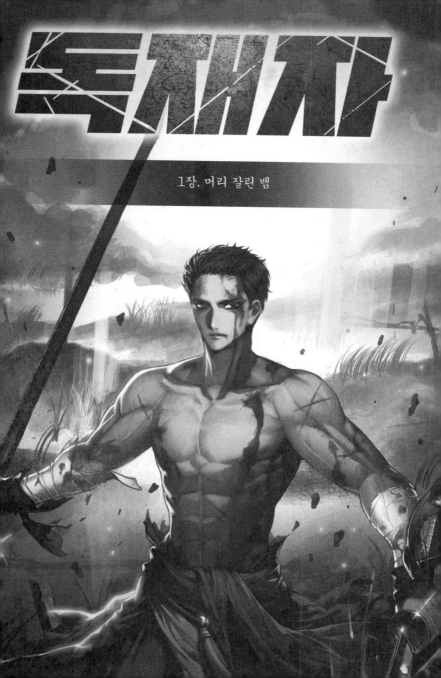

독재자

1장. 머리 잘린 뱀

나오에 가네쓰구는 과연 보통내기가 아니었다. 이런 상황
에서는 누구나 당황해하기 마련인데, 그는 이준성의 언월도
를 보기 무섭게 바닥에 주저앉듯 급히 상체를 수그려 피했다.
잠을 자던 사람의 반응이라고는 믿을 수 없는 신속함이었다.

그러나 웬걸 이준성의 언월도는 그보다 더 신속했다. 언월
도의 강철 칼날이 나오에 가네쓰구의 등을 자르며 지나갔다.

이준성은 나오에 가네쓰구가 엎어지며 붉은 피가 무지개
처럼 튀어 오를 거라 예상했다. 그러나 예상은 빗나가기 마련
이었다. 막사 한편에 놓인 거치대로 달려가 그곳에 있던 왜도
를 뽑아 손에 쥔 나오에 가네쓰구가 재빨리 돌아선 것이다.

이준성은 언월도에 베인 나오에 가네쓰구가 쓰러지지 않은 이유를 어렵지 않게 알아낼 수 있었다. 나오에 가네쓰구는 옷 안에 두꺼운 갑주를 걸친 상태로 잠을 자던 중이었다.

이준성은 피식 웃었다.

"과연 호락호락 당해 줄 만큼 초짜는 아니라 이건가?"

그때였다. 등잔이 뿜어내는 희미한 불빛을 통해 자객의 정체를 확인한 나오에 가네쓰구의 눈빛이 눈에 띄게 흔들렸다.

"……시노카미?"

"후후. 악감정은 없다만, 당신이 죽어 줘야 내가 편해서 말이야."

그의 말을 알아들을 리 없는 나오에 가네쓰구는 미간을 찌푸리며 막사 문을 바라보았지만, 막사 입구를 지키던 나오에 가문의 호위 무사들은 주인을 구하러 들어올 생각을 하지 않았다. 이미 사신에게 당해 이 세상 사람이 아닌 탓이었다.

호위 무사 전부가 황천길을 건넜단 사실을 깨달은 나오에 가네쓰구는 비장한 표정으로 이준성을 가슴을 베어 왔다. 이준성은 언월도로 나오에 가네쓰구가 휘두른 왜도를 막아 갔다.

카앙!

언월도와 왜도가 중간에서 부딪치며 맑은 쇳소리가 울리는 순간, 나오에 가네쓰구의 왜도가 손을 빠져나와 천장으로 날아갔다. 마치 거인이 손에 든 왜도를 빼앗아 간 것 같았다.

나오에 가네쓰구는 황당한 표정으로 이준성을 바라보며 서 있었다. 임진왜란에서 살아 돌아온 생존자의 전언을 통해 시노카미란 이름을 귀에 딱지가 앉을 정도로 자주 들었지만, 실제로 대적해 본 그는 오히려 소문 이상이었다.

씩 웃은 이준성은 언월도를 한 번 더 베어 갔다. 곧 나오에 가네쓰구의 잘린 머리가 허공으로 둥실 떠올랐다. 막사 안을 가득 채운 짙은 피 냄새를 맡으며 잠시 서 있던 이준성은 북쪽 벽으로 몇 발자국 걸어가 언월도를 밑으로 내리쳤다.

부욱!

곧 막사 벽이 잘리며 한 사람이 빠져나갈 공간이 생겼다. 구멍을 통해 밖으로 나온 이준성은 잠시 벽에 서서 귀를 기울여 보았다. 그때, 나오에 가문의 가신들이 막사 안으로 뛰어드는 소리가 들렸다. 그는 가져온 천왕뢰 하나를 점화시켜 막사 안으로 던지고선 반대편으로 전력을 다해 뛰었다.

막사와 30미터쯤 거리를 벌렸을 때였다.

콰콰쾅!

막사가 통째로 폭발하며 붉은 화염이 밤하늘을 크게 수놓았다. 달리기를 멈춘 그는 돌아서서 뒤를 확인했다. 수백 조각으로 찢겨 날아간 막사 안에서 불이 붙은 나오에 가문 가신이 허우적거리며 뛰쳐나왔다. 근처에 있던 부하들이 불을 꺼주려고 달려갔지만, 오히려 고통만 더 가중될 뿐이었다.

이준성은 북쪽으로 올라가 주위를 둘러보았다. 곧 한명련이 지휘하는 흑룡대대 병사들이 나오에 가네쓰구의 진영을 습격하는 모습이 눈에 들어왔다. 흑룡대대 병사들은 마치 소리를 내지 않는 암살자처럼 나오에 가네쓰구의 진영에 스며들어 치명적인 살수를 가했다. 그러나 마지막 공격은 전혀 조용하지 않았다. 흑룡대대 병사들은 천왕뢰 등을 적극적으로 활용해 나오에 가네쓰구의 진영을 불바다로 만들었다.

이준성은 기습에 앞서 흑룡대대 병사들에게 나오에 가네쓰구의 진영 어딘가에서 불길이 치솟으면 천왕뢰 등으로 타격한 후에 빠져나오란 명령을 내렸다. 흑룡대대 병사들은 그 명령을 충실히 이행해 나오에 가네쓰구의 진영을 불바다로 만든 다음, 미리 정해 둔 퇴각 지점으로 재빨리 이동했다.

나오에 가네쓰구의 진영 안에서 갑자기 치솟아 오른 불기둥 수십 개는 다른 지역에 주둔한 우에스기 카게카츠와 유키 히데야스, 마쓰다리아 다다요시의 시선을 끌기에 충분했다.

곧 왜군 수천 명이 나오에 가네쓰구의 병사들을 구하기 위해 급히 달려왔다. 그러나 그들이 도착했을 때는 이미 집결을 마친 흑룡대대가 질서정연한 모습으로 퇴각하는 중이었다.

하지만 왜군 역시 쉽게 물러서지 않았다. 초전에서 패하면 병사의 사기가 떨어질 수 있는 탓에 추격을 포기하지 않았던 것이다.

마지막까지 남아 흑룡대대의 퇴각을 지휘하던 이준성은

한명련에게 시작하란 신호를 보냈다. 한명련은 즉시 부하들에게 퇴각 지점에 쌓아 둔 나뭇더미에 부비트랩을 설치하라는 명령을 내렸다. 잠시 후, 퇴각 지점을 돌파해 추격하려던 왜군은 발밑에서 폭발한 지뢰 3호에 당해 큰 피해를 보았다. 더구나 지뢰 3호가 폭발할 때, 쌓아 둔 나뭇더미에 불까지 붙는 바람에 추격이 여의치 않아 결국 포기할 수밖에 없었다.

나오에 가네쓰구를 제거한다는 1차 목표와 왜군의 사기를 떨어뜨린다는 2차 목표를 모두 완수한 흑룡대대는 가벼운 발걸음으로 진주성에 복귀해 해가 떠오를 때까지 휴식을 취했다.

그러나 이준성은 쉬지 않았다. 그는 곧장 작전상황실로 이동해 그동안 바뀐 사안이 있는지를 점검하며 날이 밝기만을 기다렸다.

살짝 피곤한 모습을 보이는 권율이 다가와 권했다.

"이제 눈을 좀 붙이시는 게 어떻겠사옵니까?"

이준성은 피식 웃으며 고개를 저었다.

"휴식은 나보다 권 장관이 더 필요한 것 같은데."

"소장은 아직 괜찮사옵니다."

이준성은 고개를 저었다.

"이제 시작이오. 무리하지 마시오. 나야 체력밖에 자랑할 게 없는 사람이라 괜찮지만 권 장관은 좀 쉬어야 하오. 상황실에는 내가 있겠소. 권 장관은 가서 눈을 좀 붙이도록 하시오."

이준성은 거절하는 권율에게 어명을 내려 강제로 쉬게 했다. 권율은 올해 예순이었다. 쉬어 가며 일해야 몸에 무리가 가지 않았다.

자정 전까지는 쉴 새 없이 들어오던 전령이 새벽 무렵에는 뚝 끊겼으므로 심심해진 그는 나오에 가네쓰구에 관해 생각했다.

아니, 나오에 가네쓰구에 관해 생각했다기보다는 진주성을 노리는 적의 5만 대군에 관해 생각했다.

나오에 가네쓰구 한 명을 없앴다고 이길 수 있는 것은 아니었다. 우에스기 가문의 가신들은 물론이거니와 도쿠가와 이에야스가 두 아들에게 딸려 보낸 미카와의 가신들 역시 뛰어나긴 마찬가지였다.

그러나 우에스기 카게카츠와 나오에 가네쓰구는 평범한 주군과 가신 사이가 아니었다. 평생을 함께한 동반자에 가까운 관계여서 그의 죽음은 주장을 맡은 우에스기 카게카츠를 심적으로 흔들 가능성이 농후했다.

이준성의 노림수는 제대로 통했다. 왜군은 날이 밝기 무섭게 총공격을 가해 왔다. 만일 나오에 가네쓰구가 죽지 않았다면 하루에서 이틀 정도는 상대가 가진 전력을 탐색하기 위해 간을 보는 시간을 가졌을 테지만, 잔뜩 흥분한 지금은 탐색이고 뭐고 없었다. 마치 머릿속에 복수밖에 들어 있지 않은 듯했다.

그런 이유로 진주성 동문을 공격하는 우에스기군의 공세가 가장 지독해 성벽을 지키는 수비군 피해가 점점 늘어났다.

한편, 동문이 위험하다는 보고를 받은 이준성은 바로 그쪽으로 달려가 전황을 살폈다. 그는 곧 수비군이 곤경에 빠진 이유를 알아낼 수 있었다. 성벽을 지키는 수비군은 성첩 밖에서 날아드는 조총 탄환과 화살 세례에 맥을 못 추었다.

이준성은 즉시 명령을 하달했다.

"성첩 밖으로 몸을 내밀지 마라! 몸을 내밀면 적의 표적지가 될 뿐이다! 차라리 놈들을 성벽 안으로 끌어들여 해치워라!"

이준성의 목소리를 들은 수비군은 성벽 안으로 물러나 왜군이 성첩을 넘어올 수 있게 공간을 만들어 주었다. 잠시 후, 개미 떼처럼 성첩을 기어오른 왜군이 수비군을 덮쳤다.

그 모습을 본 이준성은 급히 명령을 내렸다.

"지금이다! 앞으로 돌진해 놈들을 깡그리 해치워라!"

이준성의 목소리를 들은 수비군은 즉시 앞으로 달려가 성첩을 넘어온 왜군을 베어 갔다. 명령을 내린 이준성 또한 앞으로 달려가 왜군을 베어 넘기기 시작했다. 언월도가 햇빛을 받아 번쩍거릴 때마다 핏물이 무지개처럼 허공을 수놓았다.

왜군 세 명이 찌른 창을 언월도로 튕겨 낸 이준성은 급히 상체를 숙이며 아래쪽을 베어 갔다. 무릎과 허벅지가 잘려 나간 왜군 세 명이 피바다 속에 누워 허우적거렸다. 그때, 왼쪽에서 덮쳐 온 왜군이 왜도로 이준성의 옆구리를 베어 왔다.

반 바퀴 돌아 피한 이준성은 왜군의 목덜미를 잡아 성벽 밖으로 던져 버렸다. 날아간 왜군은 성첩을 올라오던 왜군 두 명을 볼링 핀처럼 쓰러트린 후에야 밑으로 떨어졌다.

그렇게 10분쯤 싸웠을 때, 수비군은 성첩을 넘어온 왜군을 몰아내며 성벽을 다시 수복하는 데 성공했다. 이준성의 작전이 제대로 통한 셈이었다. 그다음부터는 전투가 비슷한 양상으로 흘러갔다. 왜군이 성첩을 넘어와 공격하면 대기하던 수비군이 밀물처럼 몰려가 적을 다시 성벽 밖으로 밀어내 버렸다.

그런 식으로 다섯 차례 공방이 이어졌을 때 마침내 왜군이 퇴각했다. 그날 하루 전투에서 왜군은 천여 명이 넘는 사상자를 냈지만, 전투가 끝날 때까지 공격을 멈추지 않았다. 우에스기 카게카츠의 분노가 여기까지 전해지는 듯했다.

왜군이 이튿날에 가한 공세는 첫날보다 더 지독해 결국 동벽을 왜군에게 내준 상태에서 진주성 내성으로 후퇴해야 했다.

그러나 이준성은 여유를 잃지 않았다. 지금까지의 전황은 그가 예측한 대로 흘러가는 중이었다.

그는 셋째 날, 비룡여단장 하구로에게 잘 버티던 적룡대대와 황룡대대, 백룡대대 병사들을 내성으로 후퇴시켜 전선을 축소하란 명령을 내렸다. 수비군이 내성으로 완전히 후퇴하는 바람에 진주성 성문 네 곳을 모두 점령한 왜군은 곧 포위망을 두텁게 펼쳐 안에 갇힌 진주성 수비군이 도망치지 못하게 만들었다.

그러나 구석에 몰린 쥐가 고양이를 문다는 속담처럼 내성으로 퇴각한 진주성 수비군은 왜군의 끈질긴 공세를 버텨 내며 이틀을 더 견뎠고, 마침내 닷새를 모두 채우는 데 성공했다.

전투 개시 후 닷새는 그가 전군에 내려놓은 반격 시점이었다.

이준성은 다음 날 아침, 병사들에게 새 무기를 지급한 상태에서 대대적인 반격 작전을 준비했다. 그러나 작전은 동쪽에서 전해진 급보 하나로 인해 잠시 늦춰질 수밖에 없었다.

"강문우 장군이 적의 흉탄에 맞아 전사했사옵니다!"

이준성은 벌떡 일어나 떨리는 목소리로 물었다.

"강문우가 죽었어?"

"그렇사옵니다! 시마즈군이 주도한 일점 돌파 공격을 직접 저지하던 중 적 조총 부대의 집중사격을 받아 전사했사옵니다!"

"빌어먹을!"

분노한 이준성이 의자 팔걸이를 부쉈을 때, 두 번째 전령이 도착했다. 이준성은 암담한 기분을 느끼며 전령을 응시했다.

◆ ◇ ◆

두 번째 전령이 바닥에 무릎을 털썩 꿇으며 보고했다.

"왜장 다테 마사무네가 지휘하는 별동대가 아시온군 서쪽 측면을 돌파해 후방에 있던 천궁포병여단을 기습했사옵니다! 천궁포병여단은 급히 퇴각하였사오나, 그 와중에 포병여단 여단장 김국신 장군이 적의 매복에 걸려 전사했사옵니다!"

전령의 보고가 끝나기 무섭게 장내는 찬물을 뒤집어쓴 것처럼 조용해졌다.

그러나 불행은 혼자 오지 않는다는 말처럼 곧이어 세 번째 전령이 당도해 나쁜 소식을 하나 더 전했다.

"전선을 돌파한 다테 마사무네의 병력 일부가 전선을 크게 우회해 진주성 서쪽으로 이동 중인 모습을 확인했사옵니다!"

냉정함을 되찾은 이준성은 차분한 목소리로 전령에게 물었다.

"그럼 아시온군은 지금 누가 지휘하는 중인가?"

"소인이 마지막에 듣기론 참모장 권응수 장군이라 했사옵니다!"

이준성은 고개를 돌려 권율을 보았다. 원래 의병장 출신이던 권응수는 이일, 정기룡, 이정암 등과 1,593년에 벌어진 소양강회전에 조선군 일원으로 참전했다가 패하며 포로로 잡혔다.

포로로 잡힌 그는 그로부터 2년가량을 단천, 영흥에 있는 광산을 떠돌며 노역하던 중에 국방부장관 권율의 설득을 받아 한국군에 합류했다.

이준성 역시 한국군에 있는 조선군 출신 장병의 사기를 끌어올리기 위해 권응수, 이일, 정기룡, 이정암 같은 포로 출신 항장을 적극적으로 기용했다.

권응수는 이후 포로 출신 항장을 대표하는 장수로 성장해 아시온군 이인자인 참모장이 되어 강문우를 보좌하던 중이었다.

한데 강문우가 적의 흉탄에 맞아 전사하는 바람에 아시온군 6만 명을 지휘할 수 있는 권한이 권응수에게 돌아간 것이다.

권응수가 그에게 맡겨진 6만 병력을 잘 통솔해 피해를 최소화한 상태에서 반격에 나선다면 그보다 좋을 수 없지만, 이준성으로선 그 반대의 상황 역시 고려하지 않을 수 없었다.

조선 왕실에 미련을 가진 권응수가 반란을 일으킨다면 상황이 지금보다 훨씬 복잡하게 흘러갈 위험이 있었다.

물론 권응수 밑에 있는 흑표사단, 백랑사단, 절강사단, 금강사단, 자유사단, 천궁포병여단 등은 이준성에게 절대적으로 충성하는 부대라, 권응수의 반란이 통하지 않을 가능성이 컸다.

하지만 권응수가 교묘한 방법으로 이준성의 패전을 획책한다면 휘하에 있는 장수들이 그의 의도를 눈치 채지 못할 확률이 높았다. 권응수가 휘하 장수들에게 지엄한 군령을 내세워 막아야 할 곳을 열어 주거나 가지 말아야 할 곳에 가라는 명령을 내린다면, 장수들은 따르지 않을 도리가 없을 테니까 말이다.

이심전심이란 말은 이런 때를 위해 쓰는 말인 듯했다.

그의 생각을 읽은 권율이 차분한 목소리로 대꾸했다.

"권응수 장군은 걱정하실 필요가 없을 것이옵니다, 전하. 권응수 장군은 소장이 만나 본 장수 중에 능력이 가장 뛰어날 뿐만 아니라 그동안 전하께서 보여 주신 성은에 크게 감복한 상태라 왜적이 쳐들어온 이러한 중차대한 시기에 감히 다른 마음을 품는 배은망덕한 짓은 하지 않을 것이옵니다."

잠시 생각한 이준성은 결국 고개를 끄덕였다.

"좋소. 권 장관의 조언대로 권응수 장군을 믿어 보겠소."

이준성은 권응수를 육군참모총장 및 아시온군 총사령관에 정식으로 임명하는 교지를 전령에게 주어 밀양으로 보냈다.

이준성은 다시 권율에게 물었다.

"전사한 김국신의 자리에는 누가 좋겠소?"

"이정암 장군을 임명하시옵소서. 그는 소장처럼 문관 출신이지만, 병법과 무리에 밝아 일군을 이끌 능력이 충분하옵니다."

"이정암이면 연안 전투를 승리로 이끈 장수가 아니오?"

"그렇사옵니다. 의병 1,400명으로 5,000명이 넘는 구로다

나가마사의 병력을 닷새 넘게 막아 황해도를 지켜 낸 명장이옵니다."

이준성은 왠지 미심쩍어 다시 물었다.

"그가 과연 잘 모르는 분야인 포병부대를 지휘할 수 있겠소?"

"포병의 핵심은 지휘관이 아닌 화포를 운용하는 포병에게 있사옵니다. 지휘관이 꼭 화포에 정통해야지만 그들을 이끌 수 있는 것은 아니란 뜻이옵니다. 소장의 소견으로는, 이정암 장군처럼 냉정한 판단력을 지닌 장군이야말로 포병과 같이 냉정함이 필요한 부대에 아주 적격일 거라 보옵니다."

"으음. 일리가 있는 의견이군."

권율의 의견에 동의한 이준성은 전령을 불러 아시온군 참모부에 있던 이정암을 천궁포병여단 여단장으로 영전한단 교지를 내렸다. 교지를 받은 전령은 즉시 밀양으로 돌아갔다.

급한 일을 처리한 이준성은 진주성 후위를 노리는 다테군을 어찌 막을지를 논의했다. 그가 반격에 나섰을 때 다테군이 비어 있는 진주성을 함락한다면, 다리가 끊어져 돌아갈 방법이 사라졌다. 또 다테군이 진주성을 버려 둔 상태에서 그의 뒤를 추격해 오면, 후위가 어지러워져 작전에 차질을 빚을 확률이 높았다.

어느 쪽이든 좋은 상황은 아니었다.

권율은 고개를 저었다.

"다테군을 막기 위해 병력을 나누면 가진 전력을 반격에 온전히 쏟아붓지 못한 탓에 천추의 한을 남길 위험이 있사옵니다."

"그럼 권 장관은 다테군을 어찌하잔 거요?"

"내버려 두시옵소서."

"내버려 둬라?"

"그렇사옵니다. 우리가 적진 깊이 치고 들어가면 퇴로가 차단당하는 상황을 염려한 다테군이 알아서 물러갈 것이옵니다."

이준성은 감탄한 표정으로 고개를 끄덕였다.

"위험한 수로군. 하지만 성공한다면 그보다 좋을 수는 없겠지."

"그렇사옵니다. 비록 강문우 장군이 방어에 실패해 작전에 잠시 차질을 빚긴 했지만, 작전을 처음 세울 때 정한 목표는 크게 달라지지 않았사옵니다. 전하께서 이끄시는 강력한 반격군이 해안을 따라 적진을 깊이 관통하면, 지금까지 발생한 문제들 역시 그에 따라 자연히 풀릴 것이옵니다."

"권 장관의 말이 모두 이치에 맞는 것 같소."

고개를 끄덕이며 자리에서 일어난 이준성은 천마여단장 원충서와 비룡여단장 하구로 두 명을 불러 물었다.

"반격 준비는 끝났는가?"

두 여단장은 자신감 넘치는 목소리로 동시에 대답했다.

"그렇사옵니다, 전하!"

"둘 다 소문을 들어 알겠지만, 현재 우리가 처한 상황이 그렇게 좋은 편이 아니다. 우리가 이번 반격 작전에 실패해 뒤로 물러서면 밀양에 주둔한 아시온군이 전멸할 수 있단 뜻이다. 두 장군은 그 점에 유의해 필사즉생의 각오로 임하라."

"명심하겠사옵니다!"

"좋다. 30분 후인 6시 30분에 작전을 시작하겠다. 공격 순서는 어제 얘기한 대로 비룡여단, 흑룡대대, 천마여단 순이다."

원충서와 하구로는 거의 동시에 주머니에 든 시계를 꺼내 시간을 확인했다. 이준성 역시 그가 가진 시계를 꺼내 장수들이 가진 시계와 시간이 일치하는지를 확인하는 과정을 거쳤다.

이준성이 이번 전쟁을 준비할 때 뇌우 1호와 같은 무기만 개발한 것은 아니었다. 그는 작전의 효율성을 높이기 위해 시계와 망원경, 나침반과 같은 기기를 개발해 나누어 주었다. 물론 현대적인 관점에서 보면 세 기기 모두 조악한 수준에 머물렀지만, 16세기 말 관점에 보면 천지가 개벽할 만한 혁신과 다름없었다.

기껏해야 모래시계가 전부인 상황에서 시간을 정밀하게 표시할 수 있는 회중시계의 등장은 가히 혁명에 가까운 일대 사건이었다.

또 유리로 만든 망원경과 전보다 더 정확해진 나침반의 보급은 작전의 세밀함을 좀 더 끌어올려 주었다.

원충서와 하구로는 세 사람이 가진 시계의 시간이 일치한단 사실을 확인하기 무섭게 곧장 자기 부대로 돌아가 대기했다.

이준성은 그사이 부관 정충신의 도움을 받아 검은색으로 착색한 웅장한 외관의 강철 갑옷을 서둘러 착용했다. 강철 갑옷을 다 착용한 다음에는 마지막으로 앞에 바이저가 달린 헬멧 형태의 투구를 머리 위에 덮어썼다. 투구 바이저 앞에는 붉은색과 하얀색 물감으로 그린 해골 그림이 그려져 있어 담이 약한 사람은 제대로 쳐다보기조차 어려웠다.

갑옷의 관절이 제대로 움직이는지 확인하던 이준성은 정충신 역시 그처럼 완전무장한 상태로 서 있단 사실을 깨달았다.

"갑옷은 왜 입었지?"

정충신은 그 말을 기다렸다는 듯 바닥에 넙죽 엎드렸다.

"전하 옆에서 싸워 보고 싶사옵니다. 부디 윤허해 주시옵소서."

"네가 올해 몇 살이지?"

"스물하나이옵니다."

"흐음, 벌써 그렇게 되었나?"

정충신은 머리를 조아리며 다시 간청했다.

"부디 윤허해 주시옵소서."

이준성은 고개를 끄덕였다.

"좋다. 하지만 조건이 하나 있다. 네가 내 부관이긴 하지만 전장에서까지 내 부관일 필요는 없다. 모난 놈 옆에 있다가 정 맞는단 속담처럼 내 옆에 있으면 나를 노린 칼에 네가 대신 맞을지 모른다. 그렇다고 내가 너까지 신경 쓰며 싸울 순 없는 노릇이니 한명련 장군과 같이 있도록 해라."

"성은이 망극하옵니다."

대답한 정충신은 신이 나서 마구간에 있는 흑왕을 데려왔다. 흑왕 역시 곧 벌어질 전투에 대비해 두꺼운 갑옷을 두른 모습이었다. 흑왕은 오랜만에 치르는 실전에 잔뜩 흥분한 듯 연신 콧김을 내뿜으며 머리를 가만히 놔두지 못했다.

이준성은 고삐를 잡아당겨 흑왕을 진정시켰다.

"이번 전투에서 대승을 거두면 목장에 있는 암말 전체와 혼인할 수 있게 해 주마. 몇 년 후엔 네 씨를 받은 새끼들이 천하를 질주할 거란 뜻이지. 어때? 내 제안이 마음에 드느냐?"

흑왕은 입술을 푸르르 떨며 다리로 땅을 파헤쳤다.

"하하! 이렇게 좋아하는 걸 보니 네놈 역시 사내긴 사내구나!"

껄껄 웃은 이준성은 흑왕 위에 올라타 시간을 확인했다.

6시 25분으로 공격 개시까지는 약 5분이 남아 있었다.

잠시 후, 준비를 완벽히 마친 한명련과 흑룡대대 기병 1,000명이 완전무장한 상태에서 이준성 뒤에 세모꼴로 진형을 잡았다. 이준성에게 참전을 허락받은 정충신 또한 그에게 주어진 군마에 올라탄 뒤 한명련 옆으로 말을 몰아갔다.

잠시 후, 권율을 비롯한 국방부 관계자들이 작전상황실에서 나와 이준성과 그가 이끄는 반격군의 무운을 빌어 주었다.

마침내 시계의 분침이 6시 30분을 가리켰을 때였다.

내성 성벽 위에 올라가 부하들을 지휘하던 비룡여단장 하구로가 적을 공격하라는 명령을 내렸다. 곧 흑룡대대를 제외한 비룡여단 병력 7,000명이 뇌우 1호와 각궁을 발사해 내성을 포위한 왜군을 기습했다. 지금까지는 왜군이 먼저 공격하면 비룡여단이 반격하는 식이었는데 오늘은 달랐다.

개전 이래 처음으로 비룡여단이 먼저 왜군에게 싸움을 걸었다. 뇌우 1호가 쏟아 낸 탄환 수천 발이 왜군 진영을 가르는 모습은 마치 굵은 소나기가 쏟아지는 것 같은 광경을 연상시켰다. 뒤이어 각궁으로 발사한 화살과 편전 수천 발이 공중에 우아한 포물선을 그리며 왜군 진영 위로 떨어졌다.

이준성은 비룡여단이 뇌우 1호를 세 차례 더 발사할 때까지 차분하게 기다렸다. 뇌우 1호는 확실히 재장전이 빨랐다. 총성이 거의 끊이지 않을 정도로 계속 이어지는 중이었다.

"이젠 우리 차례군."

중얼거린 이준성은 투구에 달린 바이저를 밑으로 내린 뒤 흑왕의 말 배를 걷어차며 진주성 내성 동문으로 질주했다.

흑왕의 속도가 얼마나 빠른지 동문을 열던 병사들이 깜짝 놀라 작업을 서둘렀다. 이준성은 동문이 반쯤 열렸을 때 내성 밖으로 튀어나와 앞에 있는 왜군을 미친 듯이 베어 갔다.

왜군은 비룡여단의 일제사격에 당해 정신을 못 차리는 중이었다. 지난 닷새 동안 비룡여단은 원거리 무기를 전혀 사용하지 않았다. 뇌우 1호는 물론이거니와 국군이 자랑하는 각궁 역시 전혀 쓰지 않은 탓에 왜군은 원거리 무기에 대한 방비를 거의 하지 않은 상태였다. 하루나 이틀쯤은 모르지만, 닷새 동안 원거리 무기를 전혀 쓰지 않았단 뜻은 한국군에게 총과 활 같은 원거리 무기가 없단 뜻과 마찬가지였다.

한데 이는 완벽한 속임수였다. 닷새 동안 원거리 무기를 감춰 둔 상태에서 전혀 쓰지 않은 비룡여단은 반격 시점으로 정한 엿새째 아침에 뇌우 1호와 각궁을 꺼내 총공격을 가했다.

왜군 역시 비룡여단에게 원거리 무기가 전혀 없을 거라고는 생각하지 않았다. 다만 보유한 숫자가 워낙 적은 탓에 최악의 상황에 부닥쳤을 때를 위해 아껴 두는 것으로 생각했다.

더구나 나오에 가네쓰구의 죽음에 충격을 받은 우에스기 카게카츠가 부하들을 막무가내로 밀어붙이는 바람에 현실을 냉정하게 판단할 수 있는 여지가 많지 않았다.

그 바람에 왜군은 내성 성벽과 불과 50미터밖에 떨어지지 않은 지점에 진채를 세워 둔 상태였다. 뇌우 1호와 각궁을 든 비룡여단 병사들에게는 그야말로 빗맞히기가 더 어려운 거리였다.

비룡여단 병사 4,000여 명은 재장전이 빠른 뇌우 1호의 장점을 십분 살려 불과 3, 4분이 넘지 않는 짧은 시간 안에 수만 발이 넘는 탄환을 왜군 진채 위로 소나기처럼 퍼부었다.

또 비룡여단 병사 3,000명은 각궁으로 장전과 편전을 연달아 발사해 탄환이 미치지 못하는 곳까지 제압사격을 가했다.

그 덕에 이준성이 내성 동문으로 빠져나왔을 때는 이미 수백수천 명에 달하는 왜군이 비명을 지르며 나자빠진 상황이었고, 안에서 튀어나온 기병대를 막을 준비가 전혀 되어 있지 않았다.

이준성은 이미 진형이랄 게 존재하지 않는 왜군 사이에 뛰어들어 사방에 언월도를 뿌려 갔다. 날이 허공을 가를 때마다 한때 인간의 육신을 구성하던 것들이 허공으로 둥실 떠올랐다.

이준성은 마치 어부가 노를 젓는 것처럼 언월도로 좌우를 번갈아 베어 가며 계속 달렸다. 주인을 닮은 흑왕 역시 앞에 사람이 있든 막사가 있든 전혀 주저하는 법이 없었다. 마치 전차처럼 앞을 가로막는 모든 것을 짓밟으며 질주했다.

외성 동문 앞에 거의 도착한 이준성은 그제야 뒤를 돌아보았다. 한명련이 지휘하는 흑룡대대 기병 1,000여 명이 삼각형 형태로 진형을 구성한 상태에서 뒤를 쫓아오는 중이었다.

이준성은 한명련 옆에 있는 정충신이 창을 솜씨 좋게 휘둘러 적 서넛을 단숨에 해치우는 모습을 보곤 감탄을 금치 못했다.

정충신은 이제 약관을 갓 넘은 나이지만 타고난 재능만큼은 타의 추종을 불허했다. 아마 전군을 통틀어도 그와 일대일로 싸워 이길 수 있는 병사는 많지 않을 듯했다.

이준성은 뒤따라온 한명련에게 즉시 명령을 내렸다.

"지금 즉시 천마여단에 신호를 보내라!"

"예, 전하!"

대답한 한명련은 즉시 진주성 내성으로 효시를 몇 차례 쏘아 올렸다. 곧 천마여단 중기병 8,000여 기가 내성 서문, 북문, 남문 세 방향에서 물밀듯이 쏟아져 나와 외성을 질주했다.

왜군은 동문을 돌파한 이준성과 흑룡대대를 저지하기 위해 성 동쪽으로 병력을 집중한 상태였다.

그렇다 보니 서문과 북문, 남문의 방어는 상대적으로 허술할 수밖에 없었다. 천마여단은 그 틈을 제대로 찔러 순식간에 진주성 외성 성문 앞에 이르렀다.

타앙!

그때, 성루 위에서 조총 탄환이 날아와 흑왕의 머리에 명중했다. 흑왕은 취객처럼 비틀거렸지만, 탄환이 마갑을 완전히 관통하지는 못한 듯 콧김을 뿜으며 이내 중심을 잡았다.

"이런 개새끼들이!"

이준성은 얼른 등에 멘 각궁을 풀어 동문 성루 쪽에 화살을 발사했다. 흑룡대대 병사들 역시 화살을 쏘아 성루를 벌집으로 만들었다. 이번 공격으로 동문 성루를 지키던 왜군이 다 죽은 듯 탄환이나 화살이 더 이상 날아오지 않았다.

"외성 동문을 닫아걸어 적의 지원군이 들어오지 못하게 해라!"

이준성의 명령을 받은 기병 10여 명이 말에서 뛰어내려 성문으로 달려갔다. 그사이 다른 기병들은 성문 앞에 둥그렇게 포진한 상태에서 끊임없이 몰려드는 왜군을 저지하며 버텼다.

쿵!

성문이 닫히는 소리를 들은 이준성은 동문을 방어하며 나머지 세 성문의 소식을 기다렸다. 원충서가 임무를 제대로 수행한 듯 북문, 남문, 서문 세 방향에서 효시가 차례대로 올라왔다. 천마여단이 세 성문을 모두 닫아걸었다는 신호였다.

이제 왜군은 진주성 내성과 외성 사이에 완전히 갇혀 버렸다.

인드라망으로 효시를 확인한 이준성은 즉시 명령을 내렸다.

"지금부턴 적을 내성 성벽으로 차근차근 몰아붙여라!"

"예!"

대담한 한명련은 흑룡대대 병사들을 지휘해 왜군을 내성 성벽으로 몰아붙였다. 그사이, 이준성은 동문 성루에 올라가 전황을 지켜보았다. 곧 우에스기 카게카츠의 우마지루시를 찾아낼 수 있었다. 5만 대군의 주장인 우에스기 카게카츠는 원래 진주성 외성이 아니라 좀 더 안전한 성 밖에 있어야 옳았다. 그러나 나오에 가네쓰구의 죽음에 분노한 탓에 냉정함을 잃은 그는 외성에 들어와 직접 지휘하는 중이었다.

물론 아군에게는 다행스러운 일이었다.

"거기 있었군."

우에스기 카게카츠를 발견한 이준성이 성루를 내려가려 할 때였다. 정충신이 이준성 앞을 막아서며 한쪽 무릎을 꿇었다.

"전하, 왜장을 붙잡을 기회를 소장에게 주시옵소서."

"왜장을 생포할 수 있겠느냐?"

"할 수 있사옵니다."

"좋다. 너에게 100명의 결사대를 주마. 가서 놈을 잡아 와라!"

"성은이 망극하옵니다!"

씩씩하게 대답한 정충신은 흑룡대대 기병 100명과 함께 동문을 떠나 우에스기 카게카츠가 있는 방향으로 곧장 달려 갔다. 이준성은 인드라망으로 정충신이 우에스기 가문의 무사와 가신을 순식간에 제압하며 전진하는 모습을 볼 수 있었다.

"아주 훌륭하군."

정충신은 날렵하기가 표범과 같았으며 억세기는 천년 묵은 나무를 연상시켰다. 그로부터 10분쯤 지났을 무렵, 정충신이 있는 방향에서 환호성이 크게 울려 퍼졌다. 정충신이 마침내 왜장 우에스기 카게카츠를 생포하는 데 성공한 것이다.

한편, 그 시각 흑룡대대와 천마여단 기병은 외성에 들어온 왜군을 내성 성벽으로 몰아붙여 항복을 받아 내기 직전이었다. 앞은 견고한 성벽에 의지해 활과 뇌우 1호를 쏘아 대는 비룡여단 병사들에게, 또 뒤는 미친 듯이 몰아붙이는 중기병 8,000기에 에워싸인 상태라 그들에게 주어진 선택지는 항복만이 유일했다.

그때, 우에스기 카게카츠가 잡혔단 소식을 접한 왜군은 절망감에 하나둘 항복하기 시작했다. 한데 그 숫자가 무려 1만에 달해 무장을 해제시키는 데만 서너 시간이 넘게 걸렸다.

잠시 후, 항복하지 못하게 밧줄에 꽁꽁 묶인 우에스기 카게카츠를 이준성 앞에 바친 정충신이 절도 있게 군례를 취했다.

"전하, 하명하신 대로 왜장을 붙잡아 왔사옵니다."

"잘했다."

이준성은 정충신에게 후한 상을 내리고선 우에스기 카게카츠를 비롯해 이번에 사로잡은 우에스기 가문의 주요 인사들을 안전한 곳에 옮겨 가둔 다음, 감시병력을 배치해 두었다.

그날 저녁, 진주성 외성을 수복한 이준성은 비룡여단장 하구로와 천마여단장 원충서 등에게 보고를 받았다.

우에스기 가문이 동원한 1만 8천 병력 중 1만은 항복, 8천은 전사하거나 중상을 입어 전열에서 이탈했다. 그야말로 완벽한 대승이라, 병사들의 사기가 하늘에 구멍을 뚫을 듯했다.

다음 날 새벽, 이준성은 진주성 외성 밖에 있는 유키 히데야스와 마쓰다이라 다다요시가 지휘하는 도쿠가와군을 기습했다. 유키 히데야스와 마쓰다이라 다다요시는 전날 우에스기군을 구하기 위해 세 차례에 걸쳐 공성을 시도했지만, 번번이 실패해 물러간 상황이었다. 더욱이 그날 저녁에는 외성 안에 있던 우에스기군이 전멸했다는 소식마저 접한 상태여서 사기가 땅에 떨어질 대로 떨어져 있는 상황이었다.

유키 히데야스와 마쓰다이라 다다요시를 보좌하기 위해 와 있던 미카와의 가신들은 진주성에서 퇴각해 후방에 있는 마에다 도시이에와 합류할 것을 강력히 권했지만, 혈기가 앞서는 두 어린 주인은 가신단의 말을 받아들이지 않았다.

지금까지 한 진주성 공격 대부분을 우에스기 가문이 주도한 탓에 두 사람은 제대로 싸워 볼 기회마저 얻지 못한 상황이었다. 그런 상황에서 꼬랑지를 만 개처럼 퇴각해 마에다 도시이에에게 의지하는 결정은 아버지 도쿠가와 이에야스의 체면을 떨어트릴 뿐만 아니라 앞으로 있을 후계자 구도와 유산 분배 과정에서 찬밥 신세를 면치 못하게 만들 가능성이 높았기 때문이다.

유키 히데야스와 마쓰다이라 다다요시가 공격과 퇴각 사이에서 우물쭈물하던 그 시각, 이준성은 전 군을 동원해 그들을 급습했다. 더 이상 전력을 숨길 이유가 없는 탓에 온 힘을 다한 공격이었다. 비룡여단 병사들은 뇌우 1호와 천뢰 3호 등을 적극적으로 활용해 도쿠가와군을 압도했다. 또 흑룡대대와 천마여단 기병은 도쿠가와군이 비룡여단의 파상공세에 밀려 곤경에 처한 틈을 타 측면을 날카롭게 찔러 들어갔다.

물론 도쿠가와군 역시 끈기가 대단해 우에스기군처럼 쉽게 항복하진 않았다. 새벽부터 시작된 전투는 그날 저녁이 지나서야 얼추 마무리되었는데, 죽어 나자빠진 시신이 얼마나 많은지 시신을 밟지 않고선 걸음을 딛기조차 힘들었다.

이준성은 전투 막바지에 흑룡대대 기병 300여 기만 대동한 상태에서 창원 방면으로 가는 길목 근처에 매복했다.

그로부터 30분이 지났을 때였다.

예상한 대로 유키 히데야스와 마쓰다이라 다다요시가 미카와 가신단의 호위를 받으며 길목에 나타났다. 그들의 표정에는 낭패한 기색이 역력했는데, 차라리 죽는 게 더 나았을 것 같다는 표정으로 말을 모는 중이었다.

"정말 죽는 게 더 나을 때가 있긴 하지. 마치 지금처럼 말이야."

중얼거린 이준성은 매복 부대에 급습을 명했다. 이미 지칠 대로 지쳐 있던 도쿠가와군은 그야말로 처절한 저항을 펼치며 죽어 갔다. 유키 히데야스와 마쓰다이라 다다요시는 적에게 포로로 잡혀 아버지의 체면을 망가트릴 수 없다는 듯 서둘러 할복하려 했지만, 이준성의 대처가 한발 더 빨랐다.

이준성은 재빨리 미리 준비한 그물을 던져 그 둘을 생포했다. 생포한 다음엔 혀를 깨물거나 머리를 돌 같은 데에 부딪쳐 자살하지 못하게 단단히 묶어 진주성으로 압송했다.

그날 전투에서 비룡여단은 1,400명이 전사, 천마여단은 800여 명이 전사하는 큰 피해를 보았지만, 도쿠가와군이 입은 피해는 그보다 훨씬 심해 3만여 병력 중에 목숨을 부지해 도망친 병력은 5,000명이 채 되지 않았다. 나머지 2만 8,000명은 죽거나 항복했다. 거기다 도쿠가와 이에야스의 두 아들이 포로로 잡히는 바람에 실제로 입은 손해는 그보다 훨씬 큰 상태였다.

이준성은 포로로 잡은 왜군을 감시할 최소한의 병력만 남긴 채 서둘러 창원으로 진격했다.

권율의 예측은 정확히 맞아떨어졌다.

진주성 서쪽에서 한국군 후위를 기습하려던 다테군은 한국군이 우에스기 카게카츠가 이끌던 5만 대군을 불과 이레 만에 전멸시킨 뒤 곧장 창원까지 진격했다는 보고를 받기 무섭게 후퇴했다. 한국군이 창원에서 김해로 진격해 퇴로를 차단하면 다테군 주력이 먼저 포위망에 갇힐 수 있었다.

이준성은 창원에서 김해 방면으로 진격하며 해군의 보고를 기다렸다. 이번 반격 작전의 또 다른 축은 이순신 장군이 지휘하는 해군이었다. 해군이 보조를 맞춰 주지 않으면 육군이 육지와 바다 양쪽에서 왜군에게 협공을 당할 위험이 존재했다.

김해가 1킬로미터쯤 남았을 때였다.

마침내 해군참모총장이 보낸 첫 번째 장계가 도착했다.

2장. 해전의 신

2장. 해전의 신

고산동은 조금 초조한 표정으로 주위를 두리번거렸다. 그는 지금 해왕 1호 14번함인 완도함의 함교에 올라와 있었다.

현재 한국 해군은 협선, 귀선, 해룡, 해왕, 해신 총 다섯 종류의 함정을 운용했다. 그중 해룡과 해왕, 해신은 돛으로 추진하는 범선이며, 협선과 귀선 두 함정은 노를 쓰는 노선이었다.

노선 중에 협선은 사후선을 개조한 소형 정찰선이었다. 협선은 병사 대여섯이 탑승해 치고 빠지는 식의 정찰을 수행했다. 반면 귀선은 거북선을 참고해 건조한 중형 돌격함이었다.

조선 수군이 쓰던 전함 중에 협선과 귀선을 제외한 나머지 전함들, 즉 판옥선과 방패선, 병선 등은 현재 전함박물관에 가 있었다. 판옥선과 방패선, 병선은 노를 젓는 격군이 많이 필요해 현 해군의 실정과는 맞지 않았다. 노 젓는 일이 너무 힘든 나머지 격군을 하겠다며 나서는 병사가 없는 탓이었다.

전에는 그런 이유로 아예 천인화를 시켜 아버지가 격군이면 아들 역시 태어날 때부터 격군이 되는 식으로 만들어 강제로 배에 태웠지만, 양천제가 사라진 지금은 그럴 수 없었다.

그러나 노선 중에 협선과 귀선만은 끝내 폐기하지 못했다. 두 함정이 가진 장점이 단점을 훨씬 상회하는 탓이었다. 협선과 귀선은 노를 쓰는 노선이란 공통점이 있지만, 규모면에서는 큰 차이를 보였다. 협선은 초소형 함정이라 격군이 필요 없었다. 병사가 격군을 겸임할 수 있기 때문이었다.

그러나 거북선이 원형인 귀선은 그렇지 못했다. 함정을 운용하는 데 필요한 필수 병력 외에 최소 30명에서 많게는 4, 50명의 격군을 필요로 했다. 귀선은 다른 함정처럼 돛을 달 수 있는 구조가 아닌 탓에 반드시 격군이 있어야 했던 것이다.

그런 이유로 현재 해군 보직 중에 가장 많은 녹봉을 받는 보직이 바로 귀선의 노를 젓는 격군이었다. 업무가 힘든 탓에 녹봉을 많이 주지 않으면 하겠다며 나서는 사람이 없었기 때문이다.

그렇다고 비용이 많이 든단 이유로 귀선을 없애기에는 함정이 가진 장점이 너무 아까웠다. 돌격함인 귀선은 적 함대의 진형을 무너트려야 이기는 대규모 해상전에 꼭 필요했다.

한편, 한국 해군은 신형 전함인 해룡, 해왕, 해신 50여 척을 서로 구분하기 위해 해룡에는 육지 지명을, 해왕에는 섬의 지명을, 해신에는 예전 장수의 이름을 붙여 선명을 지었다.

고산동이 탑승한 해왕 1호는 조선소에서 열네 번째로 건조를 마친 14번함이지만 진수와 시험 항해를 거친 다음에는 전라도에 있는 섬인 완도의 지명을 따 완도함으로 불렸다.

원래 완도함의 함장은 조선 수군 출신 장수였지만, 그가 갑자기 중병이 들어 드러눕는 바람에 급히 함을 지휘할 새 함장을 찾았다. 그러나 시일이 촉박한 탓에 마땅한 사람이 없었다.

결국 해적선을 지휘해 본 경험이 있는 고산동이 새 함장으로 정해져 지금은 팔자에도 없는 함장 노릇을 하는 중이었다.

고산동은 그동안 제물포에 있는 항해학교에서 학생들을 가르치며 살았다. 또 가끔 일손이 부족할 때는 한국무역공사 해운국 해외운송부 소속 선단의 선단장을 맡아 명나라 절강성에 가서 쌀을 운송해 오는 부업을 하며 평화로운 나날을 보냈다.

일상이 얼마나 평화롭던지 항상 누가 쫓아올까 조마조마한 심정으로 살아가던 해적 때와는 비교할 수조차 없을 지경이었다. 심지어 몇 달 전엔 그보다 열 살이나 어린 참한 과부와 눈이 맞아 지금은 꿀맛 같은 신혼을 즐기는 중이었다.

한데 빌어먹을 전쟁이 다시 터지는 바람에 꿀맛 같은 신혼 생활을 잠시 포기할 수밖에 없었다. 고산동은 제물포 집에서 그를 걱정하고 있을 아내를 떠올리며 한숨을 푹 내쉬었다.

원래 이 시간에는 아내의 탱글탱글한 엉덩이를 만지며 느긋한 오후를 보냈는데, 전쟁 때문에 다 꼬여 버린 상황이었다. 지금은 느긋한 오후를 꿈꾸기는커녕 어떻게 해야 사지 멀쩡한 모습으로 돌아갈 수 있을지를 고민해야 하는 상황이었다.

한데 가만히 생각해 보니 이 모든 일의 발단이 이준성에게 있단 생각이 들었다. 애초에 그를 만나지 않았으면 전쟁터에 끌려와 팔자에 없는 함장까지 맡으며 개고생할 이유가 없었던 것이다.

고산동은 이를 바득바득 갈며 중얼거렸다.

"그 빌어먹을 자식만 아니었어도 내가 이런 개고생할 이유가 없었는데 말이야. 하, 나란 놈은 왜 이리 박복하단 말인고."

그가 중얼거린 소리를 들은 부함장 겸 일등 항해사인 김 소령이 미간을 찌푸리며 해적 출신 상관에게 핀잔을 주었다.

"뭐가 그리 박복하십니까? 그리고 그 빌어먹을 자식은 또 누굽니까? 여기 오기 전에 누구와 원수진 일이 있으십니까?"

"험험. 아, 아닐세. 자넨 하던 일이나 계속하게."

헛기침한 고산동은 급히 지도를 펼쳐 작전해역을 검토하는 척했다. 다도해로 이뤄진 남해안 지형을 잘 모르는 탓에 그는 틈이 날 때마다 지도를 펼쳐 거기 나와 있는 작전해역의 수심과 암초의 위치, 조수의 흐름 등을 암기하곤 했다.

해적 출신 상관이 영 마음에 들지 않는지 고개를 절레절레 저은 김 소령은 곧 키를 잡은 조타수 옆으로 자리를 옮겼다.

조선 수군이 한국 해군으로 변모하며 많은 부분에 변화가 있었지만, 그중 가장 큰 변화라 하면 복장과 계급 체계라 할 수 있었다.

소매와 밑단, 엉덩이가 펑퍼짐한 한복이 군복과 맞지 않는다고 판단한 이준성은 기능성을 갖춰 활동하기 편한 형태의 새 군복을 제작해 육군과 해군 장병에게 보급했다.

또 육군에겐 가죽으로 만든 단단한 전투화를, 해군에게는 선상에서 미끄러지지 않게 해 주는 보트화를 제작해 보급했다.

해군과 육군 병사의 외형 또한 많은 변화를 겪었다. 전에는 신체발부 수지부모라 하여 머리카락을 자르지 않은 상태에서 상투를 틀었지만, 지금은 다들 이준성처럼 머리카락을 바짝 깎은 상태에서 철모를 뒤집어써 머리를 보호했다.

머리카락이 길면 두부에 입은 상처를 빨리 찾아낼 수 없단 이유가 가장 컸지만, 사실 육군과 해군 병사들이 이준성을 동경해 그런 면이 가장 컸다.

물론 여전히 사회에 뿌리 깊이 박혀 있는 유교적인 사고방식으로 인해 상투를 고집하는 장병이 많았지만, 점차 바뀌는 추세임에는 분명했다.

복장처럼 육, 해군의 계급 체계 역시 혁명적인 변화를 겪는 중이었다. 전에는 예닐곱 개의 계급으로 나누었지만, 지금은 계급이 낮은 순서부터 이병, 일병, 상병, 병장, 하사, 중사, 상사, 원사, 준위, 소위, 중위, 대위, 소령, 중령, 대령, 준장, 소장, 중장, 대장, 원수 등으로 세세히 나뉘어 있었다.

현재 한국군에는 원수가 딱 한 명 있었다.

바로 이번 해전을 지휘할 합동참모의장 겸 해군참모총장인 이순신 장군이었다.

고산동은 원래 해군 소속이 아니기에 계급이 없었지만, 민간인이 전함을 지휘할 수는 없는 노릇이라 중령 계급을 받았다.

그런 이유로 인해 고산동은 현재 파란색 군복 상의와 감색 군복 바지, 갈색 보트화, 검은색 방탄조끼와 방탄모를 각각 착용한 상태였다. 또 방탄모와 전투복 상의에 있는 목깃에는 은색 무궁화가 두 개 달린 중령 계급장을, 상의 어깨에 달린 띠에는 일선 지휘관을 뜻하는 녹색 견장을 달았다.

말 그대로 불과 2, 3년 사이에 복장, 계급, 주력 전함, 해전 전술에 이르기까지 모든 것이 바뀐 셈이어서, 기존에 있던 장병은 천지가 개벽한 것 같은 느낌을 자주 받곤 하였다.

고산동은 지도에 나와 있는 작전해역과 주변에 있는 지형 지물을 비교해 완도함이 지금 거제와 통영 사이에 자리한 해간도 뒤에 있단 사실을 알 수 있었다. 지도에서 시선을 뗀 고산동은 고개를 기린처럼 쭉 빼서 해역 좌우를 둘러보았다.

해룡 1호 다섯 척과 해왕 1호 두 척이 보였다. 그들 역시 완도함처럼 해간도 뒤에 숨어 작전 개시를 기다리는 중이었다.

벌써 해가 뉘엿뉘엿 져 가던 저녁 무렵이라, 서쪽 하늘을 뒤덮은 새빨간 노을이 바다 위로 이글이글 끓는 용암을 뿌려 놓은 것 같았다. 거기다 주변에 아름다운 경치를 자랑하는 섬까지 많아 인세에 다시없을 절경을 만들어 냈지만, 정작 당사자인 고산동은 그 절경을 감상할 여유를 갖지 못했다.

"씨발놈들, 왜 이렇게 안 와? 설마 오다가 빠져 죽었나?"

초조해진 고산동은 오줌이 마려워 거의 쌀 지경이었지만 부하들의 시선이 두려워 함장 자리를 벗어날 생각을 못 했다.

완도함의 장교 및 부사관 11명과 병사 68명은 해적 출신인 고산동을 탐탁지 않게 생각했다. 전 함장이 작전 개시 전에 중병이 들어 드러눕지 않았다면 해적 출신 고산동이 함장으로 부임하는 날벼락은 없었을 것이다. 또 그 바람에 다른 함정에 승선한 동료들이 그들을 가짜 해적이라며 놀리는 일 역시 일어나지 않았을 것이다. 뭐 따져 보면 아예 일리가 없지는 않은 터라, 동료들이 놀릴 때마다 그들은 꿀 먹은 벙어리 신세를 면치 못했다. 그런 상황이니만큼 완도함에 있는 장병

80명의 눈에 고산동이 좋게 비칠 리 만무했다.

고산동은 사타구니 사이로 오줌 방울이 찔끔 흘러내리는 것을 느끼곤 몸을 부르르 떨었다. 그는 마흔을 넘긴 나이에 이 무슨 추태인가 싶어 점점 분노가 치솟기 시작했다. 급기야는 이런 명령을 내린 이순신 장군에게까지 원망이 옮겨갔다.

고산동은 임진왜란이 벌어졌을 때, 고토열도에서 신나게 해적질하던 중이어서 이순신 장군이 어떤 사람인지 알지 못했다. 한데 해전 준비를 위해 몇 차례 합동훈련을 하는 동안, 그는 부하들이 이순신 장군을 거의 신처럼 대한단 사실을 알 수 있었다.

그가 이순신 장군에 관해 몇 마디 물어볼라치면 김 소령을 비롯한 휘하 장병들이 눈에 쌍심지를 켜고 노려봤다.

마치 너 따위가 함부로 입에 담을 분이 아니란 듯했다.

화가 잔뜩 난 고산동은 평소에 시누이처럼 톡톡 쏘아붙이는 김 소령에게 분을 대신 풀어 볼 생각으로 슬쩍 접근해 물었다.

"한데 정말 이런 유인작전이 왜적에게 통하겠는가?"

김 소령은 그게 무슨 말 같지 않은 소리냐는 표정으로 물었다.

"지금 총장님이 직접 세운 작전에 의구심을 품었다는 겁니까?"

"그 총장님께서 이와 똑같은 유인작전으로 대승을 거뒀단 말을 들었는데, 왜적이 같은 실수를 반복할 것 같으냐 이 말이야."

김 소령은 딱하다는 듯 혀를 끌끌 차며 대답했다.

"총장님께서 임진년, 아니 1,592년에 한산도에서 이와 같은 유인작전으로 대승을 거둔 것은 맞지만 같은 작전을 또 쓰는 건 아닙니다. 그때와 지금은 상황이 아주 다르니까요."

"어떻게 달라졌다는 건가?"

"우선 해군의 주력 전함이 달라졌습니다. 그때는 판옥선과 거북선을 썼지만, 지금은 해룡, 해왕, 해신이 주력 아닙니까? 놈들은 판옥선과 거북선은 그동안 많이 상대해 봤기에 두려워하지만, 해룡과 해왕, 해신은 본 적이 없어 두려워하지 않을 겁니다. 그게 첫 번째 다른 점입니다. 또 두 번째 다른 점은 왜놈들 역시 고 함장님과 같은 생각을 할 거란 점입니다. 임진년에 써먹은 방법을 설마 또 써먹진 않을 거로 생각해 방심할 거란 말입니다. 마지막 세 번째 놈들이 부산포에 상륙해 통영까지 오는 동안, 해전다운 해전을 치르지 못해 몸이 근질근질해져 있을 거란 점입니다. 아마 우릴 보기 무섭게 몇 년 굶은 들개처럼 이빨부터 들이댈 겁니다."

김 소령 얘기에 빨려 들어간 고산동이 무의식적으로 내뱉었다.

"오호라, 일리가 있군."

한데 그때였다. 적이 마치 김 소령이 하는 말을 들은 듯했다. 협선으로 이루어진 해군 정찰함대가 꼬리에 적을 매단 상태에서 그들이 숨은 해간도로 도망쳐 오는 모습이 보였다.

◆ ◈ ◆

고산동은 입을 쩍 벌렸다. 정찰함대 뒤에서 왜군의 주력 전함인 세키부네와 아타케부네 수십, 아니 수백 척이 나타났다.

전함이 너무 많은 탓에 마치 커다란 섬 하나가 통째로 옮겨 다니는 듯했다. 심지어 후방에 있는 전함은 고속도로 정체 구간처럼 앞이 꽉 막혀 제대로 움직이지 못하는 실정이었다.

이런 규모의 함대와 맞닥뜨리면 누구나 몸이 얼어붙기 마련이었다. 해적질을 하며 산전수전 다 겪었다고 자신하는 고산동조차 할 말을 잃은 듯 멍한 얼굴로 대함대를 응시했다. 마치 현실 속에서 비현실적인 광경을 본 듯한 느낌이었다.

그러나 다행히 해간도에 숨어 있는 한국 해군 소속 전함 10여 척의 함장 전부가 고산동처럼 얼어붙진 않은 모양이었다.

한국 해군 별동함대의 지휘를 맡은 이영남의 거제함이 함교 위에 노란색 깃발을 달아 둔 상태에서 홀로 진격해 왜군 대함대 앞을 용감히 막아섰다. 마치 개미 한 마리가 하늘에서 떨어지는 바위를 막기 위해 달려드는 것 같은 형세였다.

다른 때였으면 그 무모한 용기를 잔뜩 비웃어 주었을 테지만 지금은 그럴 수 없었다. 이영남의 거제함 함교에 올라와 있는 노란색 깃발은 대장선을 따라오라는 신호, 아니 군령이었다. 군대에서 군령은 왕이 내리는 어명과 다르지 않아 이에 불복할 시 바로 처형을 당할 수도 있었다. 곧 해간도 뒤에 숨어 있던 해왕과 해룡 몇 척이 그 뒤를 급히 쫓아갔다.

이제 해간도 뒤편에는 고산동이 지휘하는 완도함 한 척밖에 남지 않았다. 섬 뒤에 같이 숨어 있던 다른 전함들은 이미 거제함이 한 것처럼 왜군 대함대 앞을 막아서는 중이었다.

김 소령이 놀라 소리쳤다.

"함장님, 뭐 하십니까! 빨리 출격 명령을 내리십시오!"

"아, 알겠네."

그제야 정신을 차린 고산동은 황급히 앞서 출발한 다른 전함의 뒤를 쫓아가란 명령을 내렸다. 명령을 받은 병사들은 접어 두었던 돛을 풀어 속력을 내기 시작했다. 그러나 범선이 스포츠카가 아닌 이상, 멈춘 상태에서 속도를 내려면 어느 정도 시간이 필요했다. 그 바람에 완도함이 거제함 등과 합류했을 땐 이미 양측 사이에 교전이 벌어진 상태였다.

그 모습을 본 김 소령이 고산동을 계속 재촉했다.

"나중에 군법회의에 끌려가지 않으려면 당장 공격해야 합니다!"

군법회의란 말에 정신이 번쩍 든 고산동이 고래고래 소리 쳤다.

"뭐, 뭣들 하는 거냐? 어서 화, 화살과 조총을 왜놈들이 탄 배에 쏴라! 마구마구 쏴라! 왜놈들이 뒈질 때까지 계속 쏴 라!"

약간 없어 보이는 명령이긴 했지만, 어쨌든 병사들은 시키 는 대로 뱃전 난간 뒤에 숨어 조총과 화살을 계속 발사했다.

그러나 용왕이 노한 것처럼 출렁거리는 파도 위에서 200 미터 거리에 있는 왜선을 맞추기란 하늘의 별을 따는 것과 같았다. 탄환과 화살 대부분이 거친 바닷속으로 빨려 들어갔 다.

다른 전함의 사정 역시 비슷했다. 맨 앞에 당당한 자태로 서 있는 거제함만 적을 공격했을 뿐, 나머지는 죄다 농부가 밭에 거름을 주듯 바다에 탄환과 화살을 쏟아부을 따름이었 다.

고산동은 초조한 마음에 발까지 구르며 왜군 대함대의 대 응을 지켜보았다. 왜군 대함대는 한국 해군이 가진 함포를 두려워하는 듯 속도를 늦추며 조총과 활로 간간이 반격해 왔 다.

그러나 교전이 벌어진 지 10여 분이 지났음에도 한국 해군 은 함포를 발사할 기미를 보이지 않았다. 이를 이상히 여긴 왜국 수군 수뇌부는 그제야 한국 해군이 동원한 신형 전함의 선체를 조사하기 시작했다. 한데 전과 달리 양 현에 있어야 할 포문이 보이지 않았다. 포문이 보이지 않는 수준을 넘어 선체에 함포를 장착했단 흔적조차 보이지 않았다.

이에 긴장이 풀린 왜국 수군 수뇌부는 한국 해군의 새로운 전투 방식을 보며 마음껏 비웃었다. 그들은 조선 수군이 가진 판옥선과 거북선에 탑재한 강력한 함포를 가장 두려워했다.

조선 수군이 군선에 장착한 함포 때문에 그들은 임진왜란 내내 교전 비율이 거의 10대 1이란 불명예를 겪어야 했다. 다시 말해 조선 전함 한 척이 침몰할 때마다 왜국 전함 열 척이 침몰했단 뜻이었다. 한데 한국 해군은 조선 수군과 달리 그들의 가장 걱정거리나 다름없던 함포를 탑재하지 않은 것이다.

왜국 수군 지휘관에게 이보다 기쁜 소식은 있을 수 없었다. 얼마나 기쁜지 절로 춤사위가 나올 지경이었다. 이제부턴 그들이 가장 좋아하는 형태로 해전을 이끌 수 있게 되었다.

바로 한국 해군 전함에 달라붙어 선상 백병전을 치르는 형태였다. 임진왜란을 통해 원거리 교전에선 조선 수군이 압도적으로 강하지만, 양측 전함이 뒤엉켜 선상 백병전을 치르는 경우엔 자신들이 훨씬 유리하단 사실이 판명된 상태였다.

자신감을 회복한 왜국 수군 수뇌부는 급히 휘하 함대에 진격을 명령했다. 이곳이 임진년에 그들에게 뼈아픈 실패를 안겨 준 한산도 근처란 사실은 알고 있었지만, 크게 신경 쓰지 않았다.

또 그때 역시 지금처럼 소규모 함대가 유인작전을 펼쳤다는 사실을 알았지만, 신경 쓰지 않았다. 그들에게는 한국 해군의 신형 전함에 함포가 없다는 사실이 가장 중요했다.

그때였다. 이영남이 탄 거제함이 함교에 달린 장대에 붉은 깃발을 매단 상태에서 급히 선수를 돌려 한산도로 도망쳤다. 마치 거제함이 왜군 대함대에 겁을 집어먹은 것처럼 보였다.

한데 거제함 함교 장대에 걸린 붉은색 깃발은 별동함대에 속한 나머지 전함에 즉시 퇴각하라는 신호였다. 진격 명령은 가장 나중에 따랐지만, 퇴각 명령만은 가장 먼저 따르겠다는 듯 고산동은 김 소령에게 서둘러 선수를 돌리라 명했다.

그러나 고산동의 완도함은 바로 퇴각하지 못했다. 진격 명령을 가장 늦게 따른 벌을 받은 듯 퇴각하려는 방향에 아군 전함이 이미 기동 중이어서 하는 수 없이 다른 전함이 선수를 다 돌린 다음에야 가까스로 선수를 돌릴 수 있었다.

그 바람에 왜군 대함대의 선봉함대와 완도함의 거리가 100미터 이내로 줄어들었다. 완도함은 곧 거리가 줄어든 대가를 치러야 했다. 왜군 선봉함대가 발사한 조총 탄환과 불화살 수백 발이 완도함 뱃전과 돛대에 달린 돛을 집중 공격했다.

고산동은 급히 뱃전에 꿇어 엎드려 소리쳤다.

"엄폐하라!"

조타수를 제외한 거의 모든 병사가 웅크려 엄폐한 덕에 인명 피해는 그리 크지 않았지만, 대신 돛 몇 개에 불이 붙었다. 바람으로 추진하는 범선은 돛에 불이 붙으면 끝장이었다.

그때, 고산동이 마침내 해적질하며 쌓은 경험을 활용하기 시작했다. 고산동의 노련한 지시 덕에 해군 병사들은 크게 당황하지 않은 상태에서 불붙은 돛에 모래를 끼얹으며 서둘러 진화에 나섰다.

또 불을 끌 수 없을 정도로 심한 돛은 다른 돛에 불이 옮겨 붙기 전에 재빨리 돛 줄을 끊어 바다에 던져 넣었다.

병사들이 줄에 새 돛을 달아 돛대에 올리는 모습을 지켜보던 고산동은 고개를 돌려 왜군 선봉함대의 위치를 확인했다.

왜군 선봉함대는 김 소령이 조금 전에 말한 대로 며칠을 굶은 들개처럼 달려들었다. 부산포에서 이 통영까지 오는 동안 해전다운 해전을 치르지 못한 탓에 꽁지를 만 개처럼 도망치는 완도함을 보곤 침을 질질 흘리며 달려드는 중이었다.

물론 왜군이 그렇게 나오게 만든 사람은 이순신 장군이었다. 이순신 장군은 부산포에 왜군이 상륙할 수 있도록 바닷길을 완전히 열어 주었을 뿐만 아니라, 아예 경상도 서부해안에 있는 모든 전함을 통영 서쪽으로 퇴각시켜 놓은 상태였다.

그 바람에 부산포에서 이 먼 통영까지 오는 동안 한국 해군의 그림자조차 보지 못한 왜국 수군은 몸이 잔뜩 달아오른 상태였다. 원래 있어야 할 적이 없을 때 더 미치는 법 아니겠는가.

고산동은 이순신 장군의 전략에 새삼 감탄하며 퇴각을 서둘렀다. 10년 가까이 해적선을 타며 산전수전 다 겪은 고산동은 도망치는 것은 누구보다 잘할 자신이 있었다. 더욱이 지금 탄 배는 그가 타던 조악한 해적선이 아니었다. 한국 해군이 심혈을 기울여 건조한 최신형 전함이었다. 10분이 채 지나지 않아 100미터였던 적과의 거리를 150미터로 늘렸다.

그때, 김 소령이 다가와 불쑥 물었다.

"전에 해적선을 몰았다는 소문이 사실입니까?"

고산동은 과거를 캐묻는 질문이 불쾌하단 표정으로 되물었다.

"그, 그렇네만. 갑자기 그건 왜 묻지?"

"해적이면 적을 약 올리는 방법을 잘 알 것 아닙니까?"

"그야 그렇지. 그래야 먹잇감을 함정에 빠트릴 수 있으니까."

"우리와 적 함대 사이의 거리가 벌어지면 적이 추격을 포기할지도 모릅니다. 함장님이 해적선을 몰 때처럼 이 배를 지휘해 적을 약 올려 주십시오."

고산동은 황당한 표정으로 되물었다.

"지금 적을 약 올려서 추격을 포기하지 못하게 하자는 말인가?"

"바로 그렇습니다."

고산동은 그 계획이 마음에 들지 않는 듯 고개를 살짝 저었다.

"위험할 텐데? 까딱하다간 우리가 먼저 뒈질 수 있어."

김 소령은 전에 없이 비장한 표정을 지으며 대답했다.

"상관없습니다. 해적은 자기 목숨이 가장 소중할지 모르지만, 해군은 자기 목숨보다 작전의 성공을 더 중요하게 여깁니다. 작전이 성공해야 조국과 국민을 구할 수 있으니까요."

고산동은 어이없단 표정으로 주위를 둘러보았다. 그러나 조타수를 비롯해 함교에 있는 병사들의 표정 역시 김 소령과 별반 다르지 않았다. 설령 여기서 죽는 한이 있어도 이번 작전을 반드시 성공시켜 보이겠단 결의가 표정에서 느껴졌다.

고산동은 제물포에서 기다리는 중일 아내의 얼굴이 잠시 떠올랐지만, 이내 세차게 고개를 저어 지워 버린 후에 외쳤다.

"좋아! 어디 한번 해 보자고!"

고산동은 조타수와 돛 줄을 조정하는 병사들에게 직접 명령을 내려 완도함의 속도를 조절했다. 곧 속도가 떨어진 완도함 뱃전 위로 왜군이 쏜 조총 탄환과 불화살이 날아들었다.

"지금이다! 다시 속도를 높여!"

고산동은 완도함의 속도를 높여 왜군 함대를 다시 떼어 냈다. 약이 바짝 오른 왜군 선봉함대가 미친 듯이 추격해 왔다.

고산동은 그런 식으로 세 번을 더 반복해 왜군 선봉함대를 유인했다. 아슬아슬한 상황이 몇 차례 있었지만, 그는 해적질하며 쌓은 경험을 모두 활용해 가까스로 위기를 벗어났다.

정신없이 움직이다 보니 어느새 창연한 달빛 속에서 검은 빛을 발하는 한산도의 그림자가 바로 코앞까지 다가와 있었다.

마침내 무사히 작전해역에 도착한 것이다.

"본대는 아직인가?"

거의 탈진한 고산동이 함교 난간에 기대 주위를 둘러볼 때였다.

끼이익!

사방에서 나무판자 뒤틀리는 소리와 선체가 거친 파도를 가를 때 나는 철썩거리는 소리가 뒤섞여 들려왔다. 고산동은 급히 뱃전으로 달려가 주위를 둘러봤다. 달빛 속에서 산처럼 거대한 무언가가 완도함 옆으로 다가오는 게 보였다.

고산동은 곧 그 산처럼 거대한 물체가 바로 한국 해군의 기함인 해신 1호임을 알아볼 수 있었다. 해신 1호는 얼마나 큰지 크기가 그가 탄 완도함의 거의 두 배에 달할 듯했다.

그때, 옆으로 다가온 김 소령이 탄성을 터트렸다.

"와아! 총장님의 기함인 장보고함입니다!"

그 말에 깜짝 놀란 고산동이 얼른 장보고함의 함교를 보았다. 함교에 걸린 등잔 불빛 속에서 큰 칼을 손에 쥔 채 엄숙한 표정으로 선 이순신 장군이 전방을 노려보는 모습이 보였다. 그때, 장보고함 옆을 지나가는 완도함의 함교를 발견한 이순신 장군이 고산동을 바라보며 고개를 살짝 끄덕였다.

지금까지 고생했다는 표현이었다.

또 지금부턴 자신들에게 맡기라는 표현이었다.

감격한 고산동은 무의식적으로 장보고함을 향해 군례를 취했다.

그때, 한산도 양쪽 해안에서 모습을 드러낸 한국 해군의 전함 50여 척이 물살을 가르며 왜군 대함대를 향해 진격해 갔다.

◆ ◈ ◆

고산동은 초조한 듯 손가락으로 함교 난간을 두드리며 명했다.

"본대와의 거리가 지금보다 더 벌어져선 안 된다! 얼른 선회해!"

"예!"

대답한 병사들은 급히 돛 줄을 잡아당겨 돛의 위치를 조절했다. 잠시 후, 완도함은 아라비아 숫자 8을 그리며 부드럽게 회전해 선수를 해간도 방향으로 돌리는 데 성공했다.

원래 완도함 장병들은 해적 출신인 고산동을 탐탁지 않게 여겼다. 그러나 왜군 대함대를 유인하는 과정에서 보여 준 뛰어난 지휘 실력에 탄복한 지금은 진심으로 그를 따랐다.

고산동의 명령이 숨 돌릴 틈을 주지 않으며 이어졌다.

"본대만 재미 보게 할 순 없지! 지금 즉시 나무판을 떼어
내라!"

"예!"

대담한 병사들은 포문 앞을 막아 놓은 나무판을 떼어 내
바다에 버렸다. 또 나무판을 떼어 낸 다음엔 진천 1호가 실린
포차를 비어 있는 포문에 밀어 넣어 함포 발사 준비를 마쳤
다.

만약 이 광경을 왜국 수군 수뇌부가 지켜보았다면, 피눈물
을 흘렸을지도 몰랐다. 그들은 해간도 앞에서 맞닥뜨린 한국
해군 별동함대가 함포를 끝까지 발사하지 않는 모습을 보고
는 한국 해군이 함포 우선주의를 포기했다고 믿는 중이었다.

그러나 이는 왜군 수뇌부의 착각이었다. 별동함대는 애초
에 왜군이 그렇게 착각하게 만들 목적으로 포문이 있던 자리
에 두꺼운 일자 나무판을 덧대 위장했다. 실제로는 별동함대
역시 진천 1호를 탑재한 다른 전함과 별 차이가 없었다.

정비를 마친 완도함은 한산도 앞에 반원을 그리며 넓게 포
진한 본대 전함 사이에 들어가 자리를 잡았다. 이순신 장군
이 직접 지휘하는 본대는 현재 학이 날개를 양쪽으로 펼친
것처럼 보인다고 하여 학익진이라 불리는 진형을 구축한 상
태였다. 이순신 장군의 기함인 장보고함이 학의 머리 지점에
자리를 잡은 상태에서 학이 양 날개를 펼치듯 50여 척에 달
하는 전함이 좌우로 길게 벌려 포진해 있었다.

완도함은 장보고함과 가까운 곳에 자리를 잡은 덕에 가장 잘 보이는 위치에서 왜군 대함대의 반응을 관찰할 수 있었다.

왜군 대함대는 그들이 함정에 빠졌단 사실을 눈치 챈 듯했다. 그러나 속도를 늦추지는 않았다. 여전히 기만책에 속아 한국 해군 신형 전함에는 함포가 없다고 믿는 중이기 때문이었다.

장보고함, 이천함, 최무선함, 박위함, 이종무함 등 한국 해군이 보유한 해신급 전함이 왜국 수군이 가진 가장 큰 전함인 아타케부네보다 크단 사실이 마음에 조금 걸리기는 했지만, 가진 전함의 숫자만 따지면 왜군이 한국군을 압도했다.

왜군은 이번에 아타케부네, 세키부네 등을 합쳐 모두 200여 척이 넘는 전함을 동원했다. 원래 그들이 이번 보급로 구축에 동원한 전함은 600척이지만 남해안 다도해는 물길이 좁은 데가 많아 한 번에 600척을 동원하기엔 무리였다. 하여 삼분의 일에 해당하는 200여 척만을 끌고 온 것인데, 그것만 해도 어마어마하긴 매한가지였다.

반면 한국 해군이 동원한 전함은 해신급 전함 7척을 포함해 50여 척에 불과했다. 숫자에선 왜군의 상대가 되지 않았다. 적보다 많은 전함을 보유했단 점에서 자신감을 얻은 왜국 수군은 한국 해군이 펼친 학익진의 품으로 뛰어들었다.

그 시각, 고산동은 점점 윤곽이 선명해지는 왜군 대함대를 바라보며 초조한 표정을 감추지 못했다. 왜군 대함대의 선봉은 이미 진천 1호의 사정거리 안으로 들어온 지 오래였다. 한데 이순신 장군은 공격 명령을 내릴 생각이 없어 보였다.

그때, 밤눈이 밝은 김 소령이 왜국 수군의 선봉함대를 가리켰다.

"보십시오! 놈들의 속도가 점점 느려지는 것 같지 않습니까?"

그 말을 들은 고산동은 급히 눈을 부릅떴다. 확실히 왜군 대함대의 속도가 점점 느려지는 중이었다. 그렇다고 왜군 대함대가 노와 돛을 이용해 속도를 줄인 것처럼 보이진 않았다.

고산동은 손가락에 침을 묻혀 머리 위로 올려보았다. 바람은 그대로였다. 그렇다면 다른 쪽에서 변화가 생겼단 뜻이었다.

고산동은 급히 함교 난간으로 달려가 조류의 방향을 관찰했다. 파도가 치는 방향이 조금 전과 달라져 있었다. 조금 전까지는 파도가 해간도에서 한산도 방향으로 움직였다면, 지금은 한산도에서 해간도 방향으로 움직이는 중이었다.

즉, 파도의 방향이 반대로 바뀐 상황이었다.

"아, 조류가 바뀌길 기다린 거였구나!"

고산동이 감탄해 소리칠 때였다. 조류가 바뀌었단 사실을 확인시켜 주려는 듯 완도함이 파도에 밀려 북쪽으로 끌려갔다.

끼이이익!

그때, 장보고함에서 귀청을 찢는 효시가 밤하늘 위로 치솟았다.

효시를 본 고산동은 즉시 고함치듯 명령을 내렸다.

"함포를 쏴라!"

그로부터 3, 4초쯤 지났을 때, 완도함 선수에 장착한 진천 1호 두 문이 불을 뿜으며 유성 3호 두 발을 쏘아 올렸다. 학익 진을 구성한 다른 전함 역시 마찬가지였다. 해신급은 유성 3 호를 세 발, 해왕급은 두 발, 해룡급은 한 발을 발사했다.

희미한 항적운을 남기며 밤바다를 쏜살같이 가른 유성 3호 100여 발이 왜군 대함대 위에 작렬하며 불꽃을 피워 올렸다.

콰콰콰콰앙!

유성 3호를 얻어맞은 왜선 30여 척이 붉은 화염과 시커먼 연기에 온통 뒤덮여 횃불이 타듯 맹렬히 타올랐다. 불길이 얼마나 거센지 그 일대 전체가 대낮처럼 환해졌다.

콰아아앙!

그때, 횃불이 타듯 불타오르던 왜선이 조금 전보다 더 큰 굉음을 토해 내며 아예 폭발해 버렸다. 불길이 배에 실려 있는 막대한 양의 화약에 옮겨붙어 폭발을 일으킨 모양이었다.

그제야 한국 해군에게 철저히 기만당했음을 눈치 챈 왜국 수군 수뇌부는 급히 두 가지 명령을 전 함대에 하달했다. 첫 번째는 전함 간의 간격을 벌려 한국 해군의 함포 공격을 피하란 명령이었다. 두 번째는 어떡해서든 한국 해군 전함 옆에 달라붙어 선상 백병전을 유도하란 명령이었다.

그러나 비처럼 쏟아지는 포탄 세례를 받아 가며 수뇌부의 지시를 이행하기 위해 나서는 왜선은 보이지 않았다. 왜선 150여 척은 그저 활로를 찾기 위해 제멋대로 움직일 뿐이었다. 물론 그들은 곧 제멋대로 움직인 대가를 치러야 했지만.

콰콰쾅!

왜선과 왜선이 서로 부딪치며 침몰하기 시작했다. 시간이 어느 정도 지났을 땐 오히려 한국 해군이 쏜 함포에 맞아 침몰한 숫자보다 왜선끼리 충돌해 침몰한 숫자가 더 많았다.

그러나 도망치는 일 역시 버겁기는 마찬가지였다. 조류가 거꾸로 흐르는 탓에 한국 해군이 마치 축지법을 쓰듯 진격해 오는 동안, 그들은 간신히 선수를 돌렸을 뿐이었다.

끼이이익!

그때, 장보고함 함교 위에서 두 번째 효시가 올라왔다.

고산동은 효시가 내는 소리를 듣기 무섭게 바로 명령을 내렸다.

"갑판병은 지금 즉시 급속 선회를 준비하라!"

"예!"

목청 높여 대답한 완도함 갑판병이 돛을 조절해 선회를 준비하는 동안, 학익진 좌익 끝에 있던 전함이 우측으로 돌아가며 좌현의 함포를 쏘아 대기 시작했다. 각 전함은 선수에 진천 1호를 많아야 세 문까지 장착할 수 있지만 양 현에는 그 몇 배에 해당하는 수의 진천 1호를 탑재할 수 있었다.

심지어 가장 큰 해신급의 경우엔 함포를 두 줄로 탑재해 한쪽 현에만 30문에 달하는 진천 1호가 실려 있었다. 말 그대로 바다에 떠다니는 요새와 같아 그 위력은 말로 설명하기 힘들 정도였다.

퍼퍼퍼펑!

50척에 달하는 전함이 선회하며 발사한 유성 3호 수천 발이 100척이 넘는 왜선의 머리 위에 우박처럼 쏟아져 내렸다.

모든 전함을 동원한 이번 일제 포격은 상상을 초월할 만큼 강력해 통영과 거제 사이에 있는 바다 전체가 불타올랐다. 인세에 지옥이 있다면 지금 이곳이 그 지옥일 것 같았다.

이번에는 고산동뿐만 아니라 항상 침착하기 이를 데 없는 김 소령조차 멍한 얼굴로 불타오르는 바다를 바라볼 뿐이었다.

고산동은 참았던 오줌이 사타구니 사이에 흐르는 것을 느꼈지만 앞에 펼쳐진 광경에 압도당해 창피함을 느끼지 못했다.

끼이이익!

그때, 장보고함에서 세 번째 효시가 올라왔다. 그러나 세 번째 효시는 앞선 두 효시와 성격이 달랐다. 이 세 번째 효시에는 귀선 아홉 척에 사냥을 시작하란 뜻이 들어 있었다.

한국 해군이 가한 일제 포격에서 가까스로 살아남은 왜선과 후방에 있다가 도망치기 위해 해간도로 돌아가던 왜선이 귀선의 돌진에 막혀 차례차례 침몰했다. 마치 노련한 군인이 목숨이 붙어 있는 적을 확인 사살하는 것 같은 광경이었다.

고산동은 몸을 부르르 떨며 왜선이 차례차례 가라앉는 모습을 지켜보았다. 이미 바다 위는 왜선에서 떨어져 나온 나무 판자와 죽은 왜군의 시체로 발 디딜 틈이 없을 지경이었다.

고산동은 불현듯 이러한 광경을 만들어 낸 장본인이 지금 어떤 표정을 짓고 있을지 궁금해져 고개를 옆으로 돌려보았다.

그러나 이순신 장군의 모습은 처음과 별반 다르지 않았다. 장보고함의 높은 함교 위에 서서 정면을 뚫어져라 노려볼 따름이었다. 마치 이 정도론 성에 차지 않는다는 듯했다.

그때, 김 소령이 다가와 물었다.

"정말 대단한 분이지 않습니까?"

고산동은 동의한다는 듯 고개를 끄덕였다.

"자네가 저분을 그토록 존경하는 이유를 이제 좀 알 것 같군."

귀선의 활약을 경외의 시선으로 바라보던 고산동은 우습게도 자신이 아직 김 소령의 이름을 모른다는 사실을 깨달았다. 다른 이들이 그를 김 소령이라 부르기에 그 역시 이름보다는 김 소령이란 호칭으로 부르는 중이었다.

물론 군복 상의에 달린 명찰을 보면 이름을 알 수 있지만, 그는 아직 한글을 완전히 깨우치지 못한 상태라 일찌감치 포기한 상태였다.

"그보다 자네 이름이 뭐라 했지?"

김 소령은 미간을 살짝 찌푸렸다.

"아니, 자기가 지휘하는 함의 부함장 이름을 모른단 말입니까?"

"타박은 그쯤하고 이름이나 빨리 알려 주게."

"김완입니다, 김완. 앞으로 자주 들을 테니 잘 기억해 두십시오."

"한데 사람들이 왜 자네를 김 소령이라 부르는 건가?"

"김완이란 함자를 쓰는 장군님이 한 분 더 계셔서 그런 겁니다."

"아, 동명이인이었군."

그때, 장보고함에서 대승을 축하하는 만세 소리가 울리는 바람에 더 이상 대화를 이어 가지 못했다. 고산동과 김완 또한 마치 홀린 듯 만세를 따라 불렀다. 만세를 부르는 고산동의 얼굴에 굵은 눈물이 흘러내렸지만 살아남았단 안도감에서 나온 눈물인지, 아니면 조국이 대승을 거둔 기쁨에서 흘린 눈물인지는 눈물을 흘리는 그조차 정확히 분간할 수 없었다. 그러나 이유야 어떻든 감격의 눈물인 것만은 사실이었다.

고산동은 가슴이 벅차오른단 느낌을 태어나 그때 처음 받았다.

독재자

3장. 마에다 도시이에

이준성은 급히 이순신 장군이 보낸 첫 번째 장계를 읽어 내려갔다. 장계가 한글로 적혀 있어 읽는 데 어려움은 없었다.

장계를 다 읽은 이준성이 벌떡 일어나 고함을 질렀다.

"모두 주목!"

진채에 만들어 둔 작전상황실에서 전황을 파악하느라 정신없이 움직이던 장교와 병사 수십 명이 일제히 동작을 멈추었다.

이준성은 그를 쳐다보는 장병에게 장계를 들어 보이며 말했다.

"조금 전에 우리 해군이 적선 200척을 불태웠단 장계를 받았다!"

발표를 들은 장병들은 상황실이 떠나가라 환호성을 질렀
다.

"와아!"

"만세!"

"이겼다!"

그 모습을 만족한 표정으로 지켜보던 이준성은 다시 자리
에 앉아 한산도에서 올라온 장계를 옆에 있는 권율에게 건넸
다.

"읽어 보시오."

"예, 전하."

권율은 두 손으로 공손히 장계를 받아 재빨리 읽어 내려갔
다.

잠시 후, 장계를 접은 권율이 고개를 끄덕이며 말했다.

"해군이 분투해 준 덕에 당분간 한시름 놓을 수 있겠사옵
니다."

"정말 그렇소."

"지금은 한산도에서 가덕도로 이동하는 중이라 하니, 내일
쯤엔 도도 다카토라의 본대와 만날 가능성이 크옵니다. 만약
해군이 도도 다카토라의 본대마저 격파할 수 있다면, 전하의
계획대로 부산포를 역으로 포위할 수 있을 것이옵니다."

이준성은 정색하며 고개를 저었다.

"설레발은 금물이오."

"신이 물색없이 앞서나갔나 보옵니다. 용서하시옵소서."

이준성은 옥좌 팔걸이를 툭툭 치며 상황실 천장을 바라보았다.

"이제 우리 차례군."

"그렇사옵니다."

이준성은 고개를 내려 권율을 바라보았다.

"뭐, 항상 그렇지만 이번에는 정말 잘해야 하오. 우리가 잘해야 권응수가 아시온군을 수습할 수 있는 시간을 벌 테니까."

권율은 즉시 상황실 가운데에 있는 입체지도를 가리켰다.

"요원들이 지도에 표시한 왜군 진형부터 먼저 보시겠사옵니까?"

"그럽시다."

이준성은 권율과 나란히 서서 입체지도에 나와 있는 왜군 진형을 살펴보았다. 왜군이 점령한 지역은 며칠 전과 비교해 거의 반으로 줄어 있었다. 이준성이 진주성에서 우에스기 카게카츠와 유키 히데야스, 마쓰다이라 다다요시가 이끄는 5만 병력을 궤멸시킨 후에 해군이 한산도에서 왜선 200여 척을 불태운 덕이었다. 현재 왜군은 김해를 중심으로 밀양, 기장을 축선 삼아 버티며 반격을 도모하는 중이었다.

현재 이준성이 노리는 김해에는 마에다 도시이에가 이끄는

5만 병력이 주둔 중이었다. 진주 방면으로 나아간 우에스기 카게카츠 등이 한국군과 교전해 큰 피해를 보았단 소식을 접한 마에다 도시이에는 급히 지원군을 파견하려 했지만, 지원군이 출발하기 전에 한국군이 나타나 그만두었다.

한국군이 김해 외곽까지 왔단 뜻은 진주 방면으로 나아간 우에스기 카게카츠 등이 이미 전멸했단 증거나 매한가지였다.

한국군의 다음 목표가 본인임을 직감한 마에다 도시이에는 넓은 개활지에 진채를 세운 다음, 대기병용 방책을 겹겹이 둘러 한국군이 기병 전력을 활용하지 못하게 유도했다.

입체지도에 나와 있는 마에다군 진형을 살펴보던 이준성은 마음에 들지 않는다는 듯한 표정을 지었다. 지도의 진형만으론 적이 만들어 둔 대기병용 방책이 얼마나 튼튼한지를 알 수 없었다.

"직접 확인해 보는 수밖에 없겠군."

이준성은 흑룡대대 100여 명만 대동한 상태에서 김해에 잠입해 적진을 직접 정찰했다. 한데 결과가 그리 좋지 않았다.

이준성이 중기병을 즐겨 사용한단 사실을 파악한 마에다 도시이에는 은폐, 엄폐할 장소가 없는 개활지에 진채를 세우고서는 그 주위에 대기병용 방책을 촘촘히 배치해놓았다.

기병으로 돌격했다간 대기병용 방책에 막혀 큰 피해를 보기

십상이었다. 그렇다고 비룡여단을 동원해 공격하자니 엄폐에
사용할 지형이 마땅치 않아 큰 피해를 볼 수밖에 없었다.

"이거 진채 밖으로 나오게 하는 수밖에 없겠는걸."

그 말을 들은 정충신이 고개를 갸웃거리며 물었다.

"자기들이 공들여 건설한 진채를 쉽게 버리려 들겠사옵니
까?"

"쉽지 않겠지. 하지만 이 상태로 싸울 수 없기는 마찬가지
야."

이준성은 마에다군 진채 주위를 둘러보았다. 진채에서 1
킬로미터가량 떨어진 곳에 해발 100미터쯤 되어 보이는 민둥
산이 하나 있었다. 원래는 초목이 무성했을 테지만 마에다군
이 시야 확보를 위해 나무와 풀을 싹 베어 버린 다음, 거기서
나온 목재로 진채에 두른 대기병용 방책을 만든 듯했다.

이준성은 진채로 돌아가는 척하며 민둥산 밑으로 이동해
지형을 관찰했다. 한데 납작하게 구운 빵처럼 지형에 굴곡이
많지 않아 방어하기에는 그다지 좋은 형태가 아니었다.

더구나 마에다군이 나무와 풀을 죄다 베어 버린 탓에 은폐,
엄폐할 게 없어 적의 공격에 그대로 노출된다는 단점까지 있
었다. 다만, 적이 화공을 펼치기 어렵다는 점은 마음에 들었
다.

진채로 돌아온 이준성은 먼저 원충서를 불러 명령을 내렸
다.

"천마여단은 지금 즉시 밀양으로 이동해 그곳에 있는 아시온군을 지원해라. 아시온군이 밀양을 공격 중인 왜군에게 곤란을 겪는 모양인데, 천마여단이 가세하면 숨통이 좀 트일 거다."

원충서는 전선에서 잠시 빠지란 명령에 바로 불만을 드러냈다.

"밀양에 가서 남 뒤치다꺼리나 하란 말씀이시옵니까?"

이준성은 미간을 슬쩍 찌푸렸다.

"아시온군을 돕는 게 왜 남 뒤치다꺼리란 말인가? 아시온군은 천마여단의 상급부대일세. 그런 생각은 별로 좋지 않아."

원충서는 여전히 불만이 가시지 않는 표정이었다.

"김해에 있는 그 마에다인가 뭔가 하는 놈 때문에 그러시옵니까? 그렇다면 소장에게 하루만 주시옵소서. 천마여단이 가서 당장 그 마에다란 왜장의 수급을 잘라 오겠사옵니다."

이준성은 원충서를 보며 싸늘한 미소를 지었다.

그 미소를 보고 움찔한 원충서가 얼른 변명할 거리를 찾았다.

"아, 아니 그런 뜻이 아니오라, 소, 소장은 단지…….

원충서를 무시한 이준성이 옆에 있는 권율에게 물었다.

"요즘 대가리가 커졌다고 감히 내 머리 위로 기어오르는 멍청이들이 몇 있는데, 언젠간 날을 잡아 혼쭐을 내 줄 생각이오. 비 오는 날에 개 처맞듯 맞다 보면 지 분수를 알지 않겠소?"

권율은 원충서를 힐끔 본 다음에 급히 머리를 조아렸다.

"지당하신 말씀이옵니다."

얼굴이 핼쑥해진 원충서는 즉시 군례를 취했다.

"소장 원충서, 지금 즉시 주상전하의 어명을 수행하겠나이다."

겁에 질린 원충서는 서둘러 작전상황실을 빠져나갔다. 이준성에게 정말로 비 오는 날에 개 처맞듯 맞아 본 경험이 있던 그로서는 방금 그 말이 농담처럼 들리지 않았던 것이다. 원충서는 즉시 천마여단 기병을 통솔해 밀양으로 떠났다.

잠시 후, 천마여단을 배웅하러 갔던 권율이 돌아와 보고했다.

"천마여단이 조금 전에 짐을 챙겨 밀양으로 출발했사옵니다."

"떠들썩했소?"

권율은 그답지 않게 희미한 미소를 지으며 대답했다.

"말 탄 녀석들이야 어딜 가나 항상 시끌벅적하기 마련이지요."

이준성은 껄껄 웃었다.

"하하, 그렇겠지."

그때, 권율이 옥좌 가까이 다가와 작은 목소리로 물었다.

"천마여단을 올려 보낸 것은 마에다를 속이기 위함이시옵니까?"

"역시 권 장관은 속이기 힘들군. 맞소. 마에다가 거북껍질 밖으로 나오게 하려면 우선 우리에게 기병이 없다는 사실을 보여 줄 필요가 있었소. 아마 지금쯤이면 우리를 감시하던 정찰부대의 입을 통해 마에다 역시 천마여단이 진채를 떠났단 사실을 보고받았을 거요. 그러나 신중한 성격인 마에다는 그게 또 다른 속임수일 수 있다는 생각에 천마여단이 정말 밀양에 도착하는지를 확실히 알아본 후에야 믿을 것이오."

권율이 동의한다는 듯 고개를 끄덕이며 물었다.

"그렇다면 마에다가 천마여단이 정말 밀양에 도착하는지를 알아보는 지금이야말로 병력을 움직일 적기가 아니겠사옵니까?"

"같은 생각이오. 비룡여단장에게 화기와 식량, 식수를 충분히 챙긴 상태에서 대기하라 전하시오. 마에다가 이판사판이란 생각에 산을 포위해 장기전으로 만들 위험이 있소."

"알겠사옵니다."

대답한 권율은 비룡여단장 하구로를 찾아가 수성전을 준비하란 명령을 내렸다. 똑똑한 하구로는 그게 무슨 뜻인지를 즉각 간파했다. 그는 즉각 부하들에게 본인이 들고 갈 수 있는 한계치까지 군장을 싸서 대기하라는 명령을 내렸다.

그날 저녁, 이준성은 국방부, 비룡여단 병력 8,000여 명과 함께 그날 오후에 보아 둔 민둥산 방향으로 은밀히 기동했다.

그들을 감시하는 왜군 정찰부대가 기동을 감지했을 땐 이미 민둥산 정상에 도착해 철통같은 방비를 펼치는 중이었다.

이준성은 하구로를 불러 명령했다.

"내일 날이 밝기 전까지 참호와 교통호를 완성해 놓도록 해라."

"예, 전하."

대담한 하구로는 부대에 돌아와 부하들에게 참호와 교통호를 파란 명령을 내렸다. 현재 비룡여단은 사기가 아주 높은 상태였다. 그들은 곧 군말 없이 작업에 착수해 다음 날 동이 트기 직전에 거미줄처럼 얽힌 참호와 교통호를 완성했다.

비룡여단은 항왜가 8할을 차지하는 항왜 부대였다. 한데 이준성이 장병에게 밀린 녹봉을 지급할 때, 비룡여단 항왜 역시 다른 한국군처럼 복무한 개월 수에 맞는 녹봉을 받았다. 항왜는 그들이 왜군 출신인 탓에 한국군과 차별을 받을 거라 예상했다. 아니, 어쩌면 그게 당연하다는 생각까지 했다.

한데 그렇지 않았다. 이준성이 출신에 상관없이 공평하게 녹봉을 지급하라 명령한 덕에 똑같은 녹봉을 받을 수 있었다.

다음 날 오전, 이준성은 밤새워 완성한 참호와 교통호, 유개호 등을 시찰한 다음에 흑룡대대를 줄기차게 내보내 마에다군을 도발했다. 마에다군은 함정이라 생각해 도발에 응하지 않았지만, 천마여단이 정말 밀양으로 향했단 소식을 접한 다음에는 도발할 때마다 병력을 내보내 맞상대를 해 왔다.

야산에 진채를 내린 지 사흘째 되던 날 밤, 이준성은 야습 부대를 꾸려 마에다군을 기습했다. 거북이가 등껍질에 감춰 둔 머리를 내밀게 만들려면 뭔가 결정적인 한 방이 필요했다.

◆ ◈ ◆

마에다군이 진채 밖으로 나오게 만드는 방법은 두 가지였다.

첫 번째는 한국군의 전력이 예상보다 떨어지는 것처럼 위장해 마에다 도시이에를 속이는 방법이었다. 중기병 부대인 천마여단이 없는 상황에서 민둥산에 주둔한 한국군 병력의 전력이 형편없다면, 아무리 신중한 성격을 가진 자라 할지라도 혹하기 쉬웠다. 더욱이 그 민둥산에 한국의 왕인 이준성이 있다는 사실을 아는 마에다로서는 모험을 걸어 볼 가치가 충분했다. 만약 일이 뜻대로 풀려나가 민둥산에 숨어 있는 이준성을 손에 넣을 수 있다면, 앞으로 이어질 전쟁에서 유리한 고지를 선점하는 효과를 톡톡히 누릴 수가 있었다.

두 번째 방법은 한국군이 가진 전력을 가감 없이 보여 주는 방법이었다. 즉 야습작전과 같은 기습을 통해 마에다군에 심각한 타격을 입히면, 마에다로선 1킬로미터 거리에 주둔한 한국군을 그냥 두기 힘들었다. 그냥 두기에는 한국군이 너무 강한 데다 주둔한 위치마저 아주 까다로운 탓이었다.

마에다 도시이에는 현재 밀양에 있는 한국군 주력을 상대 중인 시마즈 요시히로, 다테 마사무네, 후쿠시마 마사노리를 빨리 지원해야 하는 상황이었다. 밀양 전투에서 승리를 거둬야 이번 전쟁에서 승리할 가능성이 조금이라도 더 높아지는데, 만약 민둥산에 주둔한 한국군이 마에다군의 발목을 잡는다면 밀양의 왜군을 지원하기가 쉽지 않은 노릇이었다.

이러한 가능성을 모두 계산해 본 이준성은 결국 두 번째 방법을 택하기로 마음먹었다. 바로 야간기습을 통해 마에다군에 심각한 타격을 입히는 방법이었다. 심각한 타격을 입으면 마에다군 역시 어떤 식으로든 행동에 나설 수밖에 없었다.

더욱이 정찰을 통해 천마여단이 민둥산을 떠나 밀양으로 이동했단 사실을 안 마에다로선 마음이 더 급해진 상태였다. 천마여단이 합류한 덕에 전력이 급상승한 한국군이 시마즈, 다테, 후쿠시마 세 영주를 물리치고 나서 곧장 남하해 마에다군 북쪽을 들이친다면 그보다 더 끔찍한 일은 없었다.

이준성은 마에다군 진채에서 800미터쯤 떨어진 지점에 도착해 인드라망으로 주변을 관찰했다. 예상대로 마에다군 진채를 중심으로 300여 미터 반경 안에 3, 40개가 넘는 전초기지가 있었다. 진채가 있는 곳이 사방이 뻥 뚫린 개활지인 덕에 낮에는 사주경계만 잘 서면 1킬로미터 전방에 나타난 적의 그림자를 바로 알아챌 수 있지만, 밤에는 시야가 몇 미터로 줄어들기 일쑤라 사람의 눈으로 적을 발견하는 데 어려움이 많았다. 이를 모를 리 없는 마에다 도시이에 역시 야간에는 전초기지를 세워 적의 야간기습에 대비했다.

그러나 꼼꼼하기 이를 데 없는 마에다 도시이에조차 미처 계산에 넣지 못한 변수가 하나 있었는데, 그것은 바로 이준성이란 존재였다. 아니, 엄밀히 말하면 이준성이 가진 인드라망의 존재였다. 그는 인드라망의 야간감시기능을 적극적으로 활용해 마에다 도시이에가 숨겨 둔 전초기지의 위치를 알아냈다.

이준성은 정충신에게 손을 내밀었다.

"준비한 것을 다오."

정충신은 뭔가 불만 어린 표정으로 등에 짊어진 검은색 가죽옷을 꺼내 이준성에게 건넸다. 검은색 가죽옷은 옷이라기보다는 머리 위에 덮어쓰는 도롱이처럼 생겼는데, 달빛을 반사하지 못하도록 겉에 재와 먹물을 두껍게 발라 둔 상태였다.

옷을 받아 든 이준성이 입술을 삐죽 내민 정충신에게 물었다.

"뭐가 또 불만이지?"

"전하께선 일국의 국왕이 아니시옵니까?"

"내가 없는 사이에 누가 왕위를 찬탈한 게 아니라면 네 말이 맞겠지. 한데 그게 왜? 내가 이 나라 왕인 게 불만인 거야?"

"체통을 지키셔야 한단 뜻이옵니다."

"체통?"

"그렇사옵니다. 한국의 국왕이 기어서 적진에 잠입했다는 소문이 나면 다른 사람들이 전하를 어떻게 생각하겠사옵니까? 아니, 다른 사람들이 우리 한국을 어떻게 생각하겠사옵니까? 한국에는 땅을 기는 일조차 제대로 할 줄 아는 인재가 없어 왕이 그런 일까지 한다며 비웃지 않겠사옵니까?"

피식 웃은 이준성은 정충신의 머리에 헤드록을 걸며 물었다.

"너만 입 다물면 문제없을 것 같은데. 설마 내가 기어서 적진에 잠입했다는 소문을 네 입으로 퍼트리려는 건 아니겠지?"

웬만한 사내의 허벅지보다 굵은 이준성의 팔뚝에 머리가 낀 탓에 옴짝달싹 못 하던 정충신이 헤헤 웃으며 대답했다.

"그, 그럴 리가 있겠사옵니까?"

"그럼 계속 입 다물도록 해라."

이준성은 정충신의 박박 깎은 머리를 살짝 쥐어박고 나선 헤드록을 풀어 주었다. 사실, 이준성 역시 몇백 미터에 달하는 돌밭을 포복으로 기어가긴 싫었다. 그러나 이 일을 할 수 있는 사람이 그밖에 없는 탓에 고생을 사서 하는 중이었다.

마에다 도시이에가 만들어 둔 전초기지 40여 군데를 피해 마에다군 진채에 무사히 도착하려면 인드라망을 가진 이준성의 능력이 필요했다. 물론 체력 좋은 부하에게 전초기지의 위치를 알려 준 다음에 그를 대신하게 하는 방법이 있지만, 조금만 생각해 보면 쉽지 않단 사실을 바로 알 수 있었다.

평범한 사람이 지형지물을 확인하기 힘든 어둠 속을 몇백 미터가량 쉼 없이 기어가다 보면 중간에 자기가 어디쯤 와 있는지를 잊어버릴 공산이 아주 높았다. 본인이 현재 있는 위치조차 헷갈리는 사람에게 교묘한 형태로 숨어 있는 전초기지를 피해 마에다군 진채에 무사히 도착하길 기대하는 행동은 우물가에서 숭늉을 찾는 것보다 더 바보 같은 짓이었다.

가죽옷을 덮어쓴 상태에서 재와 먹물을 살에 칠해 위장을 마친 이준성은 마에다군 진채를 향해 낮은 포복으로 기어갔다.

몸을 움직일 때마다 팔뚝과 허벅지를 쿡쿡 찌르는 날카로운 돌부리가 특수전학교에서 미친개 교관으로부터 포복 교육을 받던 젊은 시절을 떠올리게 했지만, 100미터쯤 전진했을 땐 이미 무아지경에 도달해 오직 목표만이 눈에 들어왔다.

이준성은 인드라망을 이용해 마에다군이 교묘히 숨겨 놓은 전초기지를 무사히 통과했다. 땅을 파 만든 전초기지 안에 들어가 있으면 좌우를 살피기 어려워, 완벽히 위장한 상태에서 소리를 거의 내지 않으며 전진하는 그를 찾기란 사실상 불가능에 가까웠다. 마에다 도시이에는 적이 이준성처럼 포복을 통해 접근해 올 것에 대비해 전초기지 위치를 최대한 과학적으로 설계해 사각을 없앴지만, 인간이 하는 일이 다 그렇듯 완벽한 것이란 이 세상에 존재하지 않았다.

이준성은 인드라망으로 찾아낸 전초기지 위치를 유진이 보유한 시뮬레이션 프로그램에 돌려 마에다군이 절대 그를 발견하지 못하는 유일한 루트를 하나 찾아내 그곳으로 잠입했다.

그렇게 1시간쯤 포복해 팔뚝의 살이 멍이 드는 수준을 넘어 피투성이로 변했을 무렵, 이준성은 마침내 마에다군이 진 채 외곽에 세워 둔 방책 앞에 도달했다. 잠시 숨을 고른 그는 등에 짊어진 가방 안에서 천왕뢰를 몇 개 꺼내 방책 사이에 매설했다. 천뢰 3호 열 개를 한데 묶어 제작한 천왕뢰라면 방책을 박살 내 방어선에 구멍을 뚫을 수가 있었다.

매설한 천왕뢰에 도화선 설치까지 하여 모든 준비를 완벽히 마친 이준성은 방책과 적당히 거리를 벌린 상태에서 주머니를 뒤져 미리 챙겨 온 거울을 꺼냈다. 그가 꺼낸 거울은 곧 달빛을 반사해 허공에 희미한 빛줄기를 하나 뿜어냈다.

이준성은 부하들이 그가 거울로 만들어 낸 빛줄기를 발견하지 못할 것에 대비해 거울을 되는 대로 마구 흔들었다.

당연히 거울이 만들어 낸 빛줄기 역시 주인이 움직이는 대로 따라가며 1킬로미터 밖에서 대기하는 사람들의 시선을 끌었다.

그로부터 얼마 지나지 않아 한명련이 이끄는 흑룡대대 병사 1,000여 명이 마에다군 진채로 돌격해 왔다. 흑룡대대를 발견한 전초기지에서 호각 소리가 울린 것과 거의 동시였다.

호각 소리를 들은 왜군은 횃불을 방책 위에 높이 걸어 둔 상태에서 적의 야습을 막을 준비를 하느라 분주히 움직였다.

횃불이 만든 강한 불빛이 눈을 찌르는 것을 느낀 이준성은 얼른 바닥에 머리를 박아 몸 전체를 은폐했다. 흑룡대대가 도착하기 전까지는 그의 존재를 적이 알게 해선 안 되었다.

전초기지에 숨어 있던 왜군이 돌격해 오는 흑룡대대 병사들을 향해 조총을 쏜 듯 총성이 간헐적으로 들려왔지만 성난 범처럼 달려드는 흑룡대대 병사들을 막을 정도는 아니었다.

이준성은 고개를 돌려 뒤를 보았다. 흑룡대대 선봉이 200미터 앞까지 돌파해 들어온 상황이었다. 어두운 탓에 거리를 제대로 가늠하지 못한 왜군 몇 명이 조총을 쏘았지만, 탄환은 흑룡대대 병사보다 바닥에 박히는 경우가 더 많았다.

이준성은 때가 왔음을 직감했다. 흑룡대대 선봉이 더 가까이 다가왔을 때 천왕뢰를 터트리면 방책이 터질 때 흑룡대대 역시 피해를 볼 수 있어 터트리기에는 지금이 적기였다.

이준성은 도화선을 잡아당겨 점화시킨 천뢰 3호 몇 개를 천왕뢰가 있는 방향으로 힘껏 던졌다. 밤하늘 속을 빙글빙글 돌며 날아간 천뢰 3호가 천왕뢰 도화선이 있는 위치에 떨어지는 순간, 펑 하는 폭음과 함께 붉은 화염이 치솟았다.

그러나 이는 시작에 불과했다. 천뢰 3호가 천왕뢰 도화선에 불을 붙인 듯 곧 좀 전과는 비교할 수 없을 정도로 엄청난 폭음이 울리며 시뻘건 화염이 일대를 붉게 물들였다.

바닥에 누워 있다가 천왕뢰가 만들어 낸 폭발력 때문에 땅이 꿀렁거리며 요동치는 것을 느낀 이준성이 벌떡 일어섰다.

앞에 있던 방책이 천왕뢰가 폭발할 때 같이 날아가 버려 구멍이 뻥 뚫려 있었다. 방책 일부는 여전히 땅에 박혀 있긴 했지만, 중간이 뚝 부러져 있어 넘어가는 데 큰 어려움이 있을 것 같지는 않았다. 왜군 관점에서 더 큰 문제는 방책을 지키던 왜군 수십 명이 천왕뢰 폭발에 말려들어 죽거나 다쳤다는 데 있었다. 천왕뢰 자체의 폭발 반경은 그리 넓지 않았지만, 천왕뢰가 폭발할 때 산산조각 난 방책 파편이 사방으로 날아가는 바람에 인명 피해가 크게 늘었던 것이다.

가죽옷을 벗어 던진 이준성은 천뢰 3호를 던지며 방책 사이에 뚫린 구멍으로 뛰어들었다. 구멍을 틀어막기 위해 달려오던 왜군 몇 명이 천뢰 3호 파편에 맞아 바닥을 나뒹굴었다.

무사히 진채 안에 도착한 이준성은 언월도를 휘둘러 왜군을 베어 갔다. 그가 당황해 돌아서는 세 번째 왜군을 막 베어 넘겼을 때, 한명련이 이끄는 흑룡대대 본대가 들이닥쳤다.

곧 곳곳에서 피가 무지개처럼 허공을 갈랐다. 또 누군가
가 죽기 전에 내지르는 단말마 비명이 쉴 새 없이 울려 퍼졌
다.

　흑룡대대와 합류한 이준성은 병사들에게 천왕뢰를 이용
해 방책을 더 박살 내란 명령을 내렸다. 병사들은 시키는 대
로 가져온 천왕뢰를 방책 사이에 투척한 다음 천뢰 3호를 이
용해 폭발시켰다. 곧 마에다군이 며칠 동안 정성 들여 제작
한 대기병용 방책이 천왕뢰에 당해 제 기능을 상실했다.

　흑룡대대를 직접 지휘하던 이준성은 왜군의 저항이 거세
진단 사실을 파악하곤 후위부터 재빨리 탈출시켰다. 이준성
은 끝까지 남아 부대를 지휘하며 부하들의 퇴각을 지원했다.

　"지뢰 3호를 묻어 왜군의 추격을 저지해라!"

　이준성의 명령을 받은 병사들이 바닥에 지뢰 3호를 매설
하며 퇴각했다. 이준성은 마지막으로 퇴각하며 불화살을 쏘
아 묻어 둔 지뢰 3호를 터트렸다. 지뢰 3호가 터질 때마다 그
위를 지나가던 왜군 대여섯 명이 비명을 지르며 쓰러졌다.

　지뢰가 어디에, 얼마나 많은 양이 묻혀 있는지 알 방법
이 없던 왜군은 결국 도중에 추격을 포기했다. 10미터 앞
을 제대로 확인하기 어려운 야간에 지뢰가 묻혀 있는 곳으

로 병력을 계속 밀어 넣으며 한국군을 추격할 수는 없는 노릇이었다.

물론 흑룡대대 역시 그냥 퇴각하지 않았다. 그들은 왜군 전초기지에 천뢰 3호를 던져 넣어 안에 있던 왜군을 제거했다.

한국군의 야간기습에 큰 피해를 본 마에다 도시이에는 이런 식으로 전투가 이어지면 곤란하다고 생각한 듯 다음 날 오전에 4만 명이 넘는 병력을 동원해 민둥산 주위를 에워쌌다.

전투의 양상이 완전히 바뀌는 순간이었다.

임진왜란에서 살아 돌아온 생존자의 입을 통해 이준성의 나이가 생각보다 젊단 정보를 접한 마에다 도시이에는 뻥 뚫린 개활지에 대기병용 방책을 두른 진채를 세워 한국군의 공격을 유도했다.

수십 년에 이르는 전국시대를 거치며 온갖 군상을 경험한 마에다 도시이에는 젊은이가 가진 특유의 혈기가 꼭 좋은 결과로 이어지진 않는단 교훈을 얻었다.

잃을 것이 많은 늙은이는 어떤 선택을 하기 전에 신중한 태도를 보이는 경우가 많지만 잃은 게 없는 젊은이는 앞뒤 재지 않고 눈앞에 있는 먹잇감을 향해 전속력으로 질주했다.

그렇게 해서 먹잇감을 잡는 데 성공하면 그 젊은이는 그때부터 권력과 부와 명성을 얻어 점차 거물로 성장했다.

마에다 도시이에가 주군으로 모신 오다 노부나가가 딱 그러한 경우였다.

당시 전국시대 최강 세력이던 이마가와 요시모토가 동원한 2만 5천 대군을 오케하자마에서 마주했을 때, 젊었을 적의 오다 노부나가는 2,000여 명의 적은 병력만으로 기습해 승리를 거두며 거물로 성장했다.

마에다 도시이에 본인 역시 크게 다르지 않았다. 별 볼 일 없는 오와리 호족의 넷째 아들이던 그는 혈기를 앞세운 용감무쌍한 행동 덕에 훗날 석고가 100만 석에 달하는 가가번을 건설했다.

그러나 젊은 혈기가 가져다준 실패 사례 역시 수두룩했다. 아니, 어쩌면 성공한 사례보다 실패한 사례가 더 많을지 몰랐다. 마에다 도시이에는 혈기가 앞선 젊은이가 욱하는 마음에 나섰다가 패가망신하는 경우를 지금까지 숱하게 봐 왔다.

한데 마에다 도시이에가 들은 이준성의 성격이 모두 사실이라면 이준성이야말로 젊은 혈기의 화신 같은 인물이었다. 이준성은 무모하리만치 용감한 사내였다. 또 계략을 쓰기보단 압도적인 힘으로 적을 철저히 쳐부수는 전투를 즐겼다.

물론 지금까진 혈기가 좋은 결과로 이어져 승승장구했지만, 이는 외줄 타기와 같아 지금까지 잘해 온 과거는 소용없었다. 여긴 줄에서 한번 떨어지면 모든 게 끝장인 세계였다.

이러한 점을 염두에 둔 마에다 도시이에는 김해 한복판에 웅장한 진채를 완성해 이준성의 자존심을 강하게 건드렸다. 혈기가 넘치는 젊은 왕이라면 자신의 영토에 적이 침만 뱉어도 기분이 나쁘기 마련인데 마에다 도시이에는 침을 뱉는 수준을 넘어 아예 참을 수 없는 모욕을 준 셈이었다.

마에다 도시이에는 젊은 혈기를 억누르지 못한 이준성이 반드시 선공을 취할 것이라 예상했다. 그러면 그는 대기병용 방책과 조총을 총동원해 한국군이 자랑하는 중기병 전력을 철저히 궤멸시킨 다음, 밀양으로 곧장 진격해 그곳에 주둔해 있는 시마즈, 다테, 후쿠시마 등을 지원할 생각이었다.

그로부터 얼마 후 예상대로 이준성의 한국군이 먼저 공격해 왔다. 한데 공격 방식은 마에다 도시이에의 예상을 완전히 빗나갔다. 이준성은 중기병을 앞세운 정면돌파가 아니라, 쥐새끼처럼 야간에 잠입해 대기병용 방책을 날려 버리는 방식을 선택했다. 그깟 대기병용 방책이야 얼마든 다시 세울 수 있지만, 그 틈에 근처 어딘가에 숨어 있을지 모르는 한국군 중기병이 공격해 오면 여간 골치가 아픈 게 아니었다.

마에다 도시이에는 야간기습을 마친 한국군이 돌아가기 무섭게 가신에게 무너진 방책을 복구하란 지시를 내렸다.

그러나 방책 복구가 이어지는 동안 언제, 어디서 한국군 중기병이 튀어나올지 몰라 노심초사해야 했다. 다행히 밀양으로 갔다던 한국군 중기병이 돌아와 구멍이 뚫린 방책으로 쳐들어오진 않았지만, 심장이 떨리던 순간임엔 분명했다.

마에다 도시이에는 첫 번째 전투에서는 자신이 보기 좋게 패했다는 사실을 인정할 수밖에 없었다. 한국군이 이런 식으로 야간에 쳐들어와 방책을 날려 버리는 작전을 계속 쓴다면, 그가 진채에 두껍게 둘러놓은 방책은 쓸모가 없어졌다.

그렇다면 방법은 하나였다. 감춰 두었던 발톱을 뽑아 앞에 있는 먹잇감을 단숨에 갈기갈기 찢어 버리는 것이다. 종기는 뿌리부터 빨리 잘라 내야 다른 곳으로 퍼지지 않는 법이니까.

더욱이 한국군을 감시 중인 왜군 정찰부대가 밀양에 도착한 한국군 중기병이 내륙 깊숙이 들어간 탓에 당장 김해로 복귀해 민둥산에 주둔한 한국군을 지원하긴 힘들 것 같단 보고를 해 왔다. 마에다 도시이에는 민둥산에서 자라는 중인 종기를 잘라 내는 데 이보다 더 적기는 없다는 판단을 내렸다.

이준성은 마에다 도시이에가 생각하던 만큼 무모하지 않아 중기병을 앞세운 돌격을 감행하지 않았다. 하지만 고작 7, 8,000명의 수비 병력으로 조막만한 민둥산에 틀어박혀 4만이 훌쩍 넘는 그의 대군을 상대로 싸움을 거는 행위 역시 무모하긴 매한가지였다. 마에다 도시이에는 이준성에게 전장에서 가장 중요한 진리가 무엇인지를 가르쳐 줄 요량이었다.

바로 정면승부에서는 기발한 책략보다 더 많은 병력을 가진 진영이 언제나 유리하다는 진리였다. 수천 년 동안 이어진 인간과 전쟁의 역사에서 이 진리만큼 불변인 것은 없었다.

마에다 도시이에는 곧 마에다군 1만 5천에 도요토미 히데요시가 보내 준 도요토미군 2만 5천 명을 더한 총 4만 대군으로 한국군이 주둔한 민둥산 공격에 나섰다. 말 그대로 도요토미 히데요시를 지금의 위치에 있게 해 준 범도요토미 가문의 정예병 4만을 이번 전투에 모두 동원했다는 뜻이었다.

한편, 이 4만 대군을 상대해야 하는 처지인 이준성은 보병 7,000명과 참호 안에 들어가 적의 공격을 차분히 기다렸다.

마에다 도시이에가 정면승부를 해 온다면 이준성 역시 정면승부로 맞불을 놓을 생각이었다. 물론 병력은 적이 더 많지만, 무기의 질과 병사의 훈련 상태는 한국군 쪽이 월등했다.

만약 7,000 대 4만이 겨루는 이번 정면승부에서 압도적으로 승리할 수 있다면, 그의 군대가 16세기 말 최강의 군대란 자신감을 얻을 수 있었다.

또 그 자신감은 앞으로 있을 다른 전투에서 중요한 자산으로 쓰일 수 있었다. 그런 점에서 보면 이번 전투에는 여러모로 중요한 의미가 담겨 있었다.

이준성은 처음부터 강하게 나갈 생각으로 직접 1선 참호에 내려가 적이 돌격해 오기를 기다렸다. 권율 등은 별로 좋은 생각이 아니라며 극구 말렸지만, 그는 신경 쓰지 않았다.

사기를 높일 목적으로 그런 행동을 하는 것은 아니었다. 본인이 누구보다 잘 싸울 자신이 있기에 그런 것일 뿐이었다. 또 현장에 있으면 시시각각 변하는 전황을 빨리 파악해 현명한 결정을 내릴 수 있단 이유 역시 어느 정도 작용했다.

참호에 들어가 주위를 둘러보던 이준성은 전혀 생각지 못한 인물을 발견하고는 깜짝 놀라 작은 목소리로 탄성을 내뱉었다. 그 인물은 다름 아닌 슈메였다. 열네 살 꼬마이던 슈메가 어느새 멋진 청년으로 성장해 그를 보며 서 있었다.

슈메는 이준성 개인적으로 상당히 의미가 있는 인물이었다. 그가 이 낯선 세상에 도착해 처음으로 거둔 부하가 바로 이 슈메였다. 왜국 규슈 태생에 당시 불과 열네 살의 어린 나이였던 슈메는 자그마한 영지를 가진 어떤 영주의 시동으로 한반도에 건너와 함경도에 주둔하던 중이었다.

당시 슈메가 속해 있던 소규모 왜군 부대는 강준구, 강주봉, 강태봉 등 지금 이준성 밑에서 가장 강한 권력을 가진 가문으로 꼽히는 강 씨 가문 사람들의 뒤를 추적하던 중이었다.

한데 그때 벌거벗은 모습으로 이 땅에 처음 발을 내디딘 이준성이 그 광경을 보고는 즉시 뛰어들어 왜군을 학살했다.

영주의 시동이던 슈메 역시 그 와중에 이준성의 발에 차여 나가떨어졌는데 처음에는 그가 죽은 줄 알았다. 그러나 나중에 영주까지 없앤 이준성이 다시 확인했을 때는 죽은 게 아니라 잠시 기절했을 뿐이란 사실을 알 수 있었다.

그때, 이준성의 도움으로 목숨을 건진 강 씨 일가가 다시 돌아와 자기 가족을 살해한 원수인 슈메를 죽이려 했지만, 이준성의 만류로 그만두었다. 슈메가 불쌍해서 살려 주자고 한 것은 아니었다. 그저 슈메를 문초해 그가 가진 왜군의 정보를 알아내는 쪽이 더 이득이라 봤기 때문이었다. 그 후엔 나이가 어린 탓에 직접 나서서 적과 싸우기보단 이준성의 개인 부관 자격으로 잡다한 심부름을 하며 몇 달을 같이 살았다.

그렇게 지내던 중 한국을 개국한 이준성이 왕에 등극하는 바람에 상황이 180도 바뀌었다. 항왜인 슈메를 부관으로 계속 기용하면 왜군에게 적대감을 가진 관료와 백성이 반발할 수 있다는 생각을 갖게 된 이준성은 그를 당시 막 설립 중이던 국립학교로 보내 거기서 우리말과 글, 문화를 배우게 했다.

한데 그런 슈메가 거의 3년 만에 그 앞에 다시 나타났다. 슈메가 학업을 계속 이어 가는 중일 것으로 예상한 이준성은 재회가 기쁘면서도 한편으론 뜻밖이란 생각을 감추지 못했다.

슈메가 얼른 바닥에 엎드려 머리를 조아렸다.

"옥체 만강하신 모습을 보니 기쁘기 그지없사옵니다."

이준성은 슈메가 우리말을 잘할 뿐 아니라, 복잡하기 이를 데 없는 궁중 예법까지 차리는 모습을 보고 미소를 지었다.

이준성은 슈메의 박박 깎은 머리를 쓰다듬으며 물었다.

"못 본 사이에 많이 컸구나. 이제 몇 살이지?"

"열아홉이옵니다."

"흠, 세월 한번 빠르군. 한데 여기에는 어떻게 온 것이냐? 나는 네가 학교에서 학업을 이어 가는 중일 거로 생각했는데."

슈메는 약간 당황하여 대답했다.

"사실 소인은 공부보다는 이쪽이 적성에 더 맞는 것 같다는 생각을 그동안 해 왔사옵니다. 하여 중등학교를 졸업한 후에 하구로 장군에게 부탁해 비룡여단에 입대한 것이옵니다."

"넌 군문에 든다는 게 무슨 의미인지 아느냐?"

슈메는 태연한 표정으로 대꾸했다.

"예, 전하. 전장에서 죽을 수 있다는 뜻이옵니다."

"좋다. 거기까지 각오했다면 잔소리는 이쯤 해 두마. 그래, 카네는 어찌하는 중이냐? 여전히 항왜를 가르치는 중이더냐?"

"그렇사옵니다. 국방부 참모부에서 교육장교를 맡아 소인과 같은 항왜에게 말과 글을 가르치는 중이라 들었사옵니다."

그때, 전선 전체에서 호각 소리가 시끄럽게 울렸다.

이준성은 슈메의 머리에 철모를 씌워 주며 당부했다.

"적이 오는 모양이다. 죽기 싫거든 정신 똑바로 차려야 한다."

"예, 전하."

슈메는 곧 활과 총을 들고 참호 앞으로 자리를 옮겼다. 그 모습을 지켜보던 이준성은 고개를 끄덕이며 시선을 돌렸다.

전방 300미터 근방에서 사시모노를 등에 꽂은 왜군 천여 명이 참호로 돌격해 오는 모습이 보였다. 그러나 대책 없이 돌격하진 않았다. 대나무와 볏짚으로 만든 이동용 방책을 든 왜군을 선두에 내세워 한국군의 원거리 공격에 대비했다.

이준성은 즉시 참호 좌우를 돌아보며 명령을 내렸다.

"화살을 쏴라!"

명령이 떨어지기 무섭게 참호를 수비하던 병사들이 각궁 시위에 재어 둔 화살을 지면과 45도를 이루는 허공에 발사했다.

쉭쉭쉭!

날카로운 파열음을 내며 날아간 화살 수백 발이 참호로 접근해 오는 왜군 머리에 떨어졌다. 화살 대부분은 이동용 방책에 맞거나 옆으로 빗나갔다. 그러나 일부는 이동용 방책 뒤에 숨어 움직이는 왜군을 맞혀 적에게 상당한 손실을 입혔다.

이준성은 왜군이 150미터 지점에 이를 때까지 계속 화살을 쏘란 명령을 내렸다. 그리고는 미리 표시해 둔 150미터 지점을 왜군이 통과할 때, 마침내 뇌우 1호에 탄환을 장전하라는 명령을 내렸다. 옆에서 화살을 발사하던 슈메 역시 각궁을 등에 짊어진 다음 보급받은 뇌우 1호를 꺼내 장전에 들어갔다. 뇌우 1호는 기존 조총과 비교해 장전 시간이 획기적으로 빨라진 덕에 순식간에 장전을 마칠 수 있었다.

이준성은 장전을 마친 병사들을 보며 고함을 치듯 명령했다.

"발사하라!"

잠시 후, 탄환 수백 발이 날아가 왜군 선두를 쓸어버렸다. 마치 투명한 낫 하나가 지상의 왜군을 모두 베어 버린 듯했다.

4장. 고지전

4장. 고지전

비룡여단은 한국군 최강의 부대였다. 기병으론 천마여단
이, 보병으론 흑표와 백랑이 더 유명하긴 하지만, 가장 강한
부대를 꼽을 때는 반드시 비룡여단의 이름이 상단을 차지했
다.

더욱이 비룡여단은 한국군 중에 유일하게 육, 해군 소속이
아니라, 한국의 왕인 이준성의 명령만 따르는 근왕군이었다.
비룡여단은 지금까지 이준성이 치른 수많은 전투에서 근왕
군의 임무를 맡아 헤아릴 수 없이 많은 전공을 세웠다.

비룡여단의 역사가 역사이니만큼, 여단 병사들 또한 자존심
이 높기로 유명해 최고가 아니면 동료의 인정을 받지 못했다.

비룡여단의 가장 큰 특징을 꼽으라면 병사마다 주특기가 따로 존재하지 않는다는 점을 들 수 있었다. 평상시엔 기병 부대로 활동하는 흑룡대대와 여단 사령부인 금룡대대를 제외한 모든 대대가 궁술, 사격술, 백병전 세 분야에 통달하지 않은 병사에게 진급할 기회조차 주지 않는 것으로 유명했다.

즉 비룡여단에선 연차가 얼마든, 나이가 얼마든 상관없었다. 실력을 입증한 병사만이 부사관, 장교로의 진급이 가능했다.

이준성이 있는 참호를 맡은 백룡대대 또한 다르지 않았다. 병사 대부분이 활과 소총, 칼과 창을 수준급으로 다룰 줄 알았다. 심지어 입대한 지 이제 반년이 갓 지난 슈메조차 활과 총이란 서로 다른 두 무기를 능숙하게 사용할 줄 알았다.

활과 총은 멀리 떨어져 있는 적을 공격한단 점에서는 같았다. 그러나 무기를 다루는 데 필요한 소질은 전혀 달랐다. 활은 무엇보다 근력이 가장 중요했다. 특히 각궁과 같은 합성궁은 근력이 떨어지면 몇 번 쏜 후에 팔이 후들거려 시위를 당기지 못했다. 반면, 총을 잘 쏘기 위해선 빠른 손놀림과 침착성이 필요했다. 손이 느리면 장전에 시간이 걸려 총의 성능을 제대로 끌어내지 못했다. 또 침착하지 않으면 급박한 상황에서 조준이 빗나가는 경우가 허다했다.

한데 비룡여단 병사들은 뼈를 깎는 노력을 통해 이 서로 다른 두 무기를 최고 수준으로 다룰 수 있는 실력을 갖추었다.

그런 비룡여단 병사들이 뇌우 1호로 가한 연속사격의 파괴력은 왜군을 충격에 빠트리게 만들기에 충분했다. 왜군이 탄환과 화살을 방어하기 위해 동원한 이동용 방책은 뇌우 1호로 퍼부어 대는 수천 발의 탄환을 효과적으로 막아 내기 힘들었다.

쉴 새 없이 비명이 울려 퍼지는 가운데 참호로 돌격해 오던 왜군이 학질을 앓는 사람처럼 픽픽 쓰러져 바닥에 나뒹굴었다. 왜군이 죽어 가며 흘린 피가 얼마나 많은지 비가 내리지 않은 탓에 바짝 말라 있던 황토가 금세 적토로 변했다.

그렇게 부하들이 대활약하는 동안, 이준성이라고 해서 펑펑 놀고만 있진 않았다. 그는 황돈여단장 조인호가 그를 위해 특별히 제작한 어총으로 참호로 돌격해 오는 왜군을 저격해 힘을 보탰다.

이준성은 종이탄피를 찢어 총구 안에 통째로 밀어 넣은 다음, 니플에 뇌관을 끼워 왜군을 조준했다. 참호 앞에 만들어 둔 총안이 넓지 않은 탓에 시야가 완벽하지는 않지만, 앞에 널린 게 왜군이라 표적을 찾는 일에 애를 먹을 이유는 없었다.

이준성은 80미터까지 다가온 왜군을 조준해 방아쇠를 당겼다.

타앙!

경쾌한 총성과 함께 총구가 위로 튀며 포연이 흘러나왔다.

이준성은 급히 인드라망을 이용해 표적의 상태를 확인했다.

조금 전까지 왜군을 독려하던 사무라이 하나가 바닥에 엎어져 꿈틀거리는 모습이 보였다. 다른 병사들의 재장전 시간이 얼마나 걸리는지는 모르지만, 그는 빠르면 거의 9, 10초 안에 모든 과정을 마칠 수 있었다. 현실적으론 그렇게 하긴 불가능하지만 모든 상황이 이상적일 때는 1분에 6발을 쏠 수 있다는 의미였다. 재장전을 완료한 그는 마에다 가문 안에서 한가락 할 것 같은 인상을 지닌 사내의 머리를 조준한 상태에서 방아쇠울에 걸어 둔 손가락을 당겼다.

타앙!

총성과 함께 총구가 위로 들렸다. 이번엔 포연이 많지 않아 마에다 가문의 가신이 얼굴에 구멍이 뚫린 채 뒤로 넘어가는 모습을 바로 확인할 수 있었다. 이준성은 본인의 사격 실력과 뇌우 1호의 그리 나쁘지 않은 성능에 만족해 미소를 지었다.

뇌우 1호와 같은 활강총은 탄도가 일정치 않았다. 특히 표적과의 거리가 멀수록 탄환이 빨리 가라앉는다는 큰 단점이 있었다. 물론 중력의 영향으로 일정 거리 이상을 지나면 뭐든 다 가라앉기 마련이지만 활강총은 그 거리가 특히 짧았다.

그런 이유로 활강총은 유효사거리가 100미터를 넘지 못했다. 반면 총강 안에 나선형 홈을 파서 제작하는 선조총은 가라앉기 시작하는 시점이 더 멀기 때문에 유효사거리가 폭발적으로 늘어나 수백 미터 떨어진 표적을 맞힐 수 있었다.

이를 모를 리 없는 이준성 또한 마에다군 가신을 조준할 때 머리를 조준했다. 머리를 조준해야 탄환이 밑으로 가라앉으며 얼굴과 목, 가슴을 맞힐 수 있었다. 반면 그처럼 명사수가 아닌 병사에겐 가슴 위를 조준하란 얘기를 많이 했다. 그래야 가슴이나 배처럼 넓은 부위를 맞힐 확률이 높아졌다.

이준성이 어총으로 세 번째 왜군을 쓰러트렸을 때였다. 마침내 왜군 선봉이 70미터 거리에 도착해 맹렬한 반격을 가해 왔다. 그들은 나무와 짚으로 만든 이동식 방책으로 전면을 방호한 상태에서 궁병과 조총병을 이용해 참호를 공격했다.

아마 왜군 상대가 한국군이 아닌 다른 나라의 부대였다면 왜군의 이러한 공격 방법은 큰 효과를 보았을 가능성이 컸다. 이 당시 왜군 부대에서 조총병이 차지하는 비율은 계속 올라가 많을 때는 거의 20퍼센트에 이르렀다. 임진왜란 초기에 참전한 부대가 10퍼센트 안팎이었다는 점을 고려하면, 비율이 가파르게 상승한 셈이었다. 그러나 뇌우 1호를 제식 소총으로 사용하는 한국군의 경우엔 병력의 30퍼센트가 개인 소총을 보유한 상태였다. 또 비룡여단은 그 비율이 더 높아 50퍼센트를 상회했다. 화력 면에선 양측을 비교하기 힘든 상황이었다.

더욱이 50퍼센트에 이르는 소총병이 조총보다 훨씬 빠른 속도로 재장전해 연사하는 통에 차이는 점점 더 벌어졌다.

왜군은 원래 궁병과 조총병으로 엄호하는 동안, 보병을 내보내 참호를 공격하려 했지만, 화력에서 밀리는 통에 보병을 내보낼 틈이 없었다. 용감한 왜군 몇이 단기로 뛰어들어 공격을 감행했지만, 바로 제압당해 큰 효과를 보지 못했다.

1시간 가까이 이어진 전투에서 막대한 손해를 입은 왜군은 결국 오전 전투를 거기서 마무리 지었다. 이런 식으론 피해만 커질 뿐, 성과를 기대하긴 힘들 것이라 생각한 듯했다.

노련하기 짝이 없는 마에다 도시이에는 그날 오후에 재개된 전투에서는 참호 전체를 공격하던 이전의 방식을 대폭 바꿔 일점 돌파하는 방식으로 선회했다. 즉, 어느 한 곳에 병력을 집중해 뚫는 방식을 선택했다. 이번에는 왜군의 전술이 통한 듯했다. 돌파 중에 병력 손실이 크기는 했지만 수백 명에 달하는 보병을 참호에 접근시키는 데 성공을 거두었다.

그러나 왜군이 좋아할 수 있는 시간은 그리 길지 않았다. 한국군이 천뢰 3호를 점화시켜 던지는 순간, 참호 앞은 또다시 지옥으로 변했다. 천뢰 3호가 만들어 낸 불길과 파편이 화염으로 만든 폭풍처럼 지상을 휩쓸며 왜군을 집어삼켰다.

오후에 벌어진 전투에서 또다시 막대한 손해를 본 왜군은 결국 거기서 전투를 포기하는 결정을 내렸다. 피처럼 붉은 노을에 둘러싸여 도망치는 왜군을 잠시 지켜보던 이준성은 참호를 나와 민둥산 정상에 있는 국방부 상황실을 찾았다.

권율은 이준성에게 물이 담긴 잔을 건네며 물었다.

"다치신 곳은 없으시옵니까?"

고개를 끄덕인 이준성은 권율이 건넨 물을 들이켠 후에 물었다.

"그보다 무기 재고는 좀 어떻소?"

"왜군이 포위를 풀지 않은 상태에서 오늘과 같은 전투를 계속한다면, 사흘이 한계이옵니다. 보급을 전혀 받지 못하는 탓에 사흘이 지나면 화살 대신 돌을 던져야 할 것이옵니다."

이준성은 말없이 고개를 끄덕였다.

어차피 예상한 결과였다. 왜군이 민둥산 전체를 포위하면 보급을 전혀 받지 못해 가진 무기로만 적을 상대해야 했다.

권율이 계산한 수치가 맞는다면, 오늘 같은 속도로 무기를 소모할 경우 최대 사흘까지 버틸 수 있다는 결론이 나왔다.

이준성은 한숨을 내쉬며 재차 물었다.

"식수와 식량 쪽은 어떻소?"

"식수와 식량은 넉넉한 편이옵니다. 출발할 때 최소 보름은 버틸 수 있는 양을 가져왔사오니, 한동안은 문제없을 것이옵니다."

이준성은 상황실 창문으로 어둑해진 하늘을 응시했다.

"왜군 역시 우리 상황과 크게 다르진 않을 거로 생각하오. 물론 그들은 우리처럼 포위당한 게 아니어서 외부 보급을 받을 수 있지만, 그 양이 무한정이지는 않을 거라 이 말이오. 더욱이 해상 작전이 성공적으로 이루어졌다면, 지금쯤 해군이 부산포를 역포위해 보급로를 완전히 틀어막았을 거요."

"소장 역시 같은 생각이옵니다. 왜군이 가진 화약의 재고가 얼마인지는 모르겠으나, 닷새나 엿새쯤 지나서는 그들 역시 화약 무기가 떨어져 백병전을 펼칠 수밖에 없을 것이옵니다."

"백병전이라……."

"걱정하지 마시옵소서, 전하. 비룡여단 역시 백병전에 능통한 항왜가 주축을 이룬 부대이옵니다. 더구나 아군은 거듭된 승전으로 체력과 사기가 모두 하늘을 찌를 듯 높지만, 저쪽은 거친 바다를 건너온 탓에 잔뜩 지쳐 있을 것이옵니다. 무엇보다 이번 전쟁에 승산이 없다는 사실을 그들 역시 이젠 직감했을 터라, 사기 역시 바닥을 치는 중일 것이옵니다."

이준성은 피식 웃었다.

"똥개조차 자기 집에선 3할쯤 먹고 들어간다 이거요?"

"우린 똥개가 아니니 3할보단 더 먹고 들어가겠지요."

이준성은 껄껄 웃으며 팔짱을 꼈다.

"하하, 권 장관의 말이 모두 옳소. 우리는 당연히 똥개가 아니지. 똥개는 주인이 주는 거나 얌전히 받아먹으며 살지만, 우린 앞에 있는 적을 물어뜯고 할퀴며 이 자리까지 왔으니까."

권율 덕분에 자신감을 많이 회복한 이준성은 다음날부터 이어진 사흘간의 전투를 훌륭히 치러 내며 참호를 지켜 냈다.

한데 문제는 닷새째 전투에서 일어났다. 한국군은 화약 무기가 떨어져 지금까지 왜군을 막는 데 톡톡히 한몫한 뇌우 1호와 천뢰 3호를 더는 사용할 수 없게 되었다. 반면 아직 화약에 여유가 있는 왜군은 활과 조총을 쏘며 끊임없이 돌격해 왔다.

전투를 시작한 지 얼마 지나지 않아 한국군에게 화약 무기가 없단 사실을 간파한 왜군은 그야말로 총공세에 나섰다. 특히 이준성이 주둔하는 남서쪽 참호에 전력을 집중했다.

그러나 권율 말대로 비룡여단의 사기와 체력이 여전히 왜군보다 월등한 상태라, 적에게 참호를 쉽게 내어주지 않았다.

그렇게 참호를 사이에 둔 상태에서 일진일퇴의 공방이 이어지던 때였다. 이준성이 있는 위치의 정반대편에 해당하는 북동쪽 참호에서 뭔가 소란이 크게 이는 것이 느껴졌다.

이준성은 얼마 지나지 않아 급히 달려온 전령을 통해 소란의 정체를 확인할 수 있었다. 마에다 도시이에가 직접 이끄는 정예병 3,000명이 북동쪽 참호를 기습해 마침내 전투 개시 후 처음으로 적이 참호를 점령하는 데 성공한 것이다.

이준성은 급히 흑룡대대 병사 300여 명을 추려 북동쪽으로 달려갔다. 한데 그가 도착했을 때는 이미 참호를 점령한 왜군이 권율이 있는 민둥산 정상으로 진격하는 중이었다. 전투를 시작한 후에 처음으로 맞는 절체절명의 위기였다.

◆ ◈ ◆

이준성이 마에다 도시이에를 얕보았던 것은 결코 아니었다. 그는 도요토미 정권의 대외적인 이인자라 할 수 있는 마에다 도시이에를 무시할 만큼 오만하지 않았다. 그러나 마에다 도시이에가 우직한 성품일 거로 혼자 착각했을지 모른단 사실까지 부정하지 않았다. 그는 마에다 도시이에가 강한 힘으로 상대를 우직하게 밀어붙이는 타입이라 생각했다.

한데 마에다 도시이에는 여우의 꾀를 가진 황소였다. 그에겐 상대를 교묘히 속이는 책사다운 풍모가 있어 이준성이 수비하는 남서쪽 참호를 집중 공격할 것처럼 시위한 다음, 강력한 별동부대로 북동쪽을 기습해 1선 참호를 돌파했다.

문제는 단순히 참호가 돌파당했다는 점에 있지 않았다. 만약 마에다의 별동부대가 상황실이 있는 정상을 점령하면,

한국군은 앞뒤에서 적을 상대해야 하는 곤란한 처지에 빠졌다.

"서둘러라! 놈들이 상황실을 점령하게 두어선 안 된다!"

"예, 전하!"

이준성은 마에다군이 상황실을 점령하기 전에 도착할 생각으로 전력을 다해 달렸다. 그렇게 3, 4분쯤 산을 올랐을 때, 마침내 마에다군이 보였다. 마에다군은 상황실 앞에서 국방부, 비룡여단 금룡대대와 치열한 전투를 펼치는 중이었다.

"개새끼들!"

적진에 뛰어든 이준성은 호랑이가 앞발을 휘두르듯 언월도를 베어 갔다. 기습을 눈치 챈 왜군 몇 명이 돌아서다가 언월도에 머리와 몸통이 잘려 날아갔다. 그때, 조총병 하나가 조총으로 이준성을 겨누었다. 그는 즉시 왼손으로 칼을 뽑아 앞으로 던졌고, 칼은 정확히 조총병의 목덜미 가운데에 틀어박혔다.

"크억!"

조총을 놓친 조총병이 두 손으로 칼이 박힌 목덜미를 틀어쥘 때였다. 이준성은 재빨리 다가가 목덜미에 박힌 칼을 뽑은 다음, 옆에서 달려들던 왜군 가슴에 다시 쑤셔 박았다.

그때, 왜군 두 명이 동료를 구하기 위해 왜도를 휘두르며 덤벼 왔다. 이준성은 즉시 왜군 가슴에 박힌 칼을 뽑아 하체를 베어 갔다. 달려들던 왜군 두 명이 다리가 잘려 나가 주저앉았다. 그러나 왜군의 파상공세는 끝날 기미가 전혀 없었다.

이번에는 뒤에서 사무라이가 왜도로 그의 등을 베어 왔다. 급히 돌아선 이준성은 칼을 내리쳐 왜도를 비껴 낸 다음, 오른발로 사무라이 가슴을 걷어찼다. 끈 떨어진 연이 날아가듯 붕 떠오른 사무라이가 볼링 핀처럼 왜군 대여섯 명을 쓰러트리며 굴러갔다. 물론 볼링 핀처럼 쓰러진 왜군이 다시 일어났을 때는 이미 이준성의 언월도가 눈앞에 다가와 있었다.

이준성의 엄청난 활약 덕에 왜군의 시선이 한쪽으로 쏠린 사이, 한명련의 흑룡대대 병력이 들이닥쳐 왜군을 베어 넘겼다.

흑룡대대는 과연 천하제일이란 호칭이 아깝지 않을 정도로 훌륭해 마에다군 별동부대를 파죽지세의 기세로 몰아붙였다.

그때, 이준성의 시선을 잡아끄는 병사가 한 명 있었다. 바로 슈메였다. 슈메는 장도와 단도 두 자루를 이용해 왜군을 두부 자르듯 베어 넘겼다. 슈메의 손에 들린 장도가 허공을 가를 때면 잘린 머리와 팔다리가 피를 뿜어내며 날아갔다. 또 슈메가 왼손에 쥔 단도를 날카롭게 찔러 갈 때면 왜군이 목이나 가슴을 부여잡으며 힘없이 바닥으로 쓰러졌다.

적을 베어 가는 힘과 속도, 날카로움이 모두 완벽해 마치 잘 다듬은 왜도 한 자루가 춤을 추는 듯했다. 슈메의 옛날 이미지만 머릿속에 남아 있던 그로선 깜짝 놀랄 수밖에 없었다.

4년이란 시간은 이준성의 생각보다 길었다.

한 사람을 일국의 왕으로 만들 수 있을 뿐만 아니라 겁 많던 홍안의 소년이 일군을 능히 책임질 장수로 성장시킬 만큼 긴 시간이었다.

그때였다. 마치 슈메에게 질 수 없다는 것처럼 이준성을 호위하던 정충신이 앞으로 튀어 나가 장창으로 왜군을 찔렀다. 정충신의 창 솜씨는 빠른 데다 현란하기까지 하였다. 칼을 든 왜군은 정충신이 쓰는 장창의 긴 사정거리를 당해 내지 못했다. 또 창을 쓰는 왜군은 정충신의 장창이 보여 주는 현란한 움직임을 따라잡지 못해 몸에 구멍이 숭숭 뚫렸다.

슈메 또한 정충신을 의식한 듯 동작이 빨라졌다. 슈메와 정충신 두 젊은이가 경쟁하듯 왜군을 베어 넘긴 덕에 기세가 부쩍 오른 흑룡대대는 곧 국방부 상황실에 다다를 수 있었다.

상황실 앞은 위로 올라가려는 왜군과 이를 막으려는 국방부, 비룡여단 병사들로 인해 발 디딜 틈이 없을 지경이었다.

한데 그때였다. 마치 젊은 영웅이 여기도 있다는 듯 상황실 안에서 두 명이 밖으로 뛰쳐나와 왜군을 살벌하게 도륙했다.

한 명은 30대 초반으로 보이는 날카로운 인상의 사내였다. 그는 마치 솜씨 좋은 외과 의사가 정교함이 필요한 외과 수

술을 집도하는 것처럼 적의 급소를 재빨리 찾아내 검을 찔러 넣었다. 이준성은 사내가 왜군을 손쉽게 도륙하는 모습을 보며 매우 놀랐다. 저 정도 수준의 실력과 냉철함을 두루 갖춘 인재는 찾아보기 어려웠다. 아마 순수 실력만 놓고 보면 그가 아는 최강의 무사인 한명련과 비슷할 듯했다.

다른 한 명은 약관을 갓 넘긴 청년이었다. 비록 키는 단신이었지만, 대신 상체가 드럼통처럼 아주 두툼한 편이었다. 그 모습은 마치 500년쯤 묵은 고목의 밑동을 보는 느낌이었다. 청년은 실력 좋은 나무꾼처럼 도끼로 왜군을 찍어 넘겼다. 완력이 대단해 청년의 도끼에 한번 걸려들면 그게 머리든 몸통이든 팔다리든 어디 한군데는 반드시 잘려 나갔다.

두 사람의 활약을 지켜보던 이준성이 한명련을 불러 물었다.

"처음 보는 자들 같은데, 저 둘은 대체 누군가?"

"수염 기른 사내는 임진왜란 때 의병장으로 활약하던 정기룡이옵니다. 그리고 저 도끼를 쓰는 청년은 아마 전라도에서 일찍부터 소년장사로 이름을 날리던 김덕령일 것이옵니다."

"둘 다 국방부 소속인가?"

"그렇사옵니다. 권율 장관이 아끼는 인재들이라 들었사옵니다."

"저 두 사람과 슈메를 흑룡대대로 불러 자네가 직접 가르치게."

"소장이 말이옵니까?"

"이제 군도 슬슬 세대교체를 준비할 때가 되었어."

"이번 전투가 끝나는 대로 조치해 놓겠사옵니다."

위에선 정기룡과 김덕령이, 밑에서는 정충신과 슈메가 몰아치니 왜군 역시 계속 버티기가 힘든지 곧 썰물처럼 빠져나갔다.

이준성은 정기룡, 김덕령, 정충신, 슈메 네 명에게 전령을 보내 왜장의 수급을 베어 오면 상을 내릴 거란 말을 전했다. 그 말에 용기백배한 네 명은 퇴각하는 왜군 사이에 뛰어들어 제법 지위가 높아 보이는 왜장의 수급을 잘라 가져왔다. 이번 별동부대를 지휘하던 마에다 도시이에는 끝끝내 잡지 못했지만 어쨌든 대단한 활약이 아닐 수 없었다.

마에다 도시이에는 실패할 리 없는 기습이 실패했다는 사실에 충격을 크게 받았는지 즉시 모든 전투부대를 뒤로 물렸다.

한편, 그 틈에 전열을 정비한 이준성은 상황실에서 권율을 만나 피해 상황을 간단히 보고받은 후에 대활약을 펼친 정기룡, 김덕령, 정충신, 슈메를 불러 그들의 공적을 치하했다.

권율이 옆에서 거들었다.

"이 네 명이 한자리에 있는 모습을 보니 아주 든든하옵니다."

"마찬가지요. 늙은이 중엔 일군을 맡길 인재가 더러 있지만 젊은 친구 중엔 그런 인재가 보이지 않아 고민이 컸는데, 오늘 이들이 싸우는 모습을 보니 우리 한국의 장래가 밝은 것 같아 아주 기뺐소. 권 장관이 이들 넷을 잘 챙겨 주시오."

"여부가 있겠사옵니까."

이준성은 약속한 대로 그들을 한 계급씩 특진시켜 준 다음, 포상으로 돈 10만 원과 질 좋은 군마 한 마리씩을 하사했다.

네 사람이 성은이 망극하다며 절을 올린 후 나가자, 권율이 슬쩍 권했다.

"오늘 네 명이 포상받은 내용을 병사들에게 퍼트리는 것이 어떻겠사옵니까? 그럼 다들 죽기 살기로 싸우지 않겠사옵니까?"

이준성은 피식 웃었다.

"군대만큼 소문이 빨리 퍼지는 조직은 없소. 아마 소문내기 전에 이미 다들 들어 알 테니 그 문젠 신경 쓰지 마시오."

권율은 이내 고개를 끄덕였다.

"지당하신 말씀이옵니다."

이준성은 상황실 창문으로 어둠에 잠긴 밤하늘을 보며 물었다.

"권 장관이 보기에 내일은 좀 어떨 것 같소?"

권율은 잠시 생각한 후에 대답했다.

"어떤 식으로든 결판이 날 것 같사옵니다."

"결판이 나?"

"그렇사옵니다. 현재 소장의 추측으론 마에다군의 손실이 첫날 야간기습까지 합쳐 1만에서 1만 2천쯤일 것이옵니다. 한데 거기서 피해를 더 보면 승패를 떠나 작전 자체가 불가능해지므로 내일 하루만 더 막으면 포기하든, 아니면 진채로 물러가든 둘 중 하나를 선택할 수밖에 없을 것이옵니다."

"내일 막았다 치고 그다음엔 어떻게 될 것 같소?"

"최악과 최상, 두 가지 가능성이 있을 것이옵니다."

이준성은 흥미가 생긴 표정으로 물었다.

"그럼 어디 최상부터 들어 봅시다."

"최상은 합참 작전대로 해군이 부산포 역포위에 성공해 소스라치게 놀란 마에다군이 부산포 사수를 위해 퇴각하는 것이옵니다. 이렇게만 된다면 승리는 따 놓은 당상과 같사옵니다."

"흠, 그렇군. 그럼 최악은?"

권율은 담담한 표정으로 대답했다.

"해군이 부산포 역포위에 실패한 상황에서 밀양의 왜군이 아시온군을 격파한 다음, 곧장 남하해 우리 뒤를 치는 것이옵니다. 그럼 우린 화약 무기가 다 떨어진 상황에서 최소 7, 8만에 달하는 적의 대군을 상대해야 할지도 모르옵니다."

이준성은 생각만 해도 끔찍하단 듯 손으로 눈자위를 주물렀다.

"그렇게 되면 정말 최악이겠군. 한데 정말 그런 상황이 벌어질 것 같소? 천마여단까지 가진 권웅수가 아시온군 수습에 끝내 실패해 왜군에게 무참히 당할 것 같으냐 이 말이오."

"최악의 상황을 가정했을 때 그렇단 뜻이옵니다. 소장에게 내기하라면 그 반대에 돈을 걸겠지만, 정보가 차단당한 지금으로선 어떤 일이 일어날지 예측하기 힘든 것이 사실이옵니다."

이준성은 미간을 찌푸리며 물었다.

"반대의 경우라면 권웅수가 밀양의 왜군을 자빠트린 다음, 여기로 내려와 마에다군 뒤를 기습하는 상황을 말하는 거요?"

"그렇사옵니다."

"그럼 지금 총 세 가지 가능성이 있는 게 아니오? 한데 헷갈리게 왜 조금 전에는 두 가지 가능성만 있다고 말한 거요?"

"소장의 소임은 전하께서 냉정한 판단을 내리실 수 있도록 현실적인 조언을 드리는 것이옵니다. 마지막에 말씀드린 가능성은 그저 소장의 희망일 뿐이기에 포함하지 않았사옵니다."

이준성은 자리에서 일어나 옥좌 주위를 천천히 걸었다.

"곰곰이 생각해 보니 권 장관의 말이 맞는 것 같소. 우선 앞서 말한 두 가지 가능성을 토대로 작전을 세워 대비토록 합시다."

"알겠사옵니다."

권율은 국방부 작전 요원을 모아 최상과 최악, 두 가지 상황을 염두에 둔 작전을 세운 뒤 일선 지휘관에게 통보했다.

다음 날, 마에다군은 어제 참호가 뚫린 전적이 있는 북동쪽 참호에 전력을 집중했다. 오전에 1만, 오후에 1만 4천에 달하는 병력을 투입해 맹렬히 공격했는데, 이준성이 직접 흑룡대 대와 함께 방어에 나서 간신히 격퇴하는 데 성공했다.

한데 마에다군은 노을이 민둥산을 뒤덮은 시점까지도 병력을 빼지 않았다. 마치 밤을 새워서라도 오늘 안으로 승부를 보겠단 심산 같았다. 병력이 많은 덕에 번갈아 가며 휴식한 마에다군과 달리 휴식할 시간이 상대적으로 부족했던 한국군은 결국 1선 참호가 뚫려 2선으로 후퇴해야 했다.

마에다군 역시 그사이 화약과 탄환, 화살이 전부 떨어진 탓에 순수 보병으로만 공격했는데 이는 막아야 하는 처지인 한국군 또한 마찬가지라 결국 치열한 백병전으로 이어졌다. 심지어 화살 대신에 돌을 던지며 싸우는 병사마저 있었다.

한데 그때 북서쪽 위에서 3, 4만에 달하는 대군이 모습을 드러냈다. 날이 어두워진 지 오래라 일반 병사들은 그게 적인지 아군인지를 아직 확인하지 못했지만, 인드라망을 가진 이준성은 북서쪽에 나타난 대군의 정체를 바로 알아볼 수 있었다.

그건 바로 왜군이었다.

북쪽 산을 구렁이 담 넘듯이 넘어온 왜군은 즉시 마에다군
과 물 만난 고기처럼 합류해 한국군을 좌우 양쪽에서 협공했
다. 더구나 조금 전에 등장한 왜군은 화약과 화살에 아직 여
유가 있는지 총과 활을 쏘며 진격해 더 애를 먹었다.

　　이준성은 성난 파도처럼 쉼 없이 밀려드는 왜군을 바라보
며 어제 권율과 나눈 이야기를 떠올렸다.

　　권율은 밀양의 왜군이 아시온군을 격파한 다음, 밑으로 내
려와 마에다군과 합류하는 것이야말로 한국군에게 생길 수
있는 최악의 상황이라 했었다. 한데 그 최악의 상황이 실제
로 일어나 버렸다.

　　이젠 한국군 장병 모두가 야밤에 북쪽 산을 넘어온 대군
이 마에다군을 돕기 위해 달려온 왜군이란 사실을 눈치 챘
다. 그렇지 않아도 마에다군에게 수적으로 밀리는 기분 나
쁜 상황에서 3, 4만에 달하는 지원군이 적에게 합류했단 소
식은 어지간한 비룡여단 병사조차 겁을 먹게 만들기에 충분
했다.

　　이준성은 전선 전체의 활기가 급격히 사그라드는 것을 느
꼈다. 급기야 한국군의 패배를 직감한 비룡여단 병사들은
대충 싸우는 시늉을 하다가 민둥산 위로 도주하기 시작했
다.

그 순간, 패전을 넘어 패망의 기운까지 감지한 이준성은 정신이 아득해지는 느낌을 받았다. 그러나 계속 그렇게 있을 수만은 없는 노릇이었다. 그는 일개 장병이 아니었다. 총사령관인 그까지 무기력한 모습을 보이면 패배만 앞당길 뿐이다.

한명련은 끊임없이 몰려드는 왜군을 보며 다급하게 권했다.

"이대론 위험하옵니다. 일단 진주성으로 퇴각해 전열을 정비한 후에 적을 상대할 계책을 다시 세우시는 것이 어떻겠사옵니까?"

"퇴각? 나에게 지금 쥐새끼처럼 도망을 치라 권하는 것이냐?"

한명련은 바닥에 털썩 엎드려 부르짖었다.

"전하, 소장 역시 분하기 짝이 없사옵니다. 그러나 병법에 이르길 승패는 병가지상사라 했사옵니다. 또 전투에서 패했을 뿐, 전쟁에서 패한 것은 아니옵니다. 그러나 만약 전하의 옥체에 무슨 일이 생긴다면, 전투뿐만 아니라 전쟁에서까지 패할 것이옵니다. 부디 소장의 충언을 통촉해 주시옵소서."

이준성은 한명련의 한쪽 어깨를 세게 틀어쥐며 물었다.

"왜? 한 장군은 죽는 게 두려워?"

한명련은 마치 모욕을 받은 사람처럼 고개를 홱 들었다.

"전하, 그런 말씀은 소장을 욕보이시는 것이옵니다."

"그렇겠지."

고개를 끄덕인 이준성은 한명련을 일으켜 세웠다.

"한 장군 자넨 우리가 이미 패했다고 생각하는 모양이군."

"그럼 아니란 말이옵니까?"

이준성은 고개를 저었다.

"아니지. 절대 아니야. 우리에겐 아직 비장의 한 수가 있으니까."

"그게 대체 무엇이옵니까?"

이준성은 피식 웃었다.

"바로 나."

한명련은 이런 상황에서 웃음이 나오는 이준성이란 사람을 이해하기 어렵다는 표정을 지었다. 더욱이 그가 가진 상식으론 이준성의 대답 역시 이해하기 힘들기는 마찬가지였다.

"그럼 전하께서 그 비장의 한 수란 말이옵니까?"

"자넨 저들이 가장 원하는 게 무엇일 것 같은가?"

한명련은 어렵지 않은 질문이라는 듯 바로 대꾸했다.

"그야 당연히 전하의 신병을 확보하는 것이 아니겠사옵니까?"

이준성은 한명련의 어깨를 툭 치며 웃었다.

"하하, 이봐 이런 마당에 그렇게 점잔 뺄 거 없어. 신병이니 뭐니 할 필요 없이 그냥 내 대가리를 원한다고 해도 괜찮아."

한명련은 당황해 얼른 손을 내저었다.

"소장의 입으로 어찌 그런 흉측한 언사를……."

"시간이 없으니까 우리 짧게 하자고. 저놈들이 내 머리를 원한다는 말은 그만큼 전쟁을 할 때 대가리, 즉 우두머리가 중요하단 말 아니겠어? 한데 만약 내 대가리가 뎅강 잘리기 전에 저쪽의 대가리를 우리가 먼저 잘라 버릴 수 있다면 어떻게 되겠어? 놈들이 먼저 물러설 수밖에 없지 않겠어?"

"복수심에 불타서 전보다 더 거칠게 나오면 어떡하옵니까?"

"그럴 수 있겠지. 하지만 지금은 이 방법이 최선이야. 나중 일은 나중에 생각하고 지금은 우리가 할 수 있는 일을 하자고."

"전하께서 먼저 대가리…… 아니 적에게 붙잡혀 옥체에 무슨 일이 생기면, 지금보다 더 최악의 상황이 벌어질 것이옵니다."

"자넨 내가 적에게 그렇게 쉽게 당할 것 같은가?"

잠시 생각해 본 한명련은 이내 고개를 저었다.

"그런 상상은 해 본 적 없사옵니다. 하지만 사람 일이란 게……."

이준성은 그만하라는 듯 손을 저었다.

"맞아. 사람 일이란 모르는 거지. 하지만 시기를 놓쳐 버리면 실낱같은 희망마저 사라져 버릴지 모르네. 자넨 얼른 가서 흑룡대대나 준비시켜 놓게. 10분 후에 반격을 시작할 거니까."

"아, 알겠사옵니다."

이준성의 결심이 확고하단 사실을 깨달은 한명련은 한숨을 내쉬며 곳곳에서 분투 중인 흑룡대대 병사들을 소집했다.

비룡여단의 다른 대대는 일패도지를 면치 못하는 중이지만 흑룡대대만큼은 끝까지 전선을 사수하며 버티는 중이었다.

한명련은 흑룡대대 장교를 소집해 천명했다.

"전하께서 최후의 돌격을 감행하시려는 모양이다. 어쩌면 이번 전투가 우리가 살아서 하는 마지막 전투일지 모르니 다들 마음 단단히 먹은 상태에서 전하를 보필하도록 해라. 우리 흑룡대대가 주상전하를 외롭지 않게 해 드려야 할 것이다."

"예!"

대답한 장교들은 휘하 부대로 돌아가 병사들을 모았다.

한명련이 병력을 모으는 동안, 이준성은 인드라망으로 적진을 살피며 마에다 도시이에를 찾았다. 다행히 그는 상당히 눈에 띄는 차림새를 하고 있어 찾는 게 그리 어렵지 않았다.

"미친 새끼. 빨리 죽여 달라고 생쇼를 하는군."

그때, 한명련이 달려와 보고했다.

"준비를 마쳤사옵니다."

고개를 끄덕인 이준성은 하구로를 불러 민둥산 정상에 있
는 상황실만큼은 어떻게든 사수하라는 명령을 내린 다음, 흑
룡대대와 2선 참호까지 돌파해 들어온 왜군 앞으로 달려갔
다.

왜군은 측면을 덮쳐 오는 800명가량의 흑룡대대를 보고서
는 코웃음을 흘렸다. 마치 수레바퀴를 세워 보겠다며 덤벼드
는 사마귀와 다름없지 않은가. 그러나 그들의 입가에 떠오른
비웃음이 경악으로 바뀌는 데는 1분이면 충분했다.

흑룡대대 맨 앞에 선 이준성은 그의 가슴을 찔러 오는 창
대를 잡아 옆으로 밀친 다음, 주먹으로 왜군의 얼굴을 후려쳤
다. 코뼈가 내려앉은 왜군이 비명을 지르며 주저앉을 때, 이
준성은 바닥에 버려진 왜도를 집어 목을 그어 버렸다.

그때, 왜군 세 명이 달려와 창과 왜도로 그를 공격해 왔다.
그는 피가 뚝뚝 흐르는 왜군의 수급을 집어 그들에게 집어 던
진 다음, 재빨리 달려가 왜도를 옆으로 크게 휘둘렀다.

갑자기 날아든 사람 머리에 놀란 왜군이 움찔해 멈칫거릴
때였다. 이준성의 왜도가 그들의 가슴과 배를 무참히 갈랐
다.

그제야 이준성의 정체를 눈치 챈 왜군은 시노카미라 고함
치며 도망쳤다. 그러나 왜군 전부가 겁을 먹은 것은 아니었
다. 커다란 덩치의 왜군 하나가 언월도를 휘두르며 덮쳐 왔
다.

"불감청(不敢請)이언정 고소원(固所願)이라더니……."

히죽 웃은 이준성은 상체를 젖혀 언월도를 피했다. 덩치
는 이준성이 이렇게 쉽게 피할 거라곤 예상 못 한 듯 당황하
는 모습을 드러냈다. 그때 옆으로 슬쩍 돌아간 이준성이 덩
치의 오른팔을 잡은 다음, 빨래를 짤 때처럼 팔을 힘껏 비틀
었다.

두둑!

뼈가 부러지는 소리와 함께 비명을 지른 덩치가 무릎을 털
썩 꿇었다. 이준성은 덩치 뒤로 돌아가 팔뚝으로 목을 감은
자세에서 먹잇감에 똬리를 튼 구렁이처럼 힘을 주어 조였다.

뚝!

조금 전보다 더 강한 소리가 들리며 덩치의 목뼈가 순식
간에 부러져 나갔다. 이준성은 혀를 빼물며 죽은 덩치를 내
려놓은 다음, 언월도를 빼앗아 한 손으로 단단히 틀어쥐었
다. 역시 그에게는 하늘하늘해서 몇 번 휘두르면 날이 나가
버리는 왜도보다 묵직한 맛이 있는 언월도가 입맛에 맞았
다.

다그닥다그닥!

그때, 말을 탄 사무라이 하나가 창으로 그의 등을 찔러 왔
다. 이준성은 성난 황소의 돌진을 피하는 투우사처럼 재빨리
몸을 돌려 창을 피했다. 창극이 상체에 걸친 갑옷을 긁으며
지나갔지만, 다행히 살과 근육에는 피해가 미치지 않았다.

이준성은 급히 돌아서며 언월도를 벼락처럼 휘둘렀다. 언월도가 말을 탄 사무라이의 허리 윗부분을 자르며 지나갔고, 그는 비명조차 지를 새 없이 상체와 하체가 분리되어 즉사했다. 이준성은 말 등에 놓인 사무라이의 하체를 잡아당겨 끌어내린 다음, 주인을 잃은 말 위에 재빨리 올라탔다.

말은 원래 주인보다 훨씬 무거운 이준성이 마음에 들지 않는 듯 머리를 위아래로 미친 듯이 흔들었지만 고삐를 몇 번 잡아당긴 후엔 어쩔 수 없다는 듯 이내 명령에 순종했다. 이준성은 고삐를 잡아당겨 말머리 방향을 적진으로 돌렸다.

이준성이 맨 앞에서 시선을 끌어준 덕에 한결 여유를 찾은 흑룡대대 병사들은 왜군 기병이 보이는 족족 득달같이 달려들어 기병을 죽인 다음, 주인이 없는 말에 올라탔다. 잠시 후, 30기로 이루어진 기병부대가 그 주위에 늘어섰다.

이준성은 언월도를 허공에 휘두르며 고함을 질렀다.

"이제 왜장의 멱을 따러 가자!"

"예!"

이준성은 이내 말 배를 걷어차 적진으로 뛰어들었다.

그다음에 벌어진 일은 앞으로 수백 년 동안 한국과 왜국 양국에 전설처럼 전해지는 무용담 중의 하나로 남았다.

전력을 다하기로 마음먹은 이준성은 손속에 사정을 두지 않았다. 그의 앞을 막아서는 적은 몸이 두 동강으로 쪼개져 날아갔다. 그 모습은 마치 다이아몬드로 만든 검이 강철로 만든 바위를 수직으로 쪼개는 것 같은 광경을 연상시켰다.

이준성은 앞을 막아서는 적 기병의 머리 위에 언월도를 힘 껏 내리쳤다. 기병은 머리에 장식이 달린 투구를 착용했지 만, 언월도에 맞는 순간 마치 두부처럼 부드럽게 잘려 나갔 다.

그 모습에 겁을 집어먹은 왜군이 움찔할 때였다. 이준성 은 고개를 돌려 뒤를 보았다. 그를 따라온 기병 30여 기 중 살아남은 이는 고작 10여 기에 불과했다. 심지어 가장 강하 단 평가를 받은 한명련조차 적의 피를 몇 번이나 뒤집어쓴 탓에 이젠 아예 혈인처럼 변한 상태에서 가쁜 숨을 내쉬는 중이었다.

이준성은 그가 뭔가 하지 않으면 여기서 모두 개죽음당할 거란 생각에 무리해 앞으로 돌진했다. 그때, 영원히 잡히지 않을 것 같던 마에다 도시이에가 마침내 그의 시야에 들어왔 다.

이준성은 단기로 마에다 도시이에를 향해 돌격했다. 마에 다 가문 가신은 그런 이준성을 막기 위해 자살돌격을 감행했 다. 그러나 마에다 가문 가신만으론 이준성을 막지 못했다.

이준성은 사력을 다한 두 차례 돌격으로 마에다 가문 가 신을 절반으로 줄였다. 그러나 그는 그쯤으로 만족할 생각이 없다는 듯했다. 세 번째로 돌격해 마침내 마에다 도시이에를 사정거리에 두었다. 마에다 도시이에는 그제야 이준성이란 사내가 상식을 초월한 인간이란 사실을 깨닫곤 급히 기수를 돌려 도망쳤다. 그러나 마에다 도시이에를 놔줄 생각이 없던 이준성은 곧장 쫓아가 칼을 휘두를 기회를 노렸다.

한데 그때 갑자기 왜군 전체가 썰물처럼 쓱 빠져나갔다. 단순히 이준성이 마에다 도시이에의 신변을 위협해 그런 것 같지는 않았다. 이준성은 급히 고개를 돌려 뒤를 확인했다.

그때, 2만에 달하는 병력이 북쪽 산을 넘어와 전장에 합류했다.

한데 이번엔 왜군이 아니었다.

아시온군 깃발을 앞세운 한국군이었다.

전황이 불과 두 시간여 만에 또다시 바뀌는 순간이었다.

독재자

5장. 절정으로

5장. 절정으로

　얼음처럼 차가운 달빛 한 조각이 북쪽 산 정상을 비출 때였다. 시커먼 파도가 제방 위로 넘쳐흐르는 것처럼 한 떼의 인마가 북쪽 산 정상을 넘어와 민둥산 방향으로 질주해 왔다.

　인마가 달려오는 기세가 얼마나 대단한지 마치 큰 지진이 나서 민둥산 주위의 땅이 가문 논처럼 쩍쩍 갈라지는 듯했다.

　이유는 정확히 모르지만 어쨌든 그들을 거세게 몰아붙이던 왜군이 갑자기 썰물처럼 빠져나간 덕분에 한숨 돌리며 부상자를 돌보던 한국군은 대경실색해 다시 무기를 꼬나 쥐었다. 그들은 북쪽 산을 넘은 인마가 적의 일당이라 여겼던 것이다.

그러나 인드라망을 가진 이준성은 북쪽 산을 넘어온 인마의 정체가 한국군임을 바로 알아봤다. 창졸간이라 병사 개개인의 얼굴까지 확인하지는 못했지만, 그들이 앞세운 깃발 덕에 아군이란 사실을 알아내는 일은 그리 어렵지 않았다.

맨 앞에 있는 깃발은 천마기동여단을 상징하는 천마기였다. 천마기는 경주 천마총의 천마도를 카피해 만든 깃발이었다. 알아보기 쉬웠다. 천마기 옆에서는 두 발로 우뚝 선 불곰을 하얀 천에 피처럼 붉은 물감으로 그려 넣은 화웅기가 펄럭이는 중이었다. 화웅기는 화웅보병사단의 사단기였다.

화웅보병사단은 절강사단의 새 이름이었다. 사단 이름이 절강에서 화웅으로 바뀐 데는 한 가지 피치 못할 사정이 있었다. 원래 절강사단의 모태인 절강연대는 조광이 이끄는 절강병이 주축을 이루어 절강이란 이름을 쓰는 데 별문제가 없었다. 그러나 절강연대가 곧 여단, 사단 규모로 커짐에 따라 절강이란 이름에 딴죽을 거는 사람이 급속히 늘었다.

현재 5,000명이 넘는 병력이 적을 둔 화웅사단에는 강남 출신 절강병만 복무하지 않았다. 몇 년 전에 있었던 소양강 전투의 결과로 요동, 요서, 하북, 하남, 산동, 산서 등지에서 온 수많은 명군이 절강사단에 새로이 합류한 탓에 지금은 절강 출신보다 다른 지역에서 온 명군의 숫자가 더 많았다.

다른 지역 출신인 병사의 눈에 절강사단이란 이름이 좋게 보일 리 없어 그들은 수뇌부에 계속해서 교체를 요구했다.

그러나 조광이 사단장으로 있을 땐 요구가 받아들여지지 않았다.

하지만 조광이 한국무역공사 절강지점장으로 발령받아 떠난 직후에 새 사단장으로 양원이 취임하며 전기가 마련되었다. 양원 또한 절강 출신이 아니긴 마찬가지여서 사단 이름이 마음에 들지 않았다. 그는 결국 사단 이름을 교체할 생각으로 이준성에게 새 사단 이름을 내려 달라 간청했고 그는 며칠 고민한 끝에 화웅이란 새 이름을 내려 주었다.

화웅사단의 화웅기 뒤에선 검은색 천에 하얀색 늑대를 그려 넣은 백랑기와 커다란 활을 그려 넣은 천궁기가 사이좋게 펄럭이는 중이었다. 백랑기는 백랑사단 사단기였으며 천궁기는 천궁포병여단 여단기였다. 마지막엔 아시온군 지휘사령부를 상징하는 초대형 아시온기가 나타나 대미를 장식했다.

아시온군 지휘사령부까지 왔단 말은 밀양에 있던 아시온군 전체가 내려왔단 의미와 다르지 않아 이준성은 적잖이 마음이 놓였다. 그는 원래 마에다 도시이에를 쫓던 중이지만 왜군이 다 빠져나간 상황이라 추격을 포기했다. 무리해 뒤쫓다간 적의 매복에 걸려 다 된 밥에 재를 빠트릴 수 있었다.

말 위에서 훌쩍 뛰어내린 이준성은 근처 바위에 피곤한 몸을 누인 다음, 피로 얼룩진 투구를 벗어 옆에 내려놓았다. 그가 타던 말은 마에다 도시이에에게 돌격할 때 중상을 입었기 때문에 곧 쓰러져선 더는 움직이지 못했다. 죽은 말을 보며 한숨을 내쉰 그는 고개를 들어 하늘을 응시했다.

구름 한 점 없는 청명한 밤하늘에 하얀 모래 같은 은하수가 비단 폭처럼 내려앉았다. 또 옆에선 이제 막 여물어 가는 중인 달이 고목 가지에 걸려 쓸쓸한 빛을 하계에 드리웠다.

고적하기 이를 데 없는 풍경이었다. 그러나 시선을 조금만 내리면 갑자기 풍경이 180도 달라져 그야말로 인세의 지옥이 펼쳐지기 시작했다. 사방 수 킬로미터에 달하는 언덕과 들판, 평지와 시내 사이에 죽은 사람과 말이 처참한 모습으로 나뒹굴었다. 또 아직 숨이 붙어 있는 사람과 말은 구슬픈 통곡과 애끓는 신음을 끊임없이 내뱉으며 몸부림을 쳤다.

잠시 후, 매캐한 화약 냄새와 비릿한 피 냄새, 사람과 말이 죽어 가며 쏟아 낸 오물 냄새가 바람에 실려 훅 풍겨 왔다. 평범한 사람이라면 이쯤에서 진저리를 치며 돌아설지 모르지만, 그에겐 마치 고향에 온 듯한 편안한 느낌을 주었다.

"이런 풍경이 좋다니 난 구제가 불가능한 쓰레기로군."

그때, 한명련 등 이번 돌격에서 가까스로 살아남은 흑룡대대 병사 수백 명이 달려와 이준성 주위를 철통같이 에워쌌다. 다들 사투를 벌인 모양인지 갑옷과 살갗에 피가 덕지덕지 묻어 있었다. 병사 몇 명은 상처에 붕대를 감은 모습이었는데 지혈이 잘 안 된 탓에 하얀 붕대가 붉게 젖어 있었다.

이준성은 공손히 시립해 있는 한명련의 얼굴을 보며 물었다.

"그래, 흑룡대대는 이번 전투에서 얼마나 살아남았나?"

"600명이옵니다."

"꽤 많이 상했군."

"전하께서 선두에 나가 왜적의 이목을 끌어 주시지 않았다면 피해는 지금보다 훨씬 컸을 것이옵니다. 괘념치 마시옵소서."

그로부터 10분쯤 지났을 때였다.

국방부장관 권율이 땀에 흠뻑 젖은 모습으로 나타나 보고했다.

"왜적을 쫓아갔던 정찰부대가 방금 전한 정보에 따르면 왜적이 부산포가 있는 남동쪽으로 완전히 물러갔다고 하옵니다."

이준성은 고개를 끄덕이며 물었다.

"비룡여단은 피해를 얼마나 입었소?"

"오늘 전투에서만 2,000명이 넘는 사상자가 발생했사옵니다."

"비룡여단장 하구로 장군에게 전사자는 예우를 갖추어 매장하고 부상자는 진주성으로 후송하여 치료하라 전하시오."

"바로 조치하겠사옵니다."

권율이 민둥산에 있는 작전상황실로 막 돌아갔을 때였다.

이번엔 북쪽 산을 넘어온 아시온군 지휘부가 그를 방문했다.

지휘부 맨 앞에서 성큼성큼 걸어오는 사내는 나이를 쉰쯤 먹은 중년 사내였는데 부리부리한 눈매가 아주 인상적이었다. 그 중년 사내가 바로 아시온군 신임 사령관 권웅수였다.

바위에 앉아 있는 이준성을 발견한 권웅수가 부리나케 달려와 그 앞에 무릎을 털썩 꿇은 다음, 머리를 깊숙이 조아렸다.

"소장의 불충을 용서하여 주시옵소서!"

권웅수 뒤에 서 있던 원충서, 유웅수, 이정암, 양원 역시 앞다투어 바닥에 무릎을 꿇으며 이준성에게 거듭 용서를 구했다.

이준성은 미간을 살짝 찌푸리며 물었다.

"무슨 죄를 용서해 달란 건가?"

권웅수가 돌바닥에 머리를 힘껏 내려치며 대답했다.

"소장 등이 불민하기 짝이 없어 전하께서 고초를 겪으시게 했사옵니다. 부디 소장이 저지른 불충을 용서하여 주시옵소서."

이준성은 주위를 슬쩍 둘러본 뒤 피식 웃었다.

"그쯤하고 일어나시오. 모르는 사람이 보면 내가 평소에 장수들을 쥐 잡듯 잡는 줄 알겠어. 난 그런 사람이 아닌데 말이야."

권웅수가 떨리는 목소리로 대꾸했다.

"화, 황공하옵니다."

대꾸한 권응수는 쭈뼛거리며 일어선 다음, 팔을 앞으로 모아 공손히 시립했다. 다른 장수들 역시 마찬가지였다. 이준성이 화를 내기 전에 얼른 일어나 권응수 뒤에 자리를 잡았다.

장수들의 면면을 둘러보던 이준성이 권응수를 보며 물었다.

"대체 그동안 밀양에선 무슨 일이 있었던 거요?"

"지금부터 소상히 여쭤 올리겠사옵니다."

권응수는 곧 밀양에서 있었던 일을 이준성에게 보고했다. 원래 강문우가 지휘하던 아시온군은 밀양과 울산 두 고을에 주둔하며 북쪽으로 올라오는 왜군을 저지할 예정이었다.

다행히 울산에 주둔한 흑표, 금강, 자유 세 사단은 부산 기장에서 울산으로 진격해 온 범모리 가문의 군대를 도중에 급습해 처음 세운 계획대로 전선을 기장 방면에 고착시키는 데 성공했다. 즉, 이제 밀양에 주둔하는 중인 강문우의 아시온군 주력이 김해에서 밀양 방면으로 올라오는 왜군 주력만 잘 막아 내면 1차 목표를 완벽히 완수하는 상황이었다.

그러나 밀양 방면으로 올라오는 중인 왜군은 아주 까다로운 상대였다. 정병으로 유명한 시마즈 요시히로의 시마즈군에 혼슈 동쪽에서 혜성처럼 떠오른 다테 마사무네의 다테군과 산전수전을 다 겪어 노련하기 짝이 없는 후쿠시마 마사노리의 후쿠시마군이 더해져 상대하기 정말 만만치 않았다.

강문우는 최선을 다해 수비했지만 결국 이틀 만에 시마즈 요시히로가 직접 이끄는 시마즈군의 일점돌파에 전선이 뚫려 큰 위기에 봉착했다. 심지어 시마즈군의 돌파를 어떻게든 막아 볼 생각으로 전선에 직접 뛰어든 강문우가 시마즈군 조총 부대의 집중사격을 받아 전사하는 참사까지 발생했다.

다테 마사무네가 지휘하는 다테군은 강문우가 전사하는 바람에 혼란이 생긴 틈을 이용해 바람처럼 기동해 아시온군 측면을 급습했다. 측면 공격을 받은 아시온군은 결국 수많은 사상자를 낸 상태에서 연거푸 후퇴해 청도까지 밀려났다.

초전에서 큰 승리를 거둔 왜군은 부대를 두 개로 나누었다. 우선 시마즈군과 후쿠시마군은 청도로 도망친 아시온군을 추격하며 전선을 위로 확장했다. 그사이, 다테 마사무네의 다테군은 서쪽으로 우회해 진주성 뒤로 향했다.

만약 우에스기 카게카츠의 우에스기군이 진주성 동쪽을 들이치는 동안 서쪽으로 돌아간 다테군이 뒤를 치면, 진주성에 주둔한 한국군은 앞뒤로 포위당할 수밖에 없는 상황이었다.

한데 그때 생각지 못한 일이 일어났다. 이준성이 이끄는 비룡여단과 천마여단이 불과 이레 만에 5만 명이 넘는 우에스기, 도쿠가와 연합군을 전멸시킨 것이다. 그뿐만이 아니었다. 권율의 조언을 받아들인 이준성이 진주성을 나와 김해에 있는 마에다 도시이에를 공격해 진주성 서쪽으로 돌아 들어 간 다테군을 심리적으로 압박했다. 한국군이 김해 길목을 틀 어막으면 뒤에 있는 다테군은 내륙에 갇혀 적에게 완벽히 포 위당할 가능성이 컸다. 화들짝 놀란 다테군은 급히 밀양으로 귀환해 그곳에 있던 시마즈, 후쿠시마군과 합류했다.

이준성이 김해에 있는 마에다 도시이에를 공격한 효과는 그뿐만이 아니었다. 아시온군을 몰아붙이던 시마즈, 후쿠시 마군 역시 마에다 도시이에가 패하면 한국군에게 앞뒤로 포 위당하기에 십상이라 공격의 강도를 낮출 수밖에 없었다. 괜 히 위로 더 올라갔다가는 퇴로가 끊길 위험이 있었다.

한편, 이준성에게 새로운 사령관으로 임명받은 권응수는 그 틈에 재빨리 흩어진 부대를 수습해 반격에 나섰다. 패주한 부대를 다시 수습하는 일은 절대 쉽지 않은 일이지만 권응수 는 놀라운 통솔력을 발휘해 짧은 시간 안에 완벽히 해냈다.

심지어 이준성이 보낸 천마여단이 아시온군에 합류한 다 음 날엔 반격을 넘어 다시 공세로 전환하는 기염까지 토했다.

그로부터 며칠 후, 권응수는 마침내 천궁포여단을 십분 활 용해 왜군을 밀양과 김해 경계에서 크게 격파하는 데 성공했 다.

아시온군에 패한 왜군은 급히 김해 방면으로 퇴각했으며 승 리한 아시온군은 그 뒤를 쫓아 남하했다. 마에다군이 날이 완 전히 저문 후에도 계속 민둥산에 공격한 이유는 밀양에 있던

139

왜군의 패배 소식을 접했기 때문이었다. 마에다 도시이에는 오늘이 이번 전쟁에서 공세로 나설 수 있는 마지막 기회임을 직감했던 것이다. 도중에 밀양에 있던 왜군까지 합류한 덕에 이준성과 그가 이끄는 비룡여단을 거의 끝장낼 기회를 포착했지만, 이준성이 흑룡대대 병사들과 함께 자살에 가까운 돌격을 감행하는 바람에 공세가 살짝 무뎌져 버렸다.

한데 때마침 왜군을 추격해 온 아시온군까지 도착했단 보고를 받은 마에다 도시에는 결국 분루를 삼키며 퇴각해야 했다.

이준성이 권웅수의 보고를 다 들었을 때였다.

상황실에 가서 전황을 살피던 권율이 돌아와 보고했다.

"조금 전에 해군이 가덕도에서 도도 다카토라가 이끌던 왜국 수군 대함대와 결전을 벌여 대승을 거뒀다는 전갈이 왔사옵니다. 지금은 부산포를 역으로 포위하는 중이라 하옵니다."

이준성은 주먹으로 바위를 내려치며 벌떡 일어섰다.

"좋았어!"

한국군은 다음 날 새벽에 부산포로 일제히 진격해 내려갔다.

이준성은 부산포와 가까운 야산 위에 전시상황실로 사용할 단단한 진채부터 건설했다. 진채를 완성한 다음에는 육군을 지휘해 부산포로 퇴각한 왜군을 재빨리 포위해 들어갔다.

이준성은 백랑, 화웅 두 사단에게 부산포 북쪽에 있는 상계봉을 중심으로 부산포 북쪽을 포위하라는 명령을 내렸다. 또 비룡여단에게는 부산포 서쪽에 있는 동매산과 을숙도를 점령하게 하였으며, 흑표와 금강, 자유 세 사단에게는 해운대와 장산, 윤산에 주둔해 부산포 동쪽을 포위하게 하였다. 말 그대로 부산포 주위 20여 킬로미터를 철통같이 에워싸 왜군이 부산포 밖으로 나오지 못하게 만들 작정이었다.

그러나 하늘이 무너져도 솟아날 구멍이 있다는 속담처럼 왜군 역시 솟아날 구멍이 전혀 없진 않았다. 바로 해상이었다.

그들은 여전히 수백 척이 넘는 대함대를 보유한 상태였다. 만약 그들이 그 대함대를 이용해 대마도로 도망친다면, 한국군으로선 닭 쫓던 개가 지붕 쳐다보는 꼴밖에 되지 않았다.

이준성은 다소 초조한 표정으로 전시상황실 바닥에 놓인 입체지도를 뚫어져라 바라보았다. 현재 입체지도 위에는 왜국 육군을 뜻하는 붉은색 화살표가 부산포 안에 옹기종기 모여 있는 상태였다. 그리고 왜국 수군을 뜻하는 화살표 또한 가덕도에서 막혀 부산포로 급히 도망치는 중이었다.

반면, 한국 육군을 상징하는 파란색 화살표 세 개는 부산포를 철통같이 에워싼 상태에서 천라지망과 다름없는 완벽한 포위망을 구축한 상태였다. 그러나 그가 보는 화살표는 한국 육군을 상징하는 화살표가 아니었다. 그가 뚫어지도록 보는 중인 화살표는 가덕도에 멈춘 한국 해군의 것이었다.

이준성은 가덕도에 멈춘 한국 해군의 파란색 화살표를 뚫어져라 노려보았다. 그에게 만약 염력이 있다면 눈빛으로 화살표를 동쪽으로 움직이게 할 수 있을 테지만 그에게 그런 능력이 있을 리 만무했다. 설령 염력이 있어 화살표를 움직일 수 있다 하더라도 실제로 해군이 동쪽으로 진격해야 의미가 있지, 달랑 화살표만 움직여선 별 의미가 없었다.

그때, 상황실 문이 벌컥 열리며 온몸에 먼지를 뒤집어쓴 전령이 안으로 뛰어 들어왔다. 주위를 두리번거리며 누군갈 찾던 그는 이내 권율을 발견하곤 곧장 달려가 장계를 전했다.

장계 겉봉투에 적힌 벼슬과 이름을 읽어 내려가던 권율은 갑자기 표정을 확 바꾼 후에 이준성에게 급히 장계를 올렸다.

"읽어 보시옵소서. 해군참모총장이 조금 전 보낸 장계이옵니다."

"해군참모총장이? 어서 이리 줘 보시오."

이준성은 건네받은 장계를 단숨에 읽어 내려갔다. 그가 장계를 읽는 동안, 권율은 초조한 표정으로 그 모습을 지켜봤다.

잠시 후, 이준성이 다 읽은 장계를 다시 권율에게 돌려주었다.

"권 장관도 읽어 보시오."

권율은 이준성이 건넨 장계를 받아 서둘러 읽어 내려갔다. 장계 첫 문단에는 도도 다카토라가 지휘하는 왜선 300여 척을 가덕도에서 격파한 해군이 부산포로 진격해 항구를 포위했다는 내용이 적혀 있었다. 그리고 중간쯤에는 부산포에 갇힌 왜국 수군의 전함 수십 척이 포위를 풀기 위해 한국 해군에게 덤벼들었다가 박살이 났다는 내용 또한 적혀 있었다. 권율은 급히 장계 마지막 문단의 내용을 읽어 내려갔다.

"……그다음 날에는 대마도를 떠나온 왜국 수군의 보급 선단 100여 척이 당도해 시비를 걸어왔사오나 외곽을 순시 중이던 충무함대에 번번이 깨져 그중 태반이 침몰했사옵니다. 그리고 마침내 다음 날 새벽엔 포위망을 뚫을 수단이 없단 사실을 절감했는지 급히 퇴각해 대마도로 돌아갔사옵니다."

장계를 다 읽은 권율은 급히 머리를 조아리며 소리쳤다.

"대승을 경하드리옵니다, 전하!"

권율의 외치는 소리를 들은 장교와 병사들 또한 하던 일을 멈춘 다음, 그에게 머리를 조아리며 축하 인사를 건넸다.

벌떡 일어난 이준성이 좌중을 둘러보며 소리쳤다.

"해군이 계획대로 부산포를 역포위하는 데 성공해 이제 왜군은 부산포 안에 갇혀 옴짝달싹 못 하는 처지가 되었다! 물론 아직 방심하기에는 이르다! 내 말은 구석에 몰리면 쥐도 고양이를 문다는 속담을 절대 잊어선 안 된단 뜻이다!"

"예, 전하!"

고개를 끄덕인 이준성은 권율의 얼굴을 보며 어명을 내렸다.

"국방부장관 권율은 지금 즉시 어명을 받들라!"

권율은 즉시 바닥에 엎드려 머리를 조아렸다.

"하명하시옵소서!"

"국방부는 지금부터 2단계 작전을 시행토록 하라!"

"바로 시행하겠나이다!"

권율에게 2단계 작전을 시행하라 명령한 이준성은 흑룡대대만 거느린 상태에서 상계봉에 있는 백랑사단 쪽에 합류했다.

이준성의 예측은 정확히 맞아떨어졌다.

며칠 후, 부산포에 갇힌 왜군은 식량이 떨어져 굶어 죽기 전에 어떻게든 전기를 한번 마련해 볼 생각으로 10만이 넘는 병력을 동원해 총공격을 해 왔다. 구석에 몰려 굶어 죽을 위기에 처한 쥐가 이판사판이란 심정으로 고양이를 문 것이다.

이준성은 인드라망으로 그가 있는 위치로 쳐들어오는 왜군의 군기를 쭉 둘러보았다. 적은 범모리 가문이 주축을 이룬 듯했다. 모리 가문, 고바야카와 가문, 킷카와 가문을 상징하는 깃발 수백여 개가 먼지바람 속에서 미친 듯이 펄럭였다.

적의 정체를 확인한 이준성은 좌우를 쭉 둘러보았다. 그가 합류한 백랑사단 소양강연대는 길이가 10여 킬로미터에 달하는 깊은 참호에 들어가 적이 공격해 오길 기다리는 중이었다.

소양강연대는 몇 년 전 있었던 소양강 전투에서 대활약한 부대로 연대 이름 역시 그 전투가 벌어진 소양강에서 따왔다.

유개호 밑에 들어가 지도를 훑어보던 이준성은 급히 전령을 호출해 후방에 있는 포병에게 그의 지시를 전달하게 하였다.

"내가 신호를 보내기 전까진 절대 포를 쏴선 안 된다 전해라!"

"예, 전하!"

대답한 전령은 북쪽 야산에 있는 천궁포병여단에게 달려갔다.

탕탕탕!

그때, 전방 100여 미터 지점에 도달한 왜군 선봉부대가 활과 조총을 쏘아 대며 소양강연대가 들어가 있는 참호에 본격적으로 공격을 퍼부었다. 물론 소양강연대 역시 당하고만 있진 않았다. 즉각 반격을 가해 양측은 서로 원거리 무기로 치열한 공방을 주고받았다. 왜군은 병력 숫자에서, 한국군은 무기와 훈련 상태에서 앞서나가 치열한 접전이 이어졌다.

양측 모두 별다른 소득 없는 전투가 10여 분쯤 이어졌을 때였다. 갑자기 와 하는 함성이 천지가 떠나갈 듯하게 울리더니 뒤에 있던 왜군 보병 수천 명이 참호 전방으로 돌격해 들어왔다.

참호 안에 들어가 있는 소양강연대 병사들은 즉시 천뢰 3호를 던지며 적의 진격을 늦췄지만 왜군 또한 이제는 천뢰 3호에 당할 만큼 당한지라 전처럼 겁부터 집어먹진 않았다.

곧 참호를 강탈하려는 왜군과 이를 사수하려는 소양강연대 병력 사이에 치열한 참호전이 벌어졌다. 그때, 이준성은 사무라이가 햇빛을 가리며 참호 위에 올라서는 모습을 보았다.

참호 안을 재빨리 훑어보던 사무라이는 바로 앞에 서 있는 이준성을 발견하곤 수중의 왜도를 머리 위에 내리쳤다. 그러나 왜도가 이준성의 머리에 닿기 전에 이준성이 휘두른 언월도가 먼저 사무라이의 허리를 쓱 가르며 지나갔다.

허리가 잘린 사무라이는 피와 내장을 폭포수처럼 쏟아 내며 참호 밑으로 굴러떨어졌다. 그때, 곰처럼 덩치가 큰 왜군이 창으로 그의 옆구리를 냅다 찔러 왔다. 이준성은 왼손을 번개처럼 뻗어 창대 중간을 틀어쥔 다음, 힘을 주어 당겼다.

왜군의 덩치가 크긴 하지만 그의 완력을 버텨 낼 만큼 크진 않아 말 잘 듣는 아이처럼 참호 안으로 딸려 들어왔다. 이준성은 왼손으로 칼을 뽑아 안으로 딸려 들어온 왜군 목에 쑤셔 넣었다. 비명을 지른 왜군은 곧 머리를 떨어트렸다.

그때, 모리 가문 가신으로 보이는 노인네 하나가 기합을 지르며 참호 안으로 뛰어 들어와 단도로 이준성의 어깨를 찔러 왔다. 이준성은 급히 옆으로 상체를 젖혀 피했다. 그를 헛친 단도가 참호 벽에 틀어박히며 흙이 후드득 떨어져 내렸다.

참호 벽에 틀어박힌 단도를 힐끗 본 이준성은 팔꿈치로 가신의 관자놀이를 후려쳤다. 관자놀이를 정통으로 맞은 가신은 감전당한 사람처럼 몸을 부르르 떨다가 뒤로 넘어갔다.

이준성은 쓰러진 가신의 가슴을 밟은 다음, 칼을 목에 쑤셔 박아 숨통을 완전히 끊었다. 그때, 왜군 30여 명이 둔덕을 올라와 그가 있는 참호로 접근하는 모습이 눈에 들어왔다.

"더럽게 많군."

이준성은 급히 주위를 둘러보았다. 그를 호위하기 위해 온 한명련, 정충신 등은 다른 적을 상대하느라 몸을 뺄 여유가 없는 상태였다. 고개를 절레절레 저은 이준성은 전술 조끼에 찬 천뢰 3호 다섯 개를 모두 떼어 내 동시에 점화시켰다.

점화한 지 얼마 지나지 않아 천뢰 3호 안에서 치이익거리는 소리가 작게 들려왔다. 이는 천뢰 3호 안에 들어있는 도화선이 타들어 가는 소리였다. 천뢰 3호가 손안에서 터지는 상황을 원치 않던 그는 얼른 참호 밖으로 힘껏 던졌다.

빙글빙글 돌며 날아간 천뢰 3호 다섯 개가 축포처럼 연달아 폭발해 불꽃과 날카로운 금속 파편을 사방에 쏟아 냈다. 그를 향해 덮쳐 오던 적 30여 명 중 10여 명이 폭발에 휩쓸려 나뒹굴었다. 비록 폭발력이 아주 크지는 않아 목숨까지 잃진 않았지만, 폭발에 직격당한 왜군은 얼굴과 몸에 적지 않은 상처를 입어 당분간 전열에서 이탈할 수밖에 없었다.

그러나 왜군은 여전히 20여 명 넘게 남아 있었다. 이준성은 참호에 기대 놓았던 뇌우 1호를 집어 들어 왜군을 겨누었다.

탕!

맨 앞에서 달려들던 왜군 하나가 얼굴에 탄환을 맞아 밑으로 굴러떨어졌다. 이준성은 참호에 기대 놓은 뇌우 1호 두 정을 더 꺼내 왜군에게 쏘았다. 왜군 두 명이 얼굴과 가슴에 탄환을 맞아 픽 쓰러졌다. 그야말로 백발백중이었다.

그러나 탄환을 쏜 뇌우 1호를 재장전하기엔 시간이 부족했다. 아마 재장전을 마쳤을 즈음에는 왜군 선두가 참호에 도달할 듯싶었다. 이준성은 등에 멘 각궁을 풀어 시위에 화살을 잰 다음, 적 얼굴에 조준했다. 잠시 후, 화살이 기관총을 쏘듯 쉴 새 없이 날아가 왜군 대여섯을 더 쓰러트렸다.

이준성이 여섯 번째 화살을 발사했을 때 마침내 왜군 선두가 참호에 도달해 창으로 그의 가슴을 찔러 왔다. 이준성은 옆으로 몸을 날려 피한 다음, 언월도로 하체를 베어 갔다.

다리가 잘린 왜군이 비명을 지르며 둔덕 밑으로 굴러 내려갔다. 그 틈에 참호 밖으로 뛰쳐나온 이준성은 언월도와 칼을 번갈아 휘둘러 주변을 에워싼 왜군을 재빨리 해치웠다.

이준성은 언월도로 마지막 남은 왜군의 머리를 자른 다음,

옆을 돌아보았다. 그가 있는 참호는 사수하는 데 성공했지만, 100여 미터 떨어진 지점에 있는 참호는 왜군에게 강탈당해 그곳을 지키던 병력이 후방으로 급히 내빼는 중이었다.

이준성은 참호 안으로 다시 뛰어들며 통신병에게 소리쳤다.

"포병에게 신호를 보내라!"

잠시 후, 후방에서 대기 중인 천궁포병여단 포병이 쏘아 올린 유성 3호가 참호 앞에 작렬해 왜군 수백 명을 불태웠다. 참호를 돌파하기 위해 병력을 대거 투입한 왜군은 머리 위에서 떨어지는 유성 3호를 피하지 못해 큰 피해를 보았다.

이준성은 참호 밖으로 뛰쳐나와 고함을 질렀다.

"공격하라!"

이준성의 목소리를 들은 한국군 병사들이 참호 밖으로 뛰쳐나와 앞으로 돌진했다. 유성 3호에 당해 정신을 못 차리던 왜군은 갑자기 달려드는 한국군에게 속수무책으로 당했다.

이준성은 왜군 전체를 부산포에 밀어 넣어 완벽히 포위하는 데 성공했다. 거기다 대마도와 부산포를 잇는 해상 보급로마저 차단해 현재 왜군은 보급을 전혀 못 받는 중이었다.

이런 상황에선 당연히 굶겨 죽이는 작전이 가장 효과적이었다. 물샐틈없는 포위망을 갖춰 놓은 다음에 차분히 기다리면 왜군은 항복과 자멸 둘 중 하나를 택할 수밖에 없었다.

왜군에게 군량이 얼마나 남아 있는지 모르지만, 그렇게 많은 양이 남아 있을 것 같지는 않았다. 아마 많아야 50일 치일 거기 때문에 50일만 기다리면 손가락 하나 까딱할 필요 없이 10만이 넘는 적을 고사시킬 수 있었다.

그러나 이준성은 그때까지 기다릴 생각이 없었다. 아니, 그럴 시간이 없다는 표현이 더 맞았다.

여기서 50일을 지체하면 그가 계획한 3단계 작전에 빈틈이 생길 우려가 있었다. 3단계 작전을 완벽하게 성공시키기 위해서는 부산포에 갇힌 왜군을 신속히 제압해야 했다.

이준성은 그런 이유로 참호를 지키던 백랑사단 소양강연대 병력에게 공격을 명령했다. 곧 참호 밖으로 뛰쳐나온 병사들이 유성 3호에 당해 정신을 못 차리는 왜군을 덮쳐 갔다.

잠시 후, 천지사방에서 왜군이 죽어 가며 내뱉는 처절한 비명과 구슬픈 통곡, 나지막한 신음이 쉴 새 없이 들려왔다. 이준성은 정충신이 데려온 흑왕 위에 올라타며 뒤를 슬쩍 돌아보았다. 한명련이 지휘하는 흑룡대대 기병 500여 기가 군마 위에 올라탄 상태로 그의 명령을 기다리는 중이었다.

비록 격전을 치르는 동안 1,000여 기를 상회하던 기병이 반으로 줄어들어 위력은 전에 비할 바 아니지만, 여전히 패주하는 적 보병을 상대로 강력한 위력을 뽐낼 수 있는 숫자였다.

"흑룡대대는 나를 따르라!"

쩌렁쩌렁 울리는 목소리로 부하들에게 명령을 내린 이준성은 이내 흑왕의 말 배를 걷어차 도망치는 왜군을 뒤쫓았다.

그때, 왜군 하나가 뒤에서 들려오는 말발굽 소리에 놀라 고개를 돌렸다. 그러나 그가 고개를 돌렸을 때는 이미 이준성이 휘두른 언월도가 코앞에 다가와 있었다. 왜군은 급히 상체를 숙여 피하려 했지만, 몸이 마음처럼 따라 주지 않았다.

"으악!"

왜군이 놀라 비명을 지르는 순간, 언월도가 그의 목을 가르며 지나갔다. 이준성은 목이 잘린 왜군 시체에서 뿜어져 나온 뜨끈한 선혈을 얼굴에 덮어썼지만, 그냥 흐르게 두었다.

그때, 또 다른 왜군이 눈앞에 나타났다. 이준성은 오른손에 쥔 언월도를 왜군 머리 위에 내려찍었다. 그러나 이번 왜군은 전투 경험이 많은 듯 급히 수중의 왜도를 위로 처올려 언월도를 막아 냈다. 히죽 웃은 그는 왼손에 쥔 칼을 번개같이 찔러 갔다. 곧 푹 하는 소리와 함께 목에 구멍이 뚫린 왜군이 발레리나처럼 한 바퀴 돌며 바닥으로 쓰러졌다.

"이랴!"

이준성은 등자에 끼운 다리로 흑왕의 말 배를 걷어차 속도를 더 높였다. 잠시 후, 왜군 세 명이 장창으로 그와 흑왕을 동시에 찔러 왔다. 이준성은 흑왕 머리 뒤로 상체를 숙였다.

콰콰쾅!

흑왕의 머리와 가슴에 들이받힌 왜군이 비명을 지르며 나가떨어졌다. 그들이 찌른 창이 흑왕의 얼굴과 가슴을 찔렀지만 흑왕이 걸친 단단한 갑주를 뚫지 못해 옆으로 튕겨 나갔다.

순식간에 왜군 대여섯 명을 불귀의 객으로 만들어 버린 이준성은 언월도와 왜도를 휘두르며 본격적으로 적을 베어 갔다.

그가 휘두르는 언월도와 왜도 앞에선 모두가 평등했다. 나이가 많건 적건, 지위가 높건 낮건 상관없이 그가 휘두르는 무기 앞에서는 그저 피를 분수처럼 뿜으며 쓰러질 뿐이었다.

가끔 운이 좋거나 아니면 실력이 남들보다 월등해 언월도를 피하는 적이 있었지만 뒤이어 날아드는 칼까지 피하진 못했다. 이준성은 마치 낫으로 벼를 베는 농사꾼처럼 언월도로 좌우를 베어 가며 질주해 일대를 피바다로 만들었다.

정신없이 적을 베다 보니 어느새 적진 심장부에 들어와 있었다. 화려한 갑옷을 입은 적이 나타난 게 바로 그 증거였다.

16세기 말에 병사가 걸치는 갑옷은 곧 그 사람의 지위를 나타내는 경우가 아주 많았다. 갑옷을 제대로 차려입지 못한 병사는 대부분 지위가 낮은 말단 병사일 가능성이 컸다. 그와는 반대로 갑옷을 제대로 갖춰 입은 자는 지위가 있는 장교일 가능성이 컸다. 한데 거기서 한발 더 나아가 갑옷을 완벽히 갖추었을 뿐만 아니라 그 갑옷이 화려하기까지 하다면, 그자는 일군을 이끄는 장수 또는 주요 가신이었다.

이준성은 그들을 차례차례 베어 넘기며 재빨리 주위를 둘러보았다. 그가 있는 곳에서 30미터쯤 떨어진 곳에 가신과 하타모토에 둘러싸여 남쪽으로 도망치는 일단의 무리가 있었다.

이준성은 본능적으로 모리 가문의 영주급 인물이란 직감이 들어 그쪽으로 흑왕을 몰아갔다. 다행히 그가 방향을 틀어 달려가기 시작했을 땐 한명련, 정충신 등이 도착해 그에게 쏟아지던 압력을 덜어 주는 중이었다. 또 그로부터 몇 분 후엔 정기룡과 슈메, 김덕령이 도착해 적을 밀어붙였다.

정기룡, 슈메, 김덕령은 원래 다른 부대 소속으로 흑룡대대 소속이 아니었다. 그러나 민둥산 전투에서 그들이 보여 준 활약에 감탄한 이준성이 그들의 보직을 흑룡대대로 바꿔 버렸다. 정기룡, 슈메, 김덕령은 한명련, 정충신과 더불어 장차 한국군을 책임질 훌륭한 재목감이었다. 물론 지금 단계에선 재목 중 하나일 뿐이라, 그 재목이 화려한 꽃을 피우게 만들려면 미리 거름을 주고 웃자란 가지를 쳐 줘야 했다.

이준성은 그들을 흑룡대대로 불러들인 다음, 그가 배운 전략, 전술을 가르쳤다. 다행히 다섯 명 모두 재능이 넘쳐서 하나를 가르치면 열은 아니어도 대여섯 정도는 알아들었다.

어쨌든 범 같은 젊은 장수가 다섯이나 나타나 적을 나눠 상대해 준 덕에 이준성은 왜장에게 전력을 집중할 수 있었다. 왜장은 이준성이 쫓아오기 훨씬 전에 내뺐지만, 원래 적에게 패할 때는 도망치는 일조차 마음대로 되지 않는 법이었다.

모리군은 왜국에서 알아주는 정병이었다. 그러나 사기가 바닥으로 떨어지다 못해 땅을 파고 들어간 현재 상황에선 오합지졸과 다를 바가 없었다. 모리군은 임진왜란에서 엄청난 피해를 봤으므로 이번 정유재란에는 참전하지 않으리라 다들 예상했다. 그러나 제정신이 아닌 도요토미 히데요시는 그런 것을 고려하여 결정할 만큼 명석한 상태가 아니었다.

그런 상황이니만큼, 위로는 영주부터 밑으로는 말단 아시가루까지 싸울 의지가 있을 리 만무했다. 처음에는 그나마 정병다운 모습을 보였지만, 유성 3호가 쏟아 낸 불벼락을 맞은 다음부터는 대오고 뭐고 없이 그냥 도망칠 따름이었다.

왜장은 한참 전에 패배를 인정하고 도주하기 시작했지만, 대열이 완전히 무너지는 바람에 부산포로 내빼는 난군 속에 떠밀려 들어가 그저 부평초처럼 이리저리 떠돌 따름이었다.

왜장의 부하들이 난군 몇 명을 베어 억지로 길을 트려 해 봤지만, 왜장보다 뒤에서 악귀처럼 쫓아오는 한국군이 더 두려웠던 난군은 길을 터 줄 생각을 전혀 하지 않았다. 난군 몇 명을 베면 금세 그 자리를 다른 난군이 차지해 버렸다.

물론 이준성에게는 더없이 좋은 상황이었다. 그는 앞으로 질주하며 도망치는 난군을 계속 베어 넘겼다. 난군은 자신을 쫓아오는 악귀의 정체가 그 유명한 시노카미임을 깨닫곤 알아서 길을 비켜 주었다. 덕분에 그는 마치 아우토반을 달리는 스포츠카처럼 왜장이 있는 곳으로 질주할 수 있었다.

하타토모와 가신 몇이 용기를 내어 이준성의 앞을 막아섰지만, 그가 휘두르는 언월도와 칼에 황천행 급행열차에 올랐다. 마침내 왜장의 숨소리를 들을 수 있을 정도로 가까이 접근하는 데 성공한 이준성은 언월도를 힘껏 내리쳤다.

왜장은 급히 상체를 말안장에 붙여 언월도를 피하려 했다. 그러나 언월도가 노린 목표는 애초에 왜장이 아니었다. 언월도가 노린 목표는 바로 왜장이 탄 군마였다. 목이 잘려 나간 군마가 무릎을 털썩 꿇는 순간, 왜장은 바닥으로 몸을 날려 말과 함께 바닥을 나뒹구는 불상사를 미리 방지했다.

그때였다. 흑왕 위에서 훌쩍 뛰어내린 이준성이 몸을 일으키는 왜장에게 걸어갔다. 물론 손엔 언월도와 칼이 들려 있었다.

몸을 바로 한 왜장은 고민이 되는지 미간을 잔뜩 찌푸렸다. 시노카미와 싸워 이길 수 있는 사람은 없었다. 그렇다면 포로로 잡혀 욕을 당하기 전에 할복하는 것이 최상이었다.

그러나 이제 겨우 약관을 넘은 것처럼 보이는 왜장은 싸워 보지도 않고 할복하는 게 마음에 들지 않는 눈치였다.

마침내 결정을 내린 듯 왜장은 장도를 뽑아 이준성의 어깨를 내리쳤다. 그야말로 번개 같은 솜씨여서 빛이 번쩍하는 순간, 벌써 장도 날이 어깨 위에 와 있었다. 그러나 이준성은 옆으로 미끄러지듯 움직여 장도를 피했다. 수십 킬로그램이 나가는 갑옷을 착용했지만 날래기가 한 마리 표범 같았다.

장도를 회수한 왜장이 이번엔 이준성의 머리를 베어 왔다. 이준성은 상체를 뒤로 젖혀 가볍게 피한 다음, 오른손에 쥔 언월도로 왜장의 가슴을 베어 갔다. 왜장은 뒤로 물러서며 장도를 내리쳐 언월도를 막으려 들었다. 그러나 장도와 언월도가 공중에서 부딪치는 순간, 불꽃이 튀기며 장도가 허공으로 날아갔다. 이를 악문 왜장은 허리에 찬 다른 왜도를 뽑아 이준성을 베려 했다. 그러나 칼을 다 뽑았을 땐 이미 이준성이 왜장 옆으로 돌아가 발길질을 한 후였다.

퍽!

무릎 뒤를 차인 왜장이 한쪽 무릎을 꿇었다. 이준성은 언월도와 칼을 버린 다음, 팔뚝으로 왜장 목을 틀어 감아 바짝 조였다. 왜장은 두 손으로 이준성의 팔뚝을 목에서 떼어 내려 했지만, 웬만한 사내의 허벅지보다 굵은 팔뚝은 요지부동이었다. 결국 왜장은 혀를 빼물며 머리를 떨어트렸다.

이준성은 힘없이 쓰러지는 왜장을 잡아 뺨을 때리며 소리 쳤다.

"야 인마! 정신 차려! 설마 그 정도로 뒈지려는 건 아니겠지?"

다행히 죽진 않은 듯 왜장은 곧 다시 숨을 쉬기 시작했다. 이준성은 한숨 놓은 표정으로 기절한 왜장을 내려놓았다. 그때, 한명련 등이 달려와 기절한 왜장을 포박해 데려갔다.

나중에 들은 바로는 이준성이 이번에 포로로 잡은 왜장은 고바야카와 가문의 현 가주인 고바야카와 히데아키란 자였다.

이준성은 다시 흑왕 위에 올라타 주변을 둘러보았다. 살아남은 왜군은 거의 다 포로로 잡히거나 부산포로 퇴각한 후였다. 그는 그가 있는 자리에 참호를 다시 파게 했다.

이날 전투에서 화웅사단과 흑표사단이 방어하는 지역이 몇 시간 동안 뚫리긴 했지만 원충서가 지휘하는 천마기동여단이 제때 지원을 가 준 덕분에 참호를 사수하는 데 성공했다.

다음 날, 전열을 정비한 왜군은 전날 패배를 설욕하기 위해 총공격에 나섰지만, 또다시 패해 쓸쓸히 퇴각했다. 물론 그 틈을 놓칠 리 없는 이준성은 포위망을 좁혀 마침내 천궁포병여단이 왜군 본진을 포격할 수 있는 거리까지 전진했다.

이틀 연속 패한 왜군은 셋째 날엔 공격을 시도하지 않았다. 그러자 이번엔 반대로 한국군이 먼저 선공에 나섰다. 물론 보병이 아니라 포병을 이용한 선공이었다. 천궁포병여단이 쏜 유성 3호 수백 발이 왜군 본진에 불벼락을 떨어트렸다.

독재자

6장. 3단계 작전

이준성은 인드라망으로 왜군 본진을 쭉 훑어보았다. 왜군 본진 상공에서는 지금 시커먼 연기가 기둥처럼 솟구치는 중이었다. 그것도 하나가 아니라 수십 개가 동시에 올라왔다.

이준성은 뒤에 있는 야산을 힐끗 보았다. 재장전을 완료한 진천 1호 100문이 이준성의 발포 명령을 기다리는 중이었다.

현재 천궁포병여단이 보유한 진천 1호는 모두 합쳐 200여 문이었다. 한데 그중 반이 이준성이 있는 범내골 전선에 와 있는 상황이었다. 그야말로 엄청난 화력이 아닐 수 없었다. 이준성은 통신병에게 고개를 끄덕여 발포 명령을 내렸다.

평평평평평!

잠시 후, 진천 1호 100문이 대기가 흔들리는 포성을 토해내며 유성 3호를 발사해 왜군 본진 전체를 불바다로 만들었다.

이준성은 다시 인드라망으로 왜군 본진을 살펴보았다. 유성 3호가 떨어질 때마다 버섯 같은 불기둥이 치솟으며 흙과 모래, 피와 사람의 팔다리가 폭죽처럼 사방으로 튀어 올랐다.

왜군은 한국군의 부산포 진입을 차단하기 위해 진채 주위에 돌과 흙, 나무로 3미터가 넘는 방책을 세웠지만, 유성 3호 앞에서는 별 소용이 없어 방책 곳곳에 커다란 구멍이 뚫렸다.

이준성은 다시 뒤를 돌아봤다. 발사를 마친 포병이 꽂을대로 포신에 남은 화약 찌꺼기를 청소하는 모습이 눈에 들어왔다.

청소를 끝낸 후에는 장약과 유성 3호를 포구에 밀어 넣은 뒤 약실에 화약을 장전해 재발사할 준비를 마쳤다. 발사 준비를 마친 포반은 붉은색 깃발을 흔들어 상부에 통보했다.

천궁포병여단 포병은 전시에 세 가지 깃발을 주로 사용했다. 붉은색 깃발은 발사 준비가 끝났음을, 주황색 깃발은 재장전이 안 끝났음을, 파란색 깃발은 안전한 상태임을 의미했다.

몇 분 전까지는 주황색 깃발이 더 많았지만, 지금은 천궁포병여단 전 포반에 붉은색 깃발이 올라와 바람에 펄럭였다.

이준성은 다시 통신병에게 고개를 끄덕여 신호했다. 신호를 본 통신병은 붉은색 깃발을 흔들어 100미터 후방의 산 중턱에 주둔한 천궁포병여단장 이정암 장군에게 신호를 보냈다.

펑펑펑펑펑!

잠시 후, 또다시 귀청을 찢는 포성과 함께 유성 3호 100발이 이준성이 있는 참호 위를 날아 왜군 본진에 떨어졌다.

콰콰콰콰쾅!

엄청난 폭발음을 내며 폭발한 유성 3호가 왜군 본진을 쑥대밭으로 만들었다. 이리하여 오늘만 벌써 1,000발이 넘는 유성 3호를 왜군 본진에 쏟아부은 셈이었다. 물론 이러한 포격이 이준성이 있는 범내골에서만 일어나는 일은 아니었다.

구봉산에 배치한 진천 1호 50문과 못골에 배치한 진천 1호 50문이 오늘 새벽부터 부산포에 포탄을 쏟아붓는 중이었다. 아마 이번 포격으로 부산포에 있는 왜군 진채의 3분의 1가량은 불바다로 변해 작전에 막대한 차질을 빚었을 것이다.

이준성은 근처에 있던 전령을 손짓해 불렀다.

"이정암 장군에게 오늘은 여기까지라고 전해라."

"예, 전하."

대답한 전령은 급히 말에 올라 뒤에 있는 야산으로 달려갔다.

그날 저녁, 후방 상황실에서 육해군을 지휘하던 권율이 그가 있는 참호를 찾아 오늘 벌어진 전투의 결과를 보고했다.

권율은 전투를 시작하기 전보다 4, 5년쯤 나이를 더 먹은 듯 이마엔 주름이 늘어났고, 눈 밑에는 그늘이 짙어졌다. 심지어 새치마저 늘어 머리카락이 거의 반백으로 보였다.

이준성은 권율에게 미안한 감정이 들었다. 한국군 최고 통수권자인 이준성이 일반 병졸처럼 전선에 나가 적과 직접 싸우는 행동을 즐기는 탓에 육해군 전체를 통솔해야 하는 중요한 임무를 권율이 혼자 도맡아 처리하는 중이었다.

군례를 올린 권율이 즉시 브리핑을 시작했다.

"먼저 해군이 올린 보고부터 말씀드리겠사옵니다. 부산포에 간힌 왜국 수군이 어제 낮과 오늘 새벽, 두 차례에 걸쳐 포위망을 뚫기 위해 공격해 왔으나 모두 물리쳤다 하옵니다. 또 오늘 정오 무렵엔 대마도에서 올라온 왜국 수군이 부산포에 간힌 적 함대를 구출하기 위해 맹공격을 가했으나, 그 역시 물리쳐 부산포의 제해권을 사수했다 하옵니다."

이준성은 마음에 들지 않는다는 표정으로 물었다.

"그럼 현재 부산포에는 왜군 전함이 몇 척이나 남아 있는 거요?"

"현재는 600척이라 들었사옵니다."

"3단계 작전의 핵심은 부산포에 있는 왜군 함정을 최대한 많이 살려 두는 데 있소. 해군참모총장에게 이런 내 의사를 다시 한 번 강조하도록 하시오. 이건 아주 중요한 문제요."

권율은 즉시 고개를 끄덕였다.

"바로 조치해 놓겠사옵니다."

이준성은 이어 육군이 치른 전투 결과를 보고받았다. 육군은 어제 내린 명령대로 참호를 사수하며 포병으로 공격했다.

보고를 다 받은 이준성이 물었다.

"왜군은 포격에 반응하지 않았소?"

"예, 전하. 전혀 반응하지 않았사옵니다."

이준성은 짧게 자른 턱수염을 매만지며 다시 물었다.

"권 장관은 왜군이 반응하지 않은 이유가 무엇이라 생각하오?"

권율은 이미 생각해 둔 이유가 있다는 듯 거침없이 대답했다.

"소장은 두 가지 중 하나일 거라 보옵니다."

관심이 생긴 듯 꼰 다리를 푼 이준성이 상체를 앞으로 숙였다.

"그럼 가능성이 적은 것부터 말해 보시오."

"알겠사옵니다."

대답한 권율은 이준성에게 지도를 건네며 대답했다.

"부산포 남서쪽엔 영도란 섬이 있사옵니다. 옛날부터 군사적 요충지라 왜군이 쳐들어오기 전엔 해군기지와 군마를 기르는 목장이 있었사옵니다. 물론 경상도 남부를 소개할 때

기지와 목장을 철수시켰는데, 만일 전멸할 때까지 저항할 의도가 왜군에게 있다면 이곳 영도로 넘어갈 가능성이 있사옵니다. 비록 육지와 가깝긴 하지만 방어하는 쪽에선 바다가 해자 역할을 해 주는 덕에 방어하기가 수월하기 때문이옵니다."

이준성은 권율이 건넨 지도를 받아 부산포 남서쪽을 확인했다. 권율 말대로 부산포 남서쪽에 영도란 이름의 작은 섬이 하나 있었다. 섬은 부산 남포와 200미터쯤 떨어져 있었다.

권율의 말은 왜군이 이 영도로 넘어가 최대한 시간을 끌며 저항할지 모른단 이야기였다. 왜군이 부산포를 계속 사수한다면 바다를 제외한 세 방향에서 포격을 통해 공격할 수 있지만, 왜군이 영도로 넘어가면 육군이 배를 타고 넘어가 해변에 상륙해야 하는 번거로운 절차가 필요했다. 물론 영도에 있는 왜군이 쉽게 상륙하게 놔둘 리 또한 만무했다.

이준성은 고개를 들어 권율의 얼굴을 쳐다보았다.

"해군 쪽에서 미리 저지할 방법은 없는 거요?"

"없사옵니다. 남포와 영도 사이의 폭이 겨우 200미터에 불과해 자칫하다간 해군이 먼저 당할 가능성이 아주 크옵니다."

미간을 찌푸린 이준성은 지도를 내려놓으며 물었다.

"조금 전에 왜군이 우리가 가한 포격에 반응을 보이지 않는 이유가 크게 두 가지라 했는데 그럼 나머지 하난 무엇이오?"

"포격이 좀 잦아들길 기다린 후에 야습을 감행할 가능성이 있사옵니다. 저들은 백병전이 특기라 우리가 보병으로 공격해 오길 기다렸을 것이옵니다. 그러나 전하께선 오늘 포병으로 포격만 할 뿐, 보병은 전혀 전개하지 않으셨사옵니다. 이에 왜군은 포병부터 빨리 없애지 않으면 그들에게 승산이 전혀 없단 사실을 깨닫곤 야습을 통해 포병을 제거하려 들 가능성이 크옵니다. 아마 시기는 오늘 밤과 내일 새벽 사이일 확률이 높은데, 이번에 감행하는 야습은 그들의 마지막 발악에 해당하는지라 쉽게 물러서지 않을 것이옵니다."

권율이 말한 두 가지 이유를 생각해 보던 이준성이 불쑥 물었다.

"권 장관은 왜군이 야습하는 쪽을 택할 것 같소?"

"그렇사옵니다."

"이유가 무엇이오?"

"이 또한 두 가지 이유가 있사옵니다. 첫 번째로 저들이 섬에 살기는 하지만 상륙전이나 해전보다는 육지에서 하는 싸움에 더 능하기 때문이옵니다. 두 번째는 저들이 영주의 연합체이기 때문이옵니다. 물론 마에다 도시이에가 명목상 총대장이긴 하지만 시마즈, 모리, 다테가 진심으로 그를 따를 가능성은 희박하옵니다. 해서 통일된 의견이 도출될 리 만무하니 영도로 옮겨가 저항하잔 의견을 누가 냈을 순 있으나 그

의견에 모든 영주가 찬성하진 않을 것이옵니다."

이준성은 고개를 천천히 끄덕였다.

"권 장관의 말이 모두 이치에 합당하오."

두 사람은 왜군이 야습을 감행해 한국군의 포병 전력을 집요하게 노릴 거라는 가정하에서 급히 작전을 세웠다. 작전을 다 세운 다음엔 전령에게 작전 개요가 담겨 있는 명령서를 주어 구봉산과 못골에 있는 지역사령부에 전달하게 했다.

이준성은 뜬눈으로 밤을 지새우며 왜군의 야습을 기다렸다. 그러나 그날 밤은 의외로 조용히 지나갔다. 바람 소리와 잠을 자던 병사들이 뒤척이며 기침하는 소리 외엔 조용했다.

그러나 이준성은 실망하지 않았다. 그 역시 권율과 같은 생각이었다. 왜군은 영도로 넘어가기보다는 한국군이 가진 포병 전력을 제거해 전투를 백병전으로 끌고 가길 원할 것 같았다.

이준성은 상황실 망루에 올라가 달이 점차 기우는 모습을 멍하니 바라보았다. 요 며칠 제대로 잠을 이루지 못한 탓에 눈꺼풀이 천근만근이었다. 그러나 잠이 좀 들라치면 왜군이 달려드는 환상이 눈앞에 아른거려 정신이 번쩍 들었다. 결국 잠을 이루는 데 실패한 그는 막사를 빠져나와 찬바람이 씽씽 부는 10미터 높이의 망루 위에 올라와 있었다.

다행히 찬바람을 맞으며 오래 기다릴 필요가 없었다. 새벽 2시 무렵, 진채를 몰래 빠져나온 왜군 수만 명이 포병이 있는 방향으로 움직이는 모습이 그의 인드라망에 포착된 것이었다.

이준성은 뒤에 있는 전령에게 조용히 명령했다.

"전 부대에 야습을 대비하라 전해라."

"예, 전하."

대답한 전령 서너 명이 바로 망루를 내려가 사방으로 흩어졌다. 그사이 이준성은 망루에서 내려와 대기하던 흑왕 위에 올라탔다. 그때, 망루 남쪽에 있는 참호에서 호각 소리가 쉴 새 없이 울려 퍼졌다. 왜군의 야습을 알리는 소리였다.

이준성은 참호로 흑왕을 몰아갔다. 그가 참호에 도착했을 땐 이미 야습을 감행한 왜군과 백랑사단 소양강연대 병력 사이에 치열한 전투가 벌어지는 중이었다. 그러나 이번 전투는 확실히 왜군이 유리했다. 백랑사단 소양강연대 병사들은 왜군이 참호 바로 앞에 도달한 후에야 적의 야습을 눈치 챘으므로 활과 뇌우 1호로 적의 기세를 꺾어 놓을 틈이 없었다.

결국 소양강연대 병사들은 참호 밖으로 뛰쳐나와 포병이 있는 북쪽으로 도망쳤다. 왜군은 참호를 점령할 생각이 애초에 없었다는 듯 도망치는 소양강연대 병사들을 뒤쫓아 북쪽으로 계속 진격했다. 이준성은 참호 근처에 멈춰 서서 뒤를 돌아봤다. 흑룡대대 기병 400여 기와 천마연대 기병 5,000여 기가 당도해 그의 명령이 떨어지길 기다리는 중이었다.

이준성은 인드라망으로 소양강연대 병사들을 추격해 간

왜군 쪽 상황을 확인했다. 왜군은 어느새 진천 1호를 배치한 야산 중턱에 도착해 포병에게 공격을 막 퍼부으려는 참이었다.

퍼퍼퍼펑!

그때, 밤공기를 찢는 날카로운 포성이 들려왔다. 한데 유성 3호를 발사할 때 나는 포성과는 달랐다. 어딘지 모르게 약간 가벼운 듯한 느낌을 주는 포성이었다. 이준성은 인드라망의 배율을 높여 전장 상황을 좀 더 자세히 관찰했다. 포병이 진천 1호로 발사한 포도탄이 산탄처럼 퍼져 나가 달려드는 왜군을 벌집으로 만드는 모습이 시야에 포착되었다.

포도탄은 갑자기 쏟아지는 소나기와 닮은 점이 많았다. 다만 소나기는 하늘에서 쏟아지지만 포도탄은 앞에서 날아든다는 점이 약간 다를 뿐이었다. 또 소나기는 차가운 빗방울을 뿌려 지나가는 과객의 옷을 적실 뿐이지만, 포도탄은 잔뜩 달궈진 쇠 구슬을 뿌려 사람을 살상한단 점이 달랐다.

바로 지척에서 우산살처럼 퍼져 날아드는 포도탄의 쇠 구슬은 갑옷을 우그러트리며 들어가 사람의 살과 뼈를 짓이겼다.

한데 그런 포도탄이 한 번에 20발씩 날아드니 피할 재간이 없었다. 그저 탄식과 비명을 토해 내며 죽어 갈 따름이었다.

천궁포병여단이 20발씩 다섯 차례에 걸쳐 100발이 넘는 포도탄을 발사했을 무렵, 백랑사단 소양강연대를 쫓아 야산으로 올라온 왜군 선봉 중에 살아남은 이는 극소수에 불과했다.

야습을 기획한 왜군 수뇌부는 그들이 한국군이 계획한 함정에 빠졌단 사실을 깨닫곤 엄청난 충격을 받았다. 참호를 지키던 백랑사단 소양강연대는 그들을 당해 내지 못해 퇴각한 게 아니었다. 그리고 어쩌다 보니 포병이 있는 야산으로 퇴각한 게 아니었다. 소양강연대는 처음부터 왜군을 포도탄을 장전한 포병 앞에 세우기 위해 연극을 꾸민 것이다.

상황이 이렇다면 당연히 후퇴해 후일을 도모하는 게 상책이었다. 그러나 왜군 수뇌부는 부하들이 후퇴하게 놔두지 않았다. 오히려 전보다 더 강하게 몰아붙이란 엄명을 내렸다.

왜군 수뇌부가 후퇴를 명하지 않은 이유는 두 가지로 압축할 수 있었다. 하나는 야습이 실패하면 더는 희망이 없기 때문이었다. 그리고 다른 하나는 포도탄을 발사한 한국군 포병이 포탄을 재장전하는 데 시간이 걸릴 것이기 때문이었다.

왜군 수뇌부가 내세운 두 번째 이유는 이치에 들어맞는 면이 있었다. 실제로 한국군 포병은 포도탄을 재장전할 여유가 없어 진천 1호를 그 자리에 놔둔 상태에서 뒤로 도망쳤다.

왜군 수뇌부는 기뻐하며 주인 잃은 진천 1호를 부수라 명령했다. 그러나 그들의 기쁨은 그리 오래가지 못했다. 왜군이 진천 1호를 막 부수려는 찰나, 도망쳤던 백랑사단 소양강 연대 병사들이 되돌아와 뇌우 1호와 활로 맹공을 퍼부었다.

반격해 온 부대가 소양강연대 하나뿐이라면 충분히 막아 낼 여지가 있었다. 그러나 화웅사단과 백랑사단의 나머지 연대가 연거푸 왜군의 측면을 들이쳐 삼면을 에워싸기 시작했다.

강력한 반격에 직면한 왜군은 숱한 사상자가 발생한 후에야 뒤로 후퇴해 흐트러진 전열을 다시 정비할 기회를 얻었다.

한편, 왜군이 퇴각하는 모습을 인드라망으로 지켜보던 이준성은 한쪽 입꼬리를 살짝 말아 올렸다. 포병을 미끼로 하여 왜군을 깊숙이 끌어들이는 작전이 대성공을 거뒀기 때문이었다. 더욱이 미끼로 삼은 포병이 포도탄으로 왜군 선봉을 전멸시킨 덕분에 곧 이어질 작전에 탄력이 붙을 듯했다.

만약 이때 이준성이 이끄는 기병부대가 퇴로를 차단한다면, 왜군은 적진 안에 갇히는 최악의 상황에 빠질 공산이 높았다.

"가자!"

소리친 이준성은 흑왕을 몰아 왜군 퇴로를 차단해 갔다. 곧 수백 명이 넘는 왜군이 이준성 주위로 몰려들었지만, 그는 혼자가 아니었다. 한명련이 이끄는 흑룡대대와 원충서가 이끄는 천마여단이 차례로 도착해 이준성의 뒤를 받쳤다.

30분이 넘는 혈전 끝에 마침내 이준성은 기병부대를 동원해 왜군 퇴로를 차단하는 데 성공했다.

뒤늦게 한국군의 의도를 간파한 왜군은 급히 전 병력을 뒤로 돌려 퇴로를 돌파하려 했지만, 이미 포위망은 철통보다 더 굳건한 상태였다.

왜군의 그다음 행동은 못 봐줄 정도로 애처로웠다. 그들은 강철 새장 안에 갇힌 새처럼 포위망을 뚫기 위해 사방을 닥치는 대로 두들겼다. 그러나 포위망은 뚫릴 듯하면서도 좀처럼 뚫리지 않아 왜군 수뇌부의 애간장을 태웠다. 그렇게 3시간쯤 흘렀을 때 마침내 동쪽 하늘에 해가 떠올랐다.

해가 떠올라 주변을 비추는 순간, 포위망에 갇힌 왜군은 물론이거니와 포위망을 구성하던 한국군 역시 큰 충격을 받았다.

사방에 수천 구에 달하는 왜군 시신이 쓰레기처럼 널브러져 있었다. 화약 냄새가 워낙 지독해 잘 느끼지 못했지만, 찬바람이 한 차례 지나간 후엔 시신이 부패하는 냄새가 코를 찔렀으며 어떻게 알았는지 파리와 같은 날벌레까지 들끓었다. 생명이 사라진 인간의 육체는 약하기 짝이 없어 죽은 지 몇 시간 되지 않아 자연으로 돌아갈 준비를 시작했다.

경험이 적은 병사들은 뒤로 돌아서서 토악질했다. 피와 내장, 살점이 흩어져 있는 전장의 모습은 인세의 지옥과 같았다.

심지어 경험 많은 병사들조차 아침밥은 다 먹었다는 듯 눈을 질끈 감았다. 한국군이 이럴진대 당하는 처지인 왜군이야 오죽하겠는가. 그들은 눈물을 뿌리며 바닥에 주저앉았다.

왜군 장교들이 돌아다니며 주저앉은 병사들을 억지로 일으켜 세웠지만, 별 소용이 없었다. 심지어 어떤 장교는 항명하는 부하를 그 자리에서 베어 버리는 극약처방까지 내렸다. 그러나 바닥까지 떨어진 사기를 다시 끌어올리진 못했다.

결국 왜군 수뇌부 또한 자신들이 패했단 사실을 인정할 수밖에 없었다. 그들은 곧 창대에 흰 깃발을 달아 항복하겠단 의사를 전했다. 이준성은 권율과 카네를 적에게 보내 항복 조건을 협상하게 했다. 이번 야습을 지휘한 왜군 총대장은 후쿠시마 마사노리였다. 그는 권율이 내건 조건을 거의 다 수용했지만, 마지막 조건은 들어주기 힘들단 표정을 지었다.

그러나 권율 역시 물러설 생각이 전혀 없기는 마찬가지였다.

"이 마지막 조건을 받아들이지 않으면 항복은 없소."

권율의 대답을 옆에 있는 카네가 즉시 통역했다. 얼굴에 검댕과 핏물이 잔뜩 묻어 본 얼굴을 알아보기 쉽지 않던 후쿠시마 마사노리는 결국 마지막 조건까지 다 수용했다. 받아들이지 않으면 전부 죽이겠다고 하니 그로선 다른 방도가 없었던 것이다.

그 마지막 조건은 바로 할복하지 않는다는 것이었다. 원래 후쿠시마 마사노리는 협상을 마무리 지은 후에 할복할 생각이었는데, 그가 할복해 버리면 협상 자체가 무효로 전락할 판이었다. 결국 후쿠시마 마사노리는 자기 신병을 한국군에 인도하는 것으로 권율과의 협상을 마무리 지을 수가 있었다.

이번에 사로잡은 왜군은 8,000여 명에 달했다. 또 이번 전투로 죽거나 다친 왜군은 4,000명이 넘었다. 말 그대로 하룻밤 만에 1만 2천이 넘는 왜군이 전열에서 이탈한 셈이었다.

성과는 그것만이 아니었다. 이번에 잡은 왜군의 입을 통해 왜군 수뇌부의 동향을 파악하는 데 성공했다. 한데 왜군 수뇌부는 권율의 예상처럼 반목과 분열을 거듭하는 중이었다.

왜군 수뇌부는 현재 크게 세 부류로 나뉘어있었다. 우선 후쿠시마 마사노리처럼 성격이 급한 영주들은 부산포 밖으로 다 뛰쳐나가 한국군과 사생결단을 내잔 의견을 내는 중이었다.

반면 마에다 도시이에와 같은 신중파의 경우엔 부산포를 사수하며 대마도의 왜국 수군이 한국 해군이 펼친 해상 포위망을 돌파해 그들을 구출해 주길 기다리자는 의견을 피력했다.

마지막으로 이시다 미쓰나리, 오타니 요시쓰구 등은 영도로 넘어가 그곳에서 죽을 때까지 항전을 펼치자고 주장했다.

이준성은 포로로 잡은 왜군을 대구에 미리 마련해 둔 포로 수용소에 보내 가두게 한 다음, 부산포에 있는 왜군 진채 바로 앞에 참호를 팠다. 이제는 왜군이 부산포 외곽에 설치한 방책과 한국군 참호와의 거리가 고작 200미터에 불과해 그야말로 엎어지면 코 닿을 거리에 적이 있는 셈이었다.

　물론 이준성이 200미터까지 접근한 이유는 한 가지였다. 바로 포격을 위해서였다. 참호 뒤에 배치를 마친 천궁포병여단은 진천 1호에 다시 유성 3호를 장전해 공중으로 쏘아 올렸다. 묵직한 포성을 쏟아 내며 참호 위를 가른 유성 3호가 부산포 깊숙한 곳에 떨어져 항구를 불바다로 만들었다.

　콰콰쾅!

　이준성은 부산포 곳곳에 떨어지는 유성 3호를 바라보며 왜군이 어찌 나오는지 관찰했다. 막판까지 몰린 왜군은 마침내 최후의 돌격을 감행했다. 진채 밖으로 쏟아져 나온 그들은 한국군이 판 참호로 돌격해 왔다. 거리가 200미터에 불과했으므로 걸음이 빠른 사람은 30초 안에 도달할 수 있는 거리였다.

　30초란 시간은 1분의 반으로 그렇게 길지 않은 시간이었다. 그러나 참호에 숨어 뇌우 1호와 활을 쏘는 한국군 수천명이 있는 상황에서는 영원보다 더 길게 느껴졌다.

　마지막 날 전투는 한국군의 포격으로 시작해 왜군의 돌격으로 끝났다. 왜군은 그날 전투에서 5,000명이 넘는 사상자를 낸 다음, 부산포 안으로 다시 쫓겨 들어갔다. 왜군이 마지막 힘을 다 쥐어짜 한 발악이 무위로 돌아가는 순간이었다.

다음 날 아침, 결국 마에다 도시이에는 항복을 택했다. 이 준성은 권율과 카네가 주축인 협상단을 보내 마에다 도시이에, 다테 마사무네, 시마즈 요시히로와 항복 협상을 벌였다.

이준성은 다음 날, 부산포에서 포로로 잡은 왜군 7만 명을 대구의 포로수용소에 가둔 뒤 영도와 제일 가까운 남포로 향했다. 이시다 미쓰나리와 오타니 요시쓰구, 마시타 나가모리 같은 도요토미 히데요시의 심복들이 마에다 도시이에가 주도하는 협상에 불만을 품고 영도로 도망친 것이다.

이준성은 인드라망으로 영도 해안을 살펴보며 권율에게 물었다.

"영도로 도망친 왜군이 몇 명인지 확인했소?"

"은호원이 항복한 왜군에게 알아낸 바로는 5,000명이라 하옵니다."

"생각보다 많군."

"어떻게 하시겠사옵니까?"

"수가 많긴 하지만 영도로 넘어간 지 이제 다섯 시간 째라 방어 준비를 완벽하게 하진 못했을 거요. 그런 데다 우린 마침 상륙 훈련이 필요한 상황이니 이번 기횔 이용해야겠소."

"알겠사옵니다."

대답한 권율은 육군과 해군을 통솔해 영도에 상륙작전을

감행했다. 우선 해군 전함이 영도 해안가에 포격을 가했다. 왜군은 한국군이 상륙할 가능성이 큰 해안가에 미리 방책을 세워 놓는 등 할 수 있는 노력은 다했지만, 비처럼 쏟아지는 유성 3호 앞에선 무용지물에 가까워 효과가 크지 않았다.

해군이 엄호 포격을 하는 동안, 상륙정에 탑승한 홍염연대 병력 3,000명이 해안가에 상륙해 왜군을 거세게 밀어붙였다.

왜군 역시 이젠 막판까지 몰린 상황이라 처절히 저항해 왔지만, 육해군의 엄호를 받는 홍염연대를 당해 내지는 못했다.

그로부터 3일 후, 홍염연대는 영도 전체를 탈환하는 데 성공했다. 또 그날 오후에 홍염연대장 송대립은 영도 남쪽에 있는 어느 동굴에서 이시다 미쓰나리, 오타니 요시쓰구, 마시타 나가모리 등 100명이 넘는 장교급 지휘관이 배를 가른 채 죽어 있는 광경을 발견해 바로 권율에게 보고했다.

그뿐만이 아니었다. 거의 1,000명이 넘는 왜군이 바다에 뛰어들어 스스로 목숨을 끊었다. 이번엔 포로를 만들 생각이 없던 이준성은 왜군이 익사하게 놔두란 명령을 내렸다.

영도 전투를 끝으로 한국 영토를 침략한 왜군을 모조리 격멸한 이준성은 정유재란을 한국군 승리로 마무리 지었다. 그러나 이준성은 군을 재배치하지 않았다. 지금까진 2단계 작전이었다. 그에겐 가장 중요한 3단계 작전이 아직 남아 있었다.

　이준성은 정유재란을 통해 세 배가 넘는 왜군을 섬멸했다. 한데 여기서 말하는 섬멸은 누군가의 공적을 치켜세울 목적으로 하는 수사적인 표현이 아니었다. 말 그대로 적을 섬멸했기에 섬멸이라 부른 것이다. 이준성은 20만이 넘는 왜군의 반수 이상을 포로로 생포했다. 또 남은 10만 명은 죽거나 상처를 입어 전열에서 완전히 이탈해 버린 상태였다. 즉, 살아서 한반도를 벗어난 왜군이 전혀 없다는 의미였다.

　이런 대승이라면 그 여운 역시 클 수밖에 없었다. 권율을 포함한 모든 장병이 흥분해 어찌할 바를 몰랐다. 심지어 속이 타는 심정으로 결과가 나오길 기다리던 관료들마저 하던 업무를 모두 중단한 상태에서 만세 삼창을 부르거나, 아니면 이준성이 있는 부산을 향해 큰절을 올릴 지경이었다.

　소문은 곧 민간으로 퍼져 나갔다. 은호원이 따로 소문낼 필요조차 없었다. 어떻게 알았는지는 모르지만, 한국군이 경상도 해안가에서 왜군을 상대로 기념비적인 대승을 거뒀단 소식을 접한 백성들은 기쁨을 주체 못 해 덩실덩실 춤을 췄다. 또 큰 고을에선 연일 대승을 자축하는 잔치가 벌어졌다.

　그러나 이번 대승을 전혀 기뻐하지 않는 사람이 현재 한국에 딱 한 명 있었다. 그는 바로 이준성이었다. 이준성은 이 정도로는 성에 차지 않는다는 듯 장병에게 바로 3단계 작전을 준비하라 명령했다. 그제야 냉정함을 되찾은 권율 등은 곧바로 3단계 작전을 실행하기 위한 준비에 착수했다.

권율은 다음 날 이준성을 찾아와 보고했다.

"나포한 왜선 600여 척 중에 쓸 만한 왜선 300척을 골라 징발해 두었사옵니다. 그리고 그 왜선 300척에 태울 왜국 수군 5,000여 명을 선발하여 단단히 엄포를 놓았사옵니다."

"보급품은 어떻게 하는 중이오?"

"지금 한창 선적하는 중이옵니다. 한데 실어야 하는 보급품의 양이 워낙 많은 탓에 족히 사나흘은 걸릴 것 같사옵니다."

"보급품은 원정군의 생명줄과 다름없소. 과하다 싶을 때까지 실어 보급품이 부족해 곤란을 겪는 상황이 없도록 하시오."

"예, 전하."

그로부터 닷새가 지났을 무렵, 이준성은 마침내 국방부장관 권율로부터 원정을 떠날 준비가 모두 끝났단 보고를 받았다.

이준성은 권율이 올린 보고서를 재빨리 훑어보았다. 이번 원정에 동원하는 전함은 해룡, 해왕, 해신 52척에 아타케부네, 세키부네와 같은 왜선 289척을 더해 총 341척이었다.

또 동원한 병력은 육군 5만 8천 명, 해군 1만 2천 명으로 총 7만 명이었다. 물론 해군 1만 2천 명 중 5,000명은 노잡이로 징발한 왜군이었다. 이준성은 노잡이로 데려온 왜군이 항해 도중 선상 반란을 일으키거나 몰래 탈출해 아군의 기밀정보를 적국에 누설하는 사고를 방지할 목적으로 노잡이가 자리를 벗어나지 못하도록 쇠고랑을 채워 두었다.

이준성은 보고서 마지막 장을 넘겨 봤다. 마지막 장에는 육해군이 가져가는 각종 무기의 수량과 보급품 수량이 상세히 적혀 있었다. 권율은 명령대로 원정에 실제 필요한 양보다 반배가량 많은 무기와 보급품을 함대에 선적해 놓았다.

이준성은 왜국 본토 상륙에 성공하면 그다음부터는 패하지 않을 자신이 있었다. 그러나 본토에 상륙하기 전까지는 자신이 없었다. 본토를 방어하는 왜국 수군이 무섭단 말이 아니었다. 그가 무서워하는 것은 바로 바다였다. 바다에선 무슨 일이 생길지 알 수 없었다. 고려 말 여몽연합군이 규슈에 침공했을 때처럼 가미카제가 불지 말란 법이 없었다.

여기에는 이준성 개인의 경험 역시 한몫했다. 그는 실패로 남은 대부분의 특수작전에 한 가지 공통점이 있다는 사실을 어렵지 않게 알아냈다. 그것은 바로 취약한 운송 수단이었다.

고도로 훈련받은 특수부대원은 육지에서 작전을 펼칠 때 일당백이 가능하지만, 작전지역으로 이동하기 위해 운송 수단에 탑승했을 때는 그들이 할 수 있는 일이 거의 없었다.

그저 마음속으로 무사히 작전지역에 도착하길 기원하는

게 그들이 할 수 있는 일의 전부였다. 그러나 가끔은 그들의 기원을 배신하는 일이 일어났다. 수십억의 비용을 들여 수년에 걸쳐 양성한 엘리트 특수부대 ODA팀 하나와 그들을 작전지역으로 수송하기 위해 동원된 수백억짜리 최첨단 헬리콥터가 반군이 쏜 중고 RPG 한 발에 추락해 버리곤 하였다.

한데 이는 3단계 작전을 준비하는 한국군에게도 충분히 일어날 수 있는 상황이었다. 왜국 본토에 도착하면 지지 않을 자신이 있지만, 본토에 도착하기 전에 폭풍이나 태풍을 만난다면 3단계 작전은 시작부터 차포를 뗀 상태로 시작해야 했다.

이준성은 함대가 항해 중에 폭풍이나 태풍을 만나는 최악의 상황에 대비해 보급품의 전체적인 양을 반배가량 늘렸다. 그렇게 해 두면 설령 항해 중에 피해를 약간 보더라도 보급품에 여유가 있어 작전을 실행하는 데 차질을 빚을 위험이 줄어들었다.

모든 준비를 마친 이준성은 바다가 잔잔한 날을 골라 부산포를 출발했다. 물론 그가 한국을 비운 사이에 생길지 모르는 군사적인 문제는 권율이 재량껏 처리하게 두었다.

이준성은 얼마 가지 않아 첫 번째 목표인 대마도에 도착했다.

왜국에선 쓰시마라 부르는 섬인데 아주 중요한 거점이기 때문에 본토를 공격하기 전에 반드시 점령할 필요가 있었다.

이준성은 대마도를 점령하기 위해 양동작전을 이용했다. 우선 해룡, 해왕, 해신 20여 척으로 이뤄진 충무함대를 야간에 아소만으로 몰래 들여보내 대마도의 왜국 수군을 급습했다.

대마도 아소만에는 현재 200여 척이 넘는 전함이 정박 중이었다. 도요토미 히데요시는 왜국 수군이 가진 1,000여 척의 전함이 부산포 안에 갇혀 있다는 보고를 받곤 가용 가능한 모든 전함을 이 대마도에 집결시켜 구출 작전을 시도했다.

대마도에 집결한 왜국 수군은 그에 따라 네 차례에 걸쳐 300척이 넘는 전함을 동원해 한국 해군이 부산포에 펼친 포위망을 돌파하려 시도했지만, 번번이 실패해 지금은 300척이 200척으로 줄어 있었다. 그나마 그 200척 역시 부산포에 갇힌 왜국 수군이 한국군에게 굴복한 후에는 할 일이 없어져 대마도 아소만에 남아 시간이나 때우는 중이었다.

한데 그런 상황에서 충무함대의 공격 전함 20여 척이 귀신처럼 나타나 급습을 해 왔으니 당해 낼 재간이 있을 턱이 만무했다. 왜군 전함 200여 척 중 반은 부두에 정박한 상태로, 또 남은 반은 부두를 빠져나오다가 충무함대가 발사한 유성 3호 수백 발을 맞아 연기와 불꽃을 뿜어내며 침몰했다.

왜국 육군은 한국군이 점령한 아소만을 통해 뭍에 상륙할 거라 예상해 아소만 근처에 병력을 집중시켰다. 그러나 왜군이 그렇게 나올 줄 예상한 이준성은 미리 아소만 반대편에 홍염연대를 태운 상륙부대를 파견해 상대의 허점을 찔렀다.

얼마 후, 섬에 상륙한 홍염연대 병력 3,000명이 아소만에 운집한 왜군의 후방을 기습해 손쉽게 적의 항복을 받아 냈다.

충무함대를 아소만 앞으로 진격시켜 왜군의 시선을 끄는 동안, 아소만 뒤에 몰래 상륙시킨 홍염연대에게 왜군의 뒤를 치게 만드는 양동작전으로 까다로운 상대를 손쉽게 제압한 이준성은 바로 대마도를 왜국 본토 공격을 위한 거점으로 탈바꿈시켰다. 그 일을 모두 마무리 지은 후에는 시간을 더는 지체할 수 없어 곧장 두 번째 작전으로 넘어갔다.

이준성은 대마도 남쪽에 있는 항구에서 이순신 장군을 만났다. 이순신 장군은 이번 원정군의 해군을 총괄하는 중이었다.

이준성은 군례를 취하는 이순신 장군에게 오른손을 내밀었다.

"무운을 빕니다."

이순신 장군은 이준성이 내민 손을 두 손으로 잡으며 대답했다.

"부디 옥체를 보중하시옵소서."

"그럼."

이순신 장군과 헤어진 이준성은 충무함대 20척과 수송함대 300척을 인솔해 대마도 남쪽 항구에서 남동쪽으로 떠났다.

그 시각, 이순신 장군 역시 남은 전함 30척과 수송함 40여 척을 인솔해 대마도 정남 방향에 있는 이키 섬으로 출항했다.

즉, 한국 원정군이 대마도 남쪽에서 두 개로 갈라진 셈이었다.

그때, 대마도 남쪽 항구에 있다가 간신히 화를 면한 왜군 전함 몇 척이 급히 규슈로 도망쳐 한국군에게 대마도를 빼앗겼단 사실을 알렸다. 대마도가 한국군에게 넘어갔단 연락을 받은 규슈 나고야 대본영은 소스라치게 놀라 대마도를 점령한 한국군이 어디로 움직이는지 알아낼 정찰함대를 북쪽으로 파견하는 한편, 규슈와 주코쿠, 시코쿠, 긴키 등지에 사자를 보내 남은 병력을 전부 규슈로 돌리란 명령을 내렸다.

그로부터 얼마 지나지 않아 북쪽으로 올라간 정찰함대가 한국 해군이 이키 섬으로 곧장 내려온다는 사실을 알려 왔다.

한국군의 침공 방향이 규슈 북부라 확신한 나고야 대본영은 박박 긁어모아 만든 함대로 이키 섬을 방어하는 한편, 주코쿠, 긴키 등지에서 오는 중인 원병에게 서둘러 달라 요청했다. 비록 도요토미 히데요시가 중병이 들어 오사카성에 칩거 중이긴 하나 도요토미 히데요시가 죽은 것은 아니므로 도요토미의 이름으로 직접 날아온 명령을 무시할 만큼 간 큰 영주는 없었다. 또 속마음이야 어떻든 외적이 쳐들어오면 일단 막아 놓고 보는 게 합당한 순서이기에 영주들은 앞다투어 병력을 이끌고 나고야 대본영으로 속속 집결했다.

그러나 정유재란에 동원한 병력이 워낙 많았던 탓인지 나고야 대본영에 집결 중인 병력은 다 합쳐 7만이 넘지 않았다.

마음이 급해진 나고야 대본영 쪽에선 계속 사자를 보내 원병을 청했지만 없는 병력을 만들어 보낼 수는 없는 노릇이었다.

그때, 이키 섬에 도착한 이순신 장군의 함대가 이키 섬을 지키던 왜군 함대와 해전을 벌였다. 물론 왜국 수군은 유성 3호를 발사하며 달려드는 한국 해군 상대가 결코 아니었다.

이틀 동안 세 차례에 걸쳐 해전을 치렀지만, 번번이 패해 규슈 바다를 지켜 줄 수 있는 마지막 희망이 물거품으로 돌아갔다. 이젠 왜국에 수군이라 부를 수 있는 함대가 남아 있지 않은 탓에 육지에서 한국군과 승부를 보는 수밖에 없었다.

이키 섬에서 왜국 수군의 잔존 함대를 청소기로 빨아들이듯 말끔히 해치운 한국 해군은 이키 섬에 육군을 상륙시켜 섬을 장악했다. 이키 섬과 규슈 본토의 거리는 50킬로미터에 불과했다. 말 그대로 코앞에 한국군이 똬리를 튼 셈이었다.

상황이 이렇다 보니 나고야 대본영 쪽에선 마음이 더 급해져 가용 가능한 모든 전력을 규슈 쪽에 집결시켰다. 한국 해군이 규슈에 상륙하는 일만은 어떻게든 막아 볼 심산이었다.

그때, 이키 섬을 장악한 후에 곧장 규슈 북쪽으로 내려온 이순신 장군은 해안에 유성 3호를 발사해 무력시위를 벌였다.

한데 유성 3호의 위력이 왜군 수뇌부의 예상을 훌쩍 뛰어넘어 해안가에 설치해 둔 방책과 목책이 순식간에 박살 났다.

만약 한국 해군이 유성 3호로 해안가를 쓸어버린 다음 본격적으로 육군을 상륙시키면 재미가 적을 것 같단 생각이 든 나고야 대본영은 급기야 규슈 중부로 후퇴하기에 이르렀다.

해안에서 막는 게 불가능하다면 일단 한국군이 상륙하게 놔둔 다음, 규슈 중부로 끌어들여 사생결단을 낼 속셈이었다.

그러나 한국 해군은 나고야 대본영의 그런 속셈을 간파했다는 듯 해안에 있는 방어진지에 포격만 계속 가할 뿐이었다.

나고야 대본영에 있던 영주들이 코앞에 있는 한국 해군을 어찌 처리할지를 놓고 갑론을박을 벌일 때였다. 긴키 방면에서 그들의 간담을 서늘케 하는 급보가 하나 날아들었다.

한국군이 긴키 북쪽 해안에 상륙해 교토로 진격 중이란 급보였다. 그제야 나고야 대본영은 한국군이 양동작전을 펼쳐 규슈를 공격하는 것처럼 행동한 다음, 실제로는 교토와 오사카가 있는 긴키로 쳐들어갔다는 사실을 알아챌 수 있었다.

말 그대로 뒤통수를 세게 맞은 상황이었다. 그러나 규슈와 긴키는 수백 킬로미터 거리인 데다 중간에 시모노세키 해협마저 끼어 있어 당장 구하러 갈 방법이 없는 상태였다. 그저 그들이 갈 때까지 교토와 오사카가 무사하길 빌 뿐이었다.

7장. 거침없는 진격

이준성은 유진이 가진 정보로 왜국이 정유재란 직전에 동원할 수 있는 병력을 최소 30만에서 최대 35만으로 계산했다.

한데 노망이 난 도요토미 히데요시는 복수심에 불탄 나머지 그중 반이 넘는 20만 병력을 정유재란에 쏟아부었다. 만약 그런 상황에서 도요토미 히데요시가 정유재란에 쏟아부은 그 20만 병력을 완벽히 섬멸하는 데 성공한다면? 왜국 본토를 지키는 병력이 35만에서 15만으로 줄어든다는 계산이섰다.

물론 그 15만 명 역시 여전히 엄청난 대군임엔 분명했다.

그러나 왜군이 실제로 동원할 수 있는 병력은 그보다 훨씬 적었다. 왜국이 한국처럼 중앙집권화가 이루어진 왕정체제라면 모르겠지만, 다행히 왜국은 그런 체제가 아니었다.

도요토미 히데요시가 본토에 침공한 한국군을 저지하기 위해 총동원령을 내릴 순 있었다. 하지만 그 밑의 영주들이 가진 병력을 탈탈 넣어 내놓을 리는 만무하므로 그 15만 병력 중에 최소 3할 정도는 움직이지 않을 공산이 아주 높았다.

즉, 이준성이 왜국을 공격할 때 실제 상대할 가능성이 있는 숫자는 최대 10만이란 소리였다. 한데 유리한 점은 그뿐만이 아니었다. 왜국은 본토가 동서로 길게 늘어져 있는 탓에 흩어진 병력을 한곳에 모으는 데 적지 않은 시간이 걸렸다. 반면 한국군은 동원한 병력 전부를 한 지점에 투입할 수 있었다. 쉽게 말해 왜국 전체로 보면 한국군의 병력이 왜군보다 약간 적지만 특정한 지역 안에서는 한국군이 훨씬 많은 병력을 단시간에 운용할 수 있다는 의미인 것이다.

물론 왜군이 한국군의 상륙지점을 예측할 수 있다면 병력을 집결시켜 놓는 게 가능하므로 그 이점은 별 쓸모가 없어졌다.

그렇다면 한국군의 상륙지점을 예측하는 거야말로 전쟁의 승패를 가르는 분수령이라 할 수 있었다. 다행히 왜국은 한국군이 상륙할 가능성이 가장 큰 곳을 이미 아는 상태였다.

한국에서 직선거리로 가장 가까운 지역은 당연히 규슈 북부였다. 또 그 직선거리 사이사이에 대마도와 이키라는 훌륭한 중간거점이 존재해 상륙작전을 펼치기가 아주 수월하단 장점마저 있었다. 이런 이유로 인해 한반도와 왜국이 전쟁을 벌일 때면 항상 이 규슈와 경상도가 양 끝단에 있었다.

고려 말 여몽연합군은 마산 합포에서 출발해 규슈 북부 해안을 공격했다. 또 임진왜란을 일으킨 왜군은 규슈 북부에 건설한 나고야 대본영에서 출발해 부산포에 상륙했다. 정유재란 역시 다르지 않았다. 규슈 나고야 대본영을 떠난 왜군은 이키와 대마도를 거쳐 부산포에 상륙해 전쟁을 일으켰다.

그렇다면 한국군 역시 부산포를 출발해 대마도와 이키를 거친 다음 규슈 북부에 상륙하는 전철을 밟을 게 분명했다.

실제로 대마도를 점령한 한국 해군은 이키 섬을 향해 움직였다. 또 이키 섬을 수중에 넣은 다음에는 규슈 북부를 포격했다. 이런 모습을 본 나고야 대본영은 한국군의 목표가 규슈임을 철석같이 믿어 가용한 모든 전력을 규슈 북부에 집결시켰다. 그들로서는 그게 가장 합리적인 선택이었다.

그러나 이런 반응은 이준성의 농간에 철저히 속아 넘어갔음을 뜻했다. 애초에 이키를 점령한 한국 해군은 침공군 주력이 아니었다. 적의 시선을 끌기 위한 양동부대에 불과했다.

즉, 한국군의 진짜 목표는 규슈가 아니라 혼슈 한복판의 긴키였다. 말 그대로 왜국 심장부를 직접 타격할 계획인 것이다.

긴키에는 천황이 있는 교토와 도요토미 히데요시가 자기 권세를 자랑하기 위해 건설한 오사카성이 모두 있었다.

이준성의 양동작전에 속은 왜국이 규슈에 전력을 집중한 덕에 한국군은 별다른 방해 없이 긴키 북부 상륙에 성공했다. 상륙을 완료한 후엔 해군과 홍염연대 병력을 일부 남겨 상륙지점을 방어하게 한 다음 육군만 대동한 상태에서 교토로 진격했다. 교토로 가는 동안 소규모 왜군 부대가 그들 앞을 막아섰지만, 한국군의 화력에 순식간에 녹아 버렸다.

지금은 교토가 내려다보이는 어떤 산 위에 진을 친 상태에서 천궁포병여단을 이용해 교토 시내를 포격하는 중이었다.

펑펑펑펑!

유성 3호가 떨어질 때마다 불길과 연기가 하늘 위로 치솟으며 목조건축물이 대부분인 교토 시내를 불바다로 만들었다.

이준성은 손을 들어 포격을 중지시켰다.

"이쯤 했으면 우리가 누구인지 알아챘겠지."

이준성의 말처럼 황궁이 있는 성스러운 교토에 한국군이 쳐들어왔단 사실을 눈치 챈 공경은 급히 사방에 지원군을 요청하는 파발을 띄웠다. 그러나 지원 요청을 받고 당도한 왜군은 마음만 급할 뿐, 제대로 된 작전이나 전술이 없었다.

그저 도착하는 족족 한국군이 진채를 내린 산으로 기어오를 따름이었다. 심지어 100명이 기어오를 때마저 있었다.

이는 그들이 사전 정찰을 전혀 하지 않았다는 증거와 같았다.

물론 그들에게 변명거리가 전혀 없지는 않았다. 교토는 그들에게 신성한 곳이었다. 비록 막부 체제가 들어선 후엔 실권이 없는 자리로 전락한 지 오래라 하지만 그래도 천황의 황궁이 있는 지역이 교토였다. 우리로 치면 북악산에 적군이 들어와 경복궁을 향해 포탄을 쏘는 상황과 비슷했다. 앞뒤 따져가며 행동하기에는 자존심이 너무 상하는 상황이었다.

이준성은 왜군의 산발적인 공격을 10여 차례 가까이 막아 내며 산을 사수했다. 이에 왜군 역시 이대로는 교토를 노리는 적을 막아 내기 쉽지 않단 판단을 내렸는지 교토 외곽에 군사령부를 세운 다음 긴키와 간토 방면의 병력을 모았다. 병력을 어느 정도 모은 다음에 공격에 나설 심산이었다.

이준성은 시계를 보았다. 새벽 2시였다. 마침 산안개까지 짙게 내려앉은 덕에 그들은 어둠과 안개의 보호를 받았다.

"불놀이하며 놀기엔 딱 안성맞춤인 시간이군."

이준성은 천궁포병여단에게 명해 교토를 다시 포격하게 했다. 잠시 후, 익숙해진 탓에 이젠 자장가처럼 들리는 포성이 은은하게 울리는 가운데 유성 3호가 찬 밤공기를 갈랐다.

콰콰쾅!

잠시 후, 어둠에 잠긴 교토 시내에 다시 한 번 불꽃이 크게 솟구쳐 올라왔다. 이미 낮에 한 포격으로 상당한 피해를 보았던 교토는 이번 야간 포격으로 인해 거의 폐허로 변했다.

이준성은 200발이 넘는 유성 3호를 교토에 쏟아부은 후에 천궁포병여단부터 남쪽으로 천천히 퇴각하란 명령을 내렸다. 퇴각 명령을 받은 천궁포병여단은 진천 1호와 포차를 해체해 수레에 실은 다음, 산 뒤로 내려가 남쪽으로 사라졌다.

그때, 교토에 행해진 야만적인 야간 포격으로 뚜껑이 열려버린 왜군 수천 명이 그들이 있는 산 중턱으로 기어 올라왔다.

"죽고 싶다면 죽여 줘야지."

이준성은 권웅수에게 왜군의 공세를 차단하란 명령을 내렸다.

타타타탕!

총성이 어지럽게 울리는 가운데 산 중턱으로 기어오르던 왜군이 비명을 지르며 나자빠졌다. 이번에 데려온 육군은 전부 활과 뇌우 1호로 무장한 상태였다. 덕분에 한 번에 쏟아부을 수 있는 화력의 양에서 이미 상대가 되지 않았다.

왜군은 수천 명을 동원해 공격했지만, 비처럼 쏟아지는 탄환과 화살을 뚫고 한국군이 들어가 있는 참호에 접근하는 데 성공한 적은 그중 수백에 불과했다. 물론 그 수백 역시 즉각 강력한 반격을 받아 뜻을 이루지 못하긴 마찬가지였다.

그때, 산 뒤를 경계하던 흑표사단장 명회가 달려와 보고했다.

"적이 산 뒤로 돌아와 아군 후위를 기습해 왔사옵니다!"

"그곳에 지뢰 3호를 묻어 두었겠지?"

"예, 초반에 지뢰 3호를 잔뜩 묻어 두었사옵니다."

"마침 바람이 그쪽으로 부니 불화살을 날려 통구이로 만들어라!"

"알겠사옵니다."

대담한 명회는 다시 산 뒤로 넘어가 병사들에게 불화살을 쏘란 명령을 내렸다. 이준성은 산 정상으로 올라가 인드라망으로 그 모습을 지켜보았다. 곧 불화살 수백 발이 밑으로 날아가 어둠 속에 숨어 전진하던 왜군 머리에 떨어졌다.

불화살 자체의 위력은 그렇게 크지 않지만, 그 불화살이 지뢰 3호와 만났을 때는 얘기가 완전히 달랐다. 지뢰 3호를 매설할 때 그 위에 마른 낙엽과 화약을 잔뜩 뿌려 놓은 탓에, 불화살이 떨어지는 순간 지뢰 3호에 불이 붙어 폭발했다.

펑펑펑펑펑!

폭음이 울릴 때마다 지뢰 3호가 쏟아 낸 화염과 연기, 흙의 잔해가 사방으로 솟구쳐 그 주변을 죽음의 지대로 만들었다.

그런 상황에서 왜군의 우회 기습작전이 통할 리 만무했다. 지뢰가 만든 불길에 휩싸인 왜군은 비명을 지르며 죽어 갔다. 마침 바람마저 정상에서 산 뒤쪽으로 부는 통에 피해가 눈덩이처럼 불어나 살아서 도망친 적은 소수에 불과했다.

왜군이 앞뒤에서 해 온 공격을 손쉽게 막아 낸 이준성은 흑표,

백랑, 비룡 순으로 퇴각하란 명령을 내렸다. 비룡여단까지 퇴각한 다음엔 이준성이 흑룡대대와 마지막으로 퇴각했다.

하산한 이준성은 나침반과 지도를 살펴보며 명령했다.

"지금부터 우린 밤을 틈타 남서쪽으로 내려간다. 그럼 언젠가 우리의 진짜 목표인 오사카성이 눈앞에 나타날 것이다."

"예!"

대담한 장병들은 밤을 새워 오사카성이 있는 오사카로 진격했다. 교토에 집결 중인 왜군이 그 사실을 미리 알았더라면 길목을 막아 한국군의 진격을 차단해 볼 수 있었을 테지만, 불길과 연기와 안개가 한국군의 움직임을 가려 준 덕에 그럴 틈을 잡지 못했다. 왜군은 한국군이 계속 교토를 노릴 거라 단단히 착각하는 바람에 교토 쪽으로 병력을 집결시켰다.

교토와 오사카의 거리는 3, 40킬로미터에 불과했다. 밤을 새워 움직이면 다음 날 오전 안으로 도착이 가능한 거리였다.

물론 오사카성에 들어가 있는 도요토미 히데요시의 심복들 역시 놀고만 있진 않았다. 교토와 오사카가 지척인 탓에 교토를 공격 중인 한국군이 언제 방향을 바꿔 자신들이 있는 오사카성을 공격해 올지 모를 일이었다. 그들은 길목에 있는 성과 요새에 병력을 파견해 한국군의 진격을 차단했다.

왜국 영주들은 자기 영지 안에 수십 개의 성을 쌓아 적의 침입을 저지했다. 영주가 다른 영주의 영지를 공격해 빼앗기 위해선 그 수십 개의 성을 일일이 점령하며 진격해야 했다. 그래야 성을 지키는 적군이 아군의 후방을 어지럽히거나 보급로를 차단하는 상황을 미연에 방지할 수 있었다.

도요토미 히데요시의 심복들은 길목을 지키는 성에 방어 병력을 충분히 배치하면 한국군이 오사카성에 도달하는 데 최소 보름은 걸릴 것이라 예상했다. 그러면 그 보름 동안 그들은 규슈의 대군을 여기로 돌릴 수 있을 거로 생각했다.

그러나 이준성은 길목을 막은 성을 공격해 점령하지 않았다. 우회할 수 있는 길목은 우회해 적과의 교전을 회피했다. 또 우회하기 힘든 지역에선 포병으로 포격해 길을 뚫었다.

그렇게 한 덕분에 도요토미 히데요시의 심복이 예측한 보름이 아닌 불과 이틀 만에 오사카성 앞에 도착할 수 있었다.

이준성은 눈앞에 있는 오사카성을 쭉 둘러보았다. 과연 오사카성은 도요토미 히데요시가 자신이 천하인이란 사실을 만방에 자랑하기 위해 세운 거성답게 엄청난 규모를 자랑했다.

"이 거대한 성을 네놈의 관짝으로 만들어 주마."

히죽 웃은 이준성은 부하에게 병력 배치를 서두르라 명령했다.

◆ ◇ ◆

　은호원 왜국지부장 이홍발과 부지부장 진에몬 형제는 왜국의 동향을 시시각각 파악해 상부에 정기적으로 보고를 올렸다.

　한데 그들이 마지막에 보고한 정보는 오사카성의 자세한 구조와 오사카성을 지키는 병력의 숫자에 관한 것이었다. 왜국지부의 정보가 정확하다면 현재 오사카성을 지키는 병력은 4,000명 남짓이었다. 원래는 그보다 훨씬 많은 병력이 지켰지만, 정유재란에 쏟아붓는 바람에 4,000명까지 줄어든 것이었다.

　이준성은 그에게 남은 시간이 많지 않단 사실을 알았다. 교토를 점령할 것처럼 행동해 긴키에 있는 병력 대부분을 교토에 잡아 두긴 했지만, 지금쯤이면 한국군의 진짜 목표가 오사카성임을 깨닫곤 병력을 이곳으로 돌리는 중일 터였다.

　그렇다면 한국군에게 남은 시간은 길어 봐야 3, 4일이었다. 만약 그 시간 안에 오사카성을 떨어트리지 못하면, 한국군은 앞뒤에서 적을 맞아야 하는 곤란한 지경에 처할 수 있었다.

　한데 그보다 더 큰 문제가 있었다. 바로 오사카성이 무지막지한 철옹성이란 점이었다. 이곳 오사카에 도요토미 막부를 설립해 장차 천하를 경영할 원대한 야망을 품었던 도요토미 히데요시는 천혜의 요지로 손꼽히던 이시야마 혼간지 터에 수십만 명을 동원해 난공불락에 가까운 성을 건설했다.

오사카성이 난공불락으로 꼽히는 가장 큰 이유는 애초에 성을 만든 터가 강과 바다에 둘러싸인 천혜의 요지란 점에 있었다. 또한 오사카성을 축조할 때 30미터가 넘는 해자를 따로 파서 해자가 이중으로 되어 있는 구조였다.

물론 이런 난공불락의 성을 상대로 아무런 대책 없이 온 이준성이 아니었다. 아마 오사카성을 깨트릴 계책이 없었다면, 왜국 본토를 직접 공격한다는 3단계 계획은 처음부터 없었을지 몰랐다.

사실 솔직히 말하면 이준성이 오면서 가장 걱정한 부분은 오사카성이 아니었다. 그가 가장 걱정한 부분은 은호원 왜국 지부가 알아낸 정보가 틀려 오사카성에 있다던 도요토미 히데요시가 사실은 다른 성에 있는 경우였다. 또 도요토미 히데요시가 오사카성에 있긴 하지만 한국군이 오사카성으로 온다는 소식을 받곤 급히 다른 곳으로 도망치는 경우였다.

두 경우 모두 그에겐 그다지 좋은 소식이 아니었다. 도요토미 히데요시가 다른 성에 있는 경우는 말 그대로 닭 쫓던 개가 지붕 쳐다보는 꼴이었다. 또 임진왜란 당시 선조가 그랬던 것처럼 도요토미 히데요시 역시 다른 성으로 도망치는 경운 지루한 술래잡기로 이어질 가능성이 커서 문제였다. 물론 술래를 잡으면 상관없지만 그러지 못할 가능성이 커 문제였다.

술래를 쫓다 보면 술래를 지키려는 병력이 점점 늘어날 터였다. 반면에 한국군이 가진 군량과 무기는 갈수록 줄어들 터라, 술래가 잡히기 전에 한국군이 먼저 자멸할 가능성이 농후했다.

그러나 다행히 오사카성에 도착하기 몇 시간 전에 그를 은밀히 찾아온 이홍발의 보고에 따르면, 도요토미 히데요시는 오사카성 천수각에 있는 게 틀림없었다. 그리고 이미 중병이 들어 오늘내일하는지라 성을 나갈 형편 또한 아니었다.

오사카성 내성에 잠입해 들어가 있는 진에몬 형제가 은밀히 보내온 정보이기 때문에 틀릴 가능성은 없다고 봐야 했다.

그제야 마음을 놓은 이준성은 오사카성에 도착함과 동시에 작전을 시작했다. 우선 권응수에게 흑표, 백랑 두 사단을 주어 오사카성 동쪽과 남쪽 두 군데를 틀어막으라 명령했다.

권응수가 명령을 받아 떠나간 후에 이준성은 비룡여단, 천궁포병여단을 앞세워 오사카성 북쪽 성벽으로 진격해 들어갔다.

이준성은 뇌우 1호로 전방을 수색하며 전진하는 비룡여단 병사들을 보며 고개를 끄덕였다. 항왜로 이루어진 비룡여단을 왜국 본토 침공 계획인 3단계 작전에 투입하는 결정을 권율, 강문우 등은 극렬하게 반대했다. 항왜로 이뤄진 비룡여단이 배신하면 3단계 작전은 실패로 돌아갈 뿐만 아니라, 최악의 경우엔 이준성을 포함한 한국군의 생존조차 장담할 수 없어지기 때문이었다. 그러나 그가 끝끝내 고집을 꺾지 않아 비룡여단이 3단계 작전의 핵심을 맡기에 이르렀다.

비룡여단은 그의 그런 고심을 아는지 헌신적으로 싸웠다. 그들이 충성을 바치는 대상은 도요토미 히데요시나 그들이 속해 있던 영지의 영주가 아니었다. 이젠 이준성인 것이다.

잠시 후, 부대를 멈춘 이준성은 비룡여단장 하구로와 천궁 포병여단장 이정암 두 사람을 자기 쪽으로 불렀다.

이준성은 먼저 이정암에게 앞에 있는 낮은 언덕을 가리켰다.

"포병은 이 언덕 위에 3열로 포진하여 포격할 준비를 하시오."

이정암은 즉시 군례를 취하며 대답했다.

"예, 전하."

이준성은 고개를 돌려 하구로에게 다음 명령을 내렸다.

"청룡, 적룡 두 대대는 포병 앞에 참호를 파도록 해라. 그리고 백룡, 황룡 두 대대는 포병 뒤에 지뢰 3호와 철조망을 깐 다음, 좌우 측면을 경계하며 사주경계를 서도록 해라. 곧 오사카성을 구원하기 위한 적 지원군이 당도할 것이다."

"알겠사옵니다."

대답한 이정암과 하구로는 급히 부대로 돌아가 병력을 전개했다. 이미 정유재란이 일어나기 한참 전부터 모처에 만들어 둔 가상의 오사카성을 상대로 병력 전개 훈련을 해 왔던지라, 당황하는 법 없이 이준성의 명령대로 신속히 움직였다.

이정암과 하구로가 떠난 후, 이준성은 전령을 불러 명령했다.

"권응수 장군에게 오사카성 동쪽과 남쪽에 도착하는 즉시 참호를 이중으로 파서 오사카성에서 뛰쳐나올지 모르는 병력과 후방에서 오사카성을 구원하기 위해 올지 모르는 적의 지원군 양쪽을 동시에 막아 낼 수 있는 단단한 진지를 구축한 후에 사주경계를 실시하라는 명령을 전해라."

"예, 전하!"

대답한 전령들이 오사카성 동쪽과 남쪽으로 나는 듯이 달려갔다. 이준성은 포병과 보병이 합심하여 이중참호를 단단히 구축하는 모습을 지켜보며 이번 작전에 관해 잠시 생각하는 시간을 가졌다. 이번 작전은 로마의 율리우스 카이사르가 알레시아 전투에서 써먹은 전술을 모델 삼아 만들었다.

카이사르는 갈리아를 정복할 때 알레시아란 곳에서 갈리아족과 최후의 결전을 벌였다. 당시 갈리아족의 지도자 베르킨게토릭스는 알레시아란 이름의 요새에 들어가 로마군에 저항했다. 베르킨게토릭스는 로마군이 적지에 들어와 있는 상태이므로, 자신이 알레시아에서 농성하면 앞뒤로 적에게 포위당할 것을 우려한 카이사르가 후퇴할 것이라 예상했다.

베르킨게토릭스의 생각에는 어느 정도 일리가 있었다. 로마군이 알레시아를 포위할 수는 있지만, 그 포위를 지속할 방법은 없었다. 알레시아에 주둔한 베르킨게토릭스의 병력이 요새를 나와 로마군을 쳐내려 갈 때, 베르킨게토릭스의 지원 요청을 받은 갈리아족 대군이 로마군 뒤를 기습하면 로마군은 앞뒤로 포위당해 패배할 수밖에 없는 상황이었다.

한데 카이사르는 후퇴하지 않았다. 대신 알레시아를 이중으로 포위하는 선택을 하였다. 즉, 방어선을 이중으로 구축해 안쪽의 방어선으로는 알레시아에 있는 베르킨게토릭스의 농성군을, 또 바깥쪽에 설치한 방어선으로는 외부에서 베르킨게토릭스를 지원하기 위해 올 게 분명한 갈리아족 지원부대를 저지하려 하였다. 얼핏 봐선 무모해 보이기 짝이 없는 전술이었다. 그러나 카이사르의 이 이중 방어 전술은 훌륭하게 통해 갈리아족은 수십만의 병력으로 이 이중 방어를 뚫기 위해 온갖 노력을 기울였지만 결국 실패했다.

알레시아공방전에서 탁월한 전술로 승리를 거머쥔 카이사르는 끝내 갈리아를 정복하여 로마 제일의 권력자로 부상했다. 반면, 갈리아족 총사령관인 베르킨게토릭스는 카이사르에게 항복한 다음, 로마로 끌려가 결국 스틱스강을 건넜다.

한데 한국군이 현재 처한 상황 역시 갈리아에 있던 로마군과 크게 다르지 않았다. 세부적인 면이야 다를 수 있지만, 적지에 들어와 있다는 점, 강력한 성에 의지해 농성하는 적이 있단 점, 또 외부에 적의 대규모 지원군이 존재해 언제 들이 닥칠지 모른단 점에서 그때와 별반 차이가 없었다.

이준성은 오사카성을 떨어트리기 위해 카이사르가 알레시아 공방전에서 사용한 이중 방어 전술을 토대로 작전을 세웠다.

우선 오사카성에서 시도할지 모르는 공격과 탈출을 저지할 목적으로 안쪽에 참호를 깊이 파 놓았다. 또 밖에서 오사카성을 구원하기 위해 올 적의 지원군을 차단하기 위해 바깥에 단단한 외곽 방어선을 구축했다. 그 외곽 방어선은 총 세 단계로 이뤄져 있었다. 우선 지뢰 3호, 천뢰 3호, 천왕뢰로 이뤄진 정교한 부비트랩이 곳곳에 설치되어 있었다.

두 번째 단계는 본국에서 만들어 가져온 철조망, 쇠못 같은 장애물이었다. 적이 철조망과 쇠못이 깔린 2, 300미터의 공간을 뚫기 위해서는 엄청난 희생을 치러야 할 터였다. 마지막 세 번째 단계는 참호에 들어가 있는 아군 병력이었다.

참호 안에 들어가 있는 병력은 적이 철조망과 쇠못이 깔린 장애물 지대를 통과할 때 뇌우 1호, 천뢰 3호, 각궁과 같은 원거리 무기로 무방비로 노출된 적을 공격할 기회를 쉽게 잡을 수 있었다. 비록 1차 세계대전의 기관총처럼 십자포화를 퍼붓는 정도까지는 아니었지만 비슷한 효과는 볼 수 있었다.

그때, 오사카성을 지키는 왜군이 한국군의 진지구축을 방해하기 위해 성 밖으로 뛰쳐나왔다. 그들은 북쪽 해자 위에 걸려 있는 교량 두 개를 이용해 양쪽에서 동시에 쳐들어왔다.

그 모습을 본 이준성은 고개를 절레절레 저었다.

"이런 거를 유식한 말로 불감청이언정 고소원이라 하는 건가?"

오사카성을 지키는 왜군은 병법의 가르침에 따라 잔뜩 지친 적이 진지구축을 하느라 정신없는 틈을 타 기습을 감행했다.

아마 오사카성을 지키는 왜군 중에 성격이 불같은 장수가 있어 적이 그들 코앞에서 진지를 구축하는 모습을 그냥 지켜보고 있기 힘들었던 모양인데, 그 덕분에 이준성은 초전에 성의 병력을 줄일 수 있는 절호의 기회를 잡을 수 있었다.

이준성은 천궁포병여단과 비룡여단 병사들에게 하던 일을 계속하라 명령했다. 그리고는 흑룡대대 1,000여 명만 대동한 상태에서 왜군이 공격에 이용하는 교량 앞으로 이동했다.

원래 흑룡대대는 연이은 격전을 치르는 동안 병력 숫자가 처음 숫자의 반인 500명으로 줄었지만, 이번 3단계 작전을 준비할 때 인력을 보충해 다시 1,000명 규모로 늘려 놓았다.

이준성은 그중 500명을 한명련에게 주어 왼쪽 교량을 지키게 한 다음, 그 자신은 나머지 500명과 오른쪽 교량으로 달려가 교량 출구를 막아섰다. 다행히 교량 너비가 그렇게 넓지 않아 적은 한 번에 많은 병력을 이동시키지 못했다.

이준성은 손을 번쩍 들며 외쳤다.

"놈들에게 진짜 삼단철포가 뭔지 가르쳐 줘라!"

"예!"

대담한 병사들은 교량 앞에 세 줄로 늘어서서 자세를 잡은 다음, 1열부터 돌아가며 뇌우 1호를 발사했다. 1열이 사격을 마치면 2열에 있던 병사들이 앞으로 나아가 뇌우 1호를 쏘고 2열 다음에는 3열에 있던 병사들이 앞으로 나가 뇌우 1호를 쏘았다. 3열에 있던 병사들이 뇌우 1호를 발사했을 때쯤에는 1열에 있던 병사들이 재장전을 마친 상태에서 다시 앞으로 나가 뇌우 1호를 발사했다. 그런 식으로 세 차례 정도 반복했을 때 살아남은 왜군은 극소수에 불과했다.

그러나 이준성은 그 극소수조차 살려서 돌려보낼 생각이 없었다. 그는 곧 흑룡대대 안에서 팔 힘이 가장 좋은 병사를 선발해 구성한 척탄병소대에게 천왕뢰를 던지라 명령했다.

명령을 받은 척탄병소대 병사들은 불을 붙인 천왕뢰를 교량 위로 힘껏 던졌다. 곧 30여 개가 넘는 천왕뢰가 허공을 쏜 살같이 가르며 날아가 나무로 만든 교량을 터트려 버렸다.

해자 밖과 안을 이어 주는 유일한 통로인 교량이 이번 공격으로 불타 없어졌지만, 이준성은 전혀 걱정하지 않았다. 그는 애초에 오사카성 공격에 교량을 이용할 생각이 없었다.

이준성은 천궁포병여단이 포진을 마치기 무섭게 유성 3호를 오사카성 외성 성벽에 발사하란 명령을 내렸다. 이번 오사카성 공격의 주인공은 처음부터 끝까지 천궁포병여단이었다.

왜국은 화포의 도입이 상당히 늦은 축에 속했다. 같은 화약 무기인 조총의 도입과 대중화가 16세기 초중반에 동시에 이뤄진 반면, 화포는 17세기가 지나서야 제대로 쓰였다.

물론 오토모 소린처럼 포르투갈 상인을 통해 도입한 화포를 일찍부터 실전에 사용해 효과를 톡톡히 본 영주가 전혀 없진 않았지만, 숫자가 적은 탓에 대중화까지는 가지 못했다.

왜국에서 화포가 처음 대량으로 쓰인 시기는 도쿠가와 이에야스가 세키가하라 전투에서 승리해 패권을 잡은 지 13년이 지났을 때인 1,614년이었다.

도쿠가와 이에야스는 1,614년에 그의 가문이 장차 왜국을 경영하는 데 걸림돌로 작용할 것이 뻔한 도요토미 가문의 뿌리를 완전히 뽑아 버릴 생각으로 당시 오사카성에 기거하던 요도 도노, 도요토미 히데요리 모자에게 모반을 획책했단 누명을 씌워 전국시대 최후의 전투인 오사카 전투를 일으켰다. 이 전투를 왜국에선 오사카의 진으로 불렀다.

또 전투가 겨울, 여름 두 차례에 나눠 일어났단 사실에 기반해 첫 번째 전투를 겨울의 진, 두 번째 전투를 여름의 진으로 구별해 부르는 경우 역시 많았다.

그 오사카 전투가 일어난 주 무대가 바로 이준성이 지금 떨어트리려 애쓰는 오사카성이었다. 도쿠가와 이에야스는 이중 해자를 두른 오사카성의 단단한 성채를 공략하기 위해 유럽 상인을 통해 사들인 화포를 이용했다. 물론 오사카 전투에서 도쿠가와 이에야스가 사용한 화포가 얼마나 큰 역할을 했는지는 사료가 불분명해 알 수 없지만, 어쨌든 왜국에서 화포가 전략무기처럼 쓰인 것은 그때가 거의 처음이었다.

이준성은 고개를 슬쩍 저으며 중얼거렸다.

"아마 도쿠가와 이에야스가 사용한 화포는 그렇게 큰 효과는 없었을 거야. 기껏해야 겁을 집어먹게 하는 정도였을 테지."

이준성의 시선이 이내 뒤에 있는 천궁포병여단 쪽으로 돌아갔다. 천궁포병여단은 지금 진천 1호로 유성 3호를 쉴 새 없이 발사하는 중이었다. 진천 1호는 주퇴복좌기와 각도 조절기, 조준장치 정도를 제외하면 유럽의 최신 화포와 다른 점이 거의 없었다.

그러나 유성 3호는 유럽이 쓰는 포탄과 차이가 컸다. 유성 3호 안에는 뇌홍으로 제작한 뇌관과 화약이 들어 있어 쇳덩어리로 만든 포탄과는 차원이 달랐다.

쇳덩어리로 만든 포탄, 즉 철환은 철환을 발사할 때 생긴 물리력을 이용해 인마를 살상하거나 성벽에 구멍을 뚫었다.

그러나 고폭탄 형태인 유성 3호는 포탄이 지면, 성벽 등에 부딪혔을 때 안에 든 뇌홍과 화약이 폭발해 피해를 주었다.

철환과 비교했을 때 표적에 가하는 충격이 훨씬 지대했다.

더욱이 지금처럼 공성에 쓰는 유성 3호는 뇌홍과 화약의 비율을 늘려 파괴력을 한층 키운 놈들이었다. 이준성은 다시 시선을 돌려 유성 3호가 쉴 새 없이 쏟아지는 성벽을 보았다.

이준성은 그 모습을 보며 예전에 시청한 다큐멘터리를 떠올렸다. 지구온난화가 초래하는 문제를 심층 취재한 다큐멘터리였는데, 그중에 북극에 있는 엄청난 크기의 빙하가 녹아 내려 바다에 크게 처박히는 장면이 인상에 강하게 남았었다.

한데 그가 보는 중인 오사카성 북쪽 성벽 상태가 그 빙하와 비슷했다. 유성 3호를 30발쯤 맞았을 때부터 빙하가 녹아 쪼개지듯 성벽이 한 꺼풀, 한 꺼풀 떨어져 나가기 시작했다.

떨어져 나간 성벽 잔해가 해자에 박히며 첨벙첨벙하는 물소리가 크게 울렸다. 처음에는 주먹만 한 돌멩이가 떨어졌지만, 나중에는 사람 머리통만 한 돌덩이가 해자에 떨어졌다.

이준성은 고개를 돌려 후방 쪽을 바라보았다. 지금까지는 오사카성을 구원하기 위해 달려드는 적의 지원군이 보이지 않았다. 그러나 그는 그들이 멀지 않은 곳에 있음을 느꼈다.

"흠, 좀 더 서둘러야겠어."

그때였다.

콰콰쾅!

엄청난 굉음이 고막을 찢을 것처럼 울리는 바람에 그는 다시 해자 너머에 자리한 북쪽 성벽으로 급히 시선을 돌렸다.

그가 막 시선을 돌렸을 때였다. 석재를 층층이 쌓아 만든 한쪽 성벽 전체가 굉음을 내며 떨어져 나와 해자로 쏟아졌다.

이번에 해자에 떨어진 성벽은 최소 수십 톤이 넘을 듯했다. 그가 그동안 조사한 바에 따르면 바깥 해자의 깊이는 10미터 안팎이었다. 한데 이번에 쏟아진 성벽 덕에 깊이를 5미터로 줄이는 데 성공했다. 그는 급히 방금 성벽이 무너진 자리를 집중적으로 포격하라는 명령을 천궁포병여단에 내렸다.

"저 성벽이 약한 고리다! 포병은 저 성벽에 화력을 집중해라!"

이정암은 즉시 언덕에 3열로 배치해 둔 진천 1호 100여 문을 총동원해 이준성이 지목한 방향으로 유성 3호를 쏟아부었다.

천궁포병여단은 벌써 큰 전쟁을 대여섯 번 치러 실전 경험이 풍부하다 못해 넘치는 상황이었다. 더욱이 그들이 운용하는 진천 1호는 이준성이 온 힘을 기울여 만든 역작으로 제대로 다룰 수만 있으면 엄청난 위력을 선보일 수 있었다.

천궁포병여단은 곧 진천 1호 포구를 조정해 이준성이 말한 방향에 유성 3호를 집중시켰다. 전엔 1분에 세 발이 떨어졌다면 지금은 수십 발이 한 번에 쏟아지는 셈이었다.

불과 몇 분 사이에 유성 3호 수십 발을 얻어맞은 성벽은 구멍이 뚫린 제방처럼 점점 기울어지다가, 어느 순간 더는 견디지 못하겠다는 듯 일대 전체가 굉음을 내며 주저앉았다.

성벽이 무너진 여파는 엄청났다. 심지어 그가 있는 참호까지 먼지와 물줄기가 날아들 지경이었다. 이준성은 숨을 답답하게 만드는 먼지를 손으로 휘저으며 무너진 성벽을 확인했다.

해자 위에 성벽 잔해로 만든 널찍한 길이 만들어져 있었다. 마침내 오사카성 외성으로 들어가는 통로를 개척한 것이다. 여기까지 왔다면 오사카성은 반쯤 떨어트린 것과 같았다.

그때였다.

후방을 지키던 하구로가 전령을 보내 알려 왔다.

"외곽 방어선 앞에 처음 보는 왜군 수천 명이 나타났사옵니다!"

이준성은 급히 뒤를 돌아보았다. 하구로의 보고대로였다. 수천 명에 이르는 왜군이 외곽 방어선 앞에 포진하는 중이었다.

이준성은 미소를 지으며 명령했다.

"우리가 성벽을 무너트리는 모습을 보곤 똥줄이 탄 모양이군. 지뢰 지대를 통과한 적이 철조망 앞에 도달할 때 기습하란 명령을 하구로 장군에게 전해라. 지뢰는 아직 쓰지 않는다."

"예, 전하!"

대담한 전령이 후방으로 뛰어갔다.

잠시 후, 왜군은 지뢰 지대를 무사통과해 가시철조망이 쳐져 있는 위치에 도착했다. 왜군은 처음 보는 장애물에 당황한 듯 철조망 앞에서 어찌할 바를 몰랐다. 성격이 급한 자들은 맨손으로 철조망을 기어오르려 들었지만, 얼마 가지 않아 철조망에 달린 가시에 찔렸는지 비명을 지르며 물러섰다.

그러나 어느 그룹이든 똑똑한 자는 있기 마련이었다. 곧 일부가 철조망 위에 사다리를 걸쳐 넘어오기 시작했다.

그때, 하구로가 부하들에게 공격하라 명령했다. 외곽 방어선과 철조망은 200미터 떨어져 있어 뇌우 1호는 쓰지 못했다. 그러나 공격할 방법이 전혀 없지는 않았다. 비룡여단 병사는 뇌우 1호와 함께 쓰는 보조 무기로 각궁을 사용했다.

솨솨솨솨!

파도가 밀려가는 것 같은 소음을 내며 허공을 비스듬히 가른 각궁의 화살이 철조망을 건너오던 왜군 머리에 떨어졌다.

그러나 왜군 역시 쉽게 물러서진 않았다. 오사카성 북쪽 성벽이 무너진 상황에서 그들이 퇴각하면, 오사카성 천수각에 있는 도요토미 히데요시의 생존을 장담할 수 없어졌다. 왜군은 철조망에 시체의 산으로 쌓은 다리를 만들어 건너왔다.

그러나 왜군이 앞으로 넘어야 할 철조망은 네 개가 더 남아 있었다. 왜군은 철조망 위에 동료의 시체로 다리를 만든 뒤 그 위를 넘어오는 처절한 방식으로 장애물을 통과했다.

왜군이 마침내 세 번째 철조망을 넘었을 때, 하구로가 옆에 있는 표지석을 확인했다. 표지석에 100이란 숫자가 선명히 적혀 있었다. 하구로는 부하들에게 각궁을 뇌우 1호로 교체하란 명령을 내렸다. 이번엔 화살 대신 뇌우 1호로 발사한 탄환 수백 발이 철조망 틈 사이를 통과해 날아갔다.

화살은 급소에 제대로 맞지 않는 이상, 전열에서 바로 이탈하는 경우가 드문 편에 속했다. 심지어 갑옷을 제대로 갖춰 입은 자의 경우엔 10여 발이 넘는 화살이 몸에 고슴도치처럼 박힌 상태에서 끝까지 살아남는 예를 쉽게 볼 수 있었다.

그러나 탄환은 달랐다. 탄환은 관통력이 화살에 비할 바 아니어서 한 방으로 적을 제압할 수 있었다. 더욱이 표적과의 거리가 100미터라면 적을 더 확실하게 제압할 수가 있었다.

왜군은 비처럼 쏟아지는 탄환 앞에서 간신히 네 번째 철조망 근처에 당도했지만, 그곳이 한계였다. 아무리 주군을 구하고자 하는 충성심이 크다 한들 그 이상의 전진은 힘들었다.

왜군이 물러가는 모습을 확인한 하구로는 부하들을 철조망 지대에 들여보내 적이 다리로 만드는 데 쓴 시체부터 치웠다.

그 시각, 이준성은 남쪽과 동쪽을 수비하는 권응수로부터 왜군 수천 명이 공격해 왔지만 바로 격퇴했단 보고를 받았다.

외부에서 해 온 공격을 한 차례 막아 낸 이준성은 다시 오사카성 공격에 집중했다. 이준성은 천궁포병여단장 이정암에게 그들이 무너트린 성벽 쪽에 엄호포격을 가하란 명령을 내렸다. 이정암은 이준성의 지시를 이행하기 위해 진천 1호 포각을 약간 높여 유성 3호가 성안에 떨어지게 했다.

　한국군이 무너진 성벽을 통해 진입할 것임을 알았으므로 오사카성 수비군 역시 그 근처에 병력을 집결하는 중이었다. 그러나 한국군이 해 온 엄호포격 때문에 집결조차 쉽지 않았다. 걸음을 뗄라치면 유성 3호가 날아와 불길을 토해 냈다.

　"지금이다! 가자!"

　이준성은 강철로 만든 방패를 앞에 세운 상태에서 무너져 내린 성벽으로 뛰어갔다. 물론 이준성 혼자 돌격하진 않았다. 그의 옆과 뒤에 이준성처럼 방패를 든 흑룡대대, 청룡대대, 적룡대대 병사 3,000명이 달라붙어 파도처럼 밀려갔다.

　이준성은 달려가는 틈틈이 고개를 들어 머리 위쪽을 살폈다. 유성 3호가 희미한 항적운을 남기며 그의 머리 위를 지나 오사카성 성내에 떨어졌다. 곧 해자 앞에, 아니 해자가 있던 곳에 도착한 그는 다리로 쓸 만한 장소를 찾아 움직였다.

　다행히 그리 멀지 않은 곳에 튼튼해 보이는 장소가 있었다. 성벽이 무너질 때 그 잔해가 계단처럼 층층이 쌓인 덕분에 사람이 그 위를 지나가도 쉽게 무너질 것 같지 않았다.

그 위로 몸을 날린 이준성은 방패로 요처를 방어한 상태에서 해자가 있던 지역을 재빨리 건너갔다. 성벽을 지키는 왜군이 유성 3호 엄호포격을 맞아가며 조총을 마구 쏴 댔지만, 이준성이 든 방패에 막혀 그를 저지하지 못했다. 이준성이 해자 끝에 있는 마지막 성벽 잔해를 힘껏 밟을 때였다.

갑자기 잔해가 밑으로 푹 꺼지며 몸이 밑으로 빨려 들어갔다. 이준성은 몸에 40킬로그램이 넘는 갑옷을 착용한 상태라 물에 한 번 빠지면 빠져나오기가 쉽지 않은 상황이었다.

재빨리 손에 쥔 방패부터 위로 던져 버린 이준성은 두 팔로 앞에 있는 성벽 잔해를 붙잡았다. 그러나 붙잡은 잔해 역시 뽑혀 나오며 몸이 다시 밑으로 쑥 가라앉는 게 아닌가.

"이런 씨발!"

이준성이 당황해 팔을 허우적거릴 때, 손에 뭔가 걸리는 게 있었다. 급히 고개를 들어 확인했다. 성벽을 쌓을 때 사용한 축대였다. 그는 급히 축대를 양손으로 잡아 몸을 끌어당겼다. 워낙 온 힘을 기울인 탓에 금방 물 밖으로 몸을 빼낼 수 있었다. 그러나 그 자리에 계속 있을 순 없었다. 이준성이 곤경에 처한 모습을 본 왜군이 조총으로 집중사격을 가해 왔다.

이준성은 옆으로 계속 몸을 굴리며 조총 탄환을 피했다. 그가 몸을 굴릴 때마다 탄환이 도탄을 일으키며 사방으로 튀었다.

그때, 성벽에 있던 커다란 돌덩이가 하나가 그를 향해 쏟아졌다.

독재자

8장. 불타오르는 관

8장. 불타오르는 관

 이준성은 재빨리 옆으로 몸을 굴려 돌덩이를 피했다. 다행히 그 옆을 스쳐 지나간 돌덩이가 그가 발을 헛디딘 지점에 떨어졌고, 첨벙하는 소리와 함께 물줄기가 위로 튀어 올랐다.

 그러나 위험은 거기서 끝난 것이 아니었다. 무너져 내린 성벽 위에서 그에게 조총을 쏘아 대는 왜군은 여전히 남아 있었다.

 이준성은 갑자기 내린 소나기에 당황한 나그네처럼 주위를 둘러보다가 잔해 밑에 나 있는 구덩이를 발견해 그쪽으로 뛰어들었다. 일단 구덩이에 들어가 탄환으로 만든 소나기를 피한 그는 고개를 돌려 해자가 있던 방향을 돌아보았다.

221

한명련, 정충신과 같은 흑룡대대 병사 수백 명이 왜군의 결사적인 저항에 막혀 해자 중간에 갇힌 상태였다. 방패가 있어 한 방에 나가떨어지진 않았지만, 시간을 오래 끌면 해자를 성벽 잔해가 아니라 부하들의 시체로 메워야 할 판이었다.

"빌어먹을!"

이준성은 허리띠에 찬 운룡 3호 다섯 개를 뽑아 점화시킨 다음, 구덩이 밖으로 튀어 나가 성벽 위를 향해 힘껏 던졌다.

물론 그를 발견한 왜군은 곧장 그에게 탄환 세례를 퍼부었다. 이준성은 지그재그로 달려 다시 구덩이에 몸을 숨겼다.

펑펑펑펑펑!

성벽에 던져 둔 운룡 3호가 터졌는지 폭발음이 다섯 차례 이어졌다. 이준성은 구덩이 밖으로 고개를 살짝 내밀어 보았다.

운룡 3호가 만든 연기가 성벽 위에서 안개처럼 흘러내렸다. 성벽 위를 지키는 왜군은 연기에 가려 그를 놓쳤을 테지만, 인드라망이 있는 그는 연기 따위에 발목을 잡히지 않았다.

원숭이처럼 네 발로 성벽 잔해 위를 기어오른 그는 재빨리 주변을 둘러보았다. 연기에 시야를 제한당한 왜군 조총병 30명이 당황한 표정으로 주위를 두리번거리는 모습이 보였다.

이준성은 바로 칼을 뽑아 가장 가까운 곳에 있는 조총병의 목을 잘라 냈다. 조총병의 목이 위아래로 벌어지며 피가 튀었다. 그는 그 옆으로 이동해 칼을 두 번 연속 휘둘렀다. 조총병두 명이 얼굴과 가슴에 피를 쏟아 내며 넘어갔다.

이젠 조총병들 역시 이준성이 연기 속에 숨어 위로 올라왔단 사실을 눈치 챘다. 조총병 세 명이 죽어 가며 내뱉은 단말마의 비명과 신음이 증거였다. 겁에 질린 그들은 장전한 조총으로 이준성이 있을 만한 곳을 겨누어 방아쇠를 당겼다.

탕탕탕!

그러나 이준성은 이미 멀찍이 피한 상태라, 그들이 쏜 조총탄환은 그가 아니라 근처에 있던 다른 조총병을 맞혔다. 이준성의 손에 죽은 조총병은 세 명이었지만, 같은 편끼리 한 오인사격 때문에 죽은 조총병은 무려 10명에 달했다. 살아야겠다는 본능이 합리적인 이성보다 위에 있단 증거였다.

그때, 바람이 세게 불어와 성벽에 내려앉은 연기를 걷어 냈다.

"씨발!"

이준성은 욕을 하며 급히 옆으로 몸을 날렸다.

그가 조금 전까지 있던 자리에 조총 탄환이 비처럼 쏟아졌다. 바람 덕분에 시야를 회복한 조총병이 반격을 가한 것이다.

"여기서 뒈지려고 이 먼 데까지 찾아온 게 아니거든!"

이준성은 그를 겨누는 조총의 총신을 붙잡아 옆으로 밀었다.

탕 하는 총성이 들리는 순간, 왜도로 이준성의 등을 베려던 사무라이 하나가 방금 날아간 탄환에 맞아 나뒹굴었다.

조총병은 자기가 쏜 총에 동료, 아니 상관이 맞아 쓰러지는 모습을 보곤 까무러칠 정도로 놀라 눈을 크게 떴다. 그러나 그 역시 방금 죽은 상관과 비슷한 전철을 밟을 운명이었다. 이준성은 칼로 조총병 목에 있는 경동맥을 끊어 냈다.

조총병의 목에서 쏟아져 나온 피가 옆에서 달려들던 왜군 두 명의 얼굴에 뿌려졌다. 갑자기 피를 뒤집어쓰는 바람에 뵈는 게 없던 왜군 두 명이 팔을 허우적거리며 얼굴에 묻은 피를 닦아 내려 할 때, 이준성의 무정한 칼이 날아들었다.

"으악!"

"크어억!"

왜국 말은 잘 모르지만, 그들이 방금 지른 게 비명이란 사실은 쉽게 알 수 있었다. 이준성은 칼 한 자루로 20명에 달하는 왜군을 순식간에 도륙해 성벽 위에 작은 거점을 구축했다.

그때, 함성이 이는 것을 들은 이준성이 급히 남쪽으로 시선을 옮겼다. 오사카성 외성 북쪽에서 그가 있는 성벽으로 올라오는 왜군이 지른 함성이었다. 정확한 숫자는 알 수 없지만, 최소 1,000명에 달하는 왜군이 개미 떼처럼 뭉쳐 그가 있는 지점으로 기어오르는 중이었다. 이준성은 소나기처럼 쏟아지는 탄환과 화살을 피해 가며 성벽 반대편으로 미친 듯이 달려간 다음, 고개를 돌려 해자 방향을 확인했다.

한명련, 정충신, 정기룡 등이 이끄는 흑룡대대가 마침내 성벽 위에 거의 도달해 있었다. 같이 출발했지만, 이렇듯 속도에서 차이가 나는 이유는 일단 그들이 이준성보다 달리기가 훨씬 느린 데다 상당히 무거운 갑옷까지 걸쳤기 때문이었다. 2, 30킬로그램이 넘어가는 갑옷을 걸친 상태에서 이준성처럼 재빨리 움직일 수 있는 사람은 그렇게 많지 않았다.

이준성은 머리 쪽으로 날아드는 화살을 급히 피하며 소리쳤다.

"고작 이 정도로 헉헉대다니 체력이 말이 아니구만! 돌아가는 즉시, 입에서 단내가 날 때까지 체력단련을 시켜야겠어!"

그 소리를 들은 한명련 등은 얼굴이 핼쑥해져 걸음을 서둘렀다. 어쨌든 한명련 등이 성벽 잔해 위에 도착하며 상황이 180도 바뀌었다. 한명련 등은 자리를 잡기 무섭게 뇌우 1호와 각궁을 총동원해 위로 올라오는 왜군을 저격했다. 또 적이 많을 땐 천뢰 3호와 운룡 3호를 적절히 사용했다.

흑룡대대가 성벽 잔해 꼭대기에 거점을 막 구축했을 때였다. 적룡대대가 두 번째로 올라와 흑룡대대의 부족한 화력을 보충했다. 또 해자 쪽에 남은 청룡대대는 준비한 방패와 널빤지, 돌덩이 등으로 해자 위에 만들어 둔 다리를 보수해 수십 명이 동시에 이동할 수 있도록 미리 조치해 두었다.

이준성은 급히 척탄병소대를 불러 명령했다.

"척탄병은 천왕뢰로 놈들의 혼을 쏙 빼놓아라!"

"알겠사옵니다!"

대담한 소대원들은 등에 짊어진 천왕뢰를 꺼내 도화선에 불을 붙인 다음 성벽 밑에 있는 왜군 머리 위로 힘껏 던졌다. 공중을 새처럼 활공하며 날아간 천왕뢰 수십 개가 연달아 폭발하며 사방 천지에 화염으로 만든 불벼락을 쏟아부었다.

"으아악!"

천왕뢰 폭발에 휘말린 왜군 수십 명이 비명을 지르며 나자빠졌다. 이준성은 그 틈에 통신병을 불러 유성 3호 포격을 중지하란 명령을 내렸다. 통신병이 그의 명령을 포병에게 제대로 전달했는지 그로부터 30초쯤 지났을 무렵, 포탄이 더는 날아들지 않았다. 이준성은 다시 앞으로 시선을 돌렸다.

천왕뢰에 놀라 흩어진 왜군이 다시 집결하는 중이었다. 이준성은 시간을 지체할 수 없어 천뢰 3호를 던지며 뛰어들었다. 주위에 있던 흑룡대대 병사들 또한 천뢰 3호를 투척하며 밑으로 달려 내려가 막아선 왜군을 단숨에 베어 넘겼다.

이준성은 어깨를 비스듬히 베어 오는 왜도를 가볍게 피한 다음, 왜도를 휘두른 왜군의 목을 잡아 뒤로 던져 버렸다. 팔다리를 허우적거리며 날아간 왜군이 물귀신처럼 뒤에 있던 동료 대여섯 명을 쓰러트리며 바닥을 데굴데굴 굴렀다.

이준성은 그 틈에 앞으로 달려가며 칼을 두 손으로 휘둘렀다.

따가운 가을 햇살을 가르며 칼날이 빛을 뿜어내는 순간, 사람의 잘린 몸뚱이가 핏물에 휩싸여 공중으로 떠올랐다.

그때, 앞에 있던 왜군이 갑자기 홍해 갈라지듯 옆으로 물러서는 모습이 보였다. 이준성은 도요토미군이 숨겨 둔 조총 부대를 꺼내는가 싶어 부하들에게 조심하란 명령을 내렸다.

그러나 그들 앞에 나타난 부대는 조총 부대가 아니었다. 4미터짜리 긴 창을 앞세운 장창 부대였다. 장창 부대는 하늘을 향해 있던 장창의 끝을 앞으로 내려 이준성 등을 겨누었다. 그리고는 마치 행군하듯 그들 쪽으로 천천히 걸음을 떼었다.

16세기 최강의 병과는 동서양 가릴 거 없이 장창을 무기로 하는 장창병이었다. 왜군은 물론이거니와 유럽 최강의 군대로 꼽히던 에스파냐의 테르시오 역시 파이크병, 즉 장창병이 부대의 주력이었다. 반면 조총, 아르케부스, 머스킷과 같은 화승총을 쓰는 병사는 아직 보조 전력일 따름이었다.

도요토미군으로선 그들이 동원할 수 있는 최강의 카드를 꺼낸 셈이었다. 그러나 이준성은 전혀 신경 쓰지 않았다. 그가 신경 쓰는 부대는 조총 부대와 궁병 부대이지, 장창 부대가 아니었다.

"저런 밀집 대형은 걸어 다니는 공동묘지와 다름없는 법이지."

이준성은 부하들에게 천뢰 3호로 공격하게 하였다. 잠시 후, 밀물처럼 덮쳐 오던 도요토미군 장창 부대가 천뢰 3호의 공격을 받아 대열이 무너졌다. 이준성은 그 틈에 흑룡대대 병사들을 재빨리 진격시켜 대열이 무너진 장창 부대를 학살했다. 도요토미군 장창 부대는 전투를 시작한 지 불과 30분이 지나기 전에 수백 명이 넘는 사상자를 낸 채 급히 퇴각했다.

"바짝 붙어 추격해! 놈들을 인간 방패로 쓰는 거다!"

이준성은 흑룡대대 병사들에게 명령을 내리며 도망치는 장창 부대의 뒤를 추격했다. 원래 장창 부대 뒤에는 급히 끌어모은 조총 부대와 궁병 부대가 대기 중이었다. 혹여 장창 부대가 한국군 저지에 실패하면 조총 부대와 궁병 부대를 보내 저지할 생각이었던 것이다. 한데 한국군이 도망치는 장창 부대 뒤를 바짝 붙어 추격해 오는 탓에 공격 타이밍을 놓칠 수밖에 없었다.

덕분에 수백 미터가 넘는 거리를 손쉽게 돌파한 흑룡대대 병사들은 오사카성 내성으로 뻗어 있는 대로 입구에 무사히 도착할 수 있었다. 한데 대로에 막 발을 내딛는 순간, 옆에 있는 가옥 안에서 갑자기 조총 탄환과 화살이 날아들었다.

도요토미군 수뇌부가 아군을 희생하는 한이 있어도 한국군의 내성 진입만은 어떻게든 저지하라 명했는지 도요토미군과 한국군이 뒤섞인 상태였지만 공격하는 데 주저함이 없었다.

"크윽!"

"아아악!"

대로에 진입하던 흑룡대대 병사 수십 명이 대로 양편에 늘어선 2층 목조가옥에서 날아든 탄환과 화살을 맞아 바닥을 뒹굴었다. 그 모습을 본 이준성은 부하들에게 추격을 포기하란 명령과 가옥 벽에 붙어 엄폐하란 명령을 연달아 내렸다.

"이렇게 나온다 이거지?"

벽에 붙은 이준성은 칼로 창문을 부순 다음, 천왕뢰에 불을 붙여 가옥 안으로 던졌다. 잠시 후, 펑 하는 폭음과 함께 새빨간 불길이 창문과 문틈으로 솟구치며 연기가 흘러나왔다.

그로부터 다시 1분쯤 지났을 때, 몸에 불이 붙은 왜군 10여 명이 비명을 지르며 2층 창문 밖으로 몸을 던졌다. 또 몇 명은 1층에 있는 현관문을 걷어차며 밖으로 뛰쳐나왔다.

삼나무로 지은 가옥은 천왕뢰가 만들어 낸 불길 앞에선 마른 장작처럼 타들어 갔다. 흑룡대대 병사들은 즉시 이준성이 한 행동을 고대로 따라 했다. 천왕뢰와 천뢰 3호를 가옥 안에 던져 가옥 안에 숨어 한국군을 저격하던 왜군을 집과 함께 통째로 불태웠다. 이곳이 21세기 전장이라면 집에 들어가 일일이 수색해야 했겠지만, 이곳은 21세기가 아니라 16세기 말엽이었다. 비무장 민간인을 죽였다며 방송에 나와 비난을 퍼붓는 종교지도자나 이상주의자 역시 이곳에는 없었다.

"대로 좌, 우측 건물에 불을 질러 차단선을 만들어라."

"예!"

대담한 한명련은 곧 흑룡대대 병사들을 지휘해 대로 좌, 우측 건물에 불을 질러 도요토미군이 측면을 기습하지 못하게 조치했다. 그렇게 1시간쯤 전진했을 때, 마침내 오사카성 내성 성벽이 보였다. 이미 날이 어둑해진 탓에 주변 경관은 흐릿했지만, 내성 안에 우뚝 솟아 있는 천수각은 금방 알아볼 수 있었다. 마침내 원정의 최종 목표에 다다른 것이다.

◆ ◆ ◆

이준성은 내성 북쪽 성벽이 잘 보이는 건물에 올라가 주변을 둘러보았다. 100미터가량 떨어진 지점에 너비가 3미터쯤 되는 안쪽 해자가 파여 있었다. 그리고 해자 너머에는 5미터 높이의 내성 북쪽 성벽이 장벽처럼 둘러쳐져 있었다.

이준성은 전령을 불러 명령을 내렸다.

"천궁포병여단장 이정암에게 진천 1호 30문을 내가 있는 여기로 옮겨 다시 배치하란 명령을 전해라. 또 남은 70문엔 유성 3호와 포도탄을 장전해 외부에서 오사카성을 구원하기 위해 들이닥칠 적을 저지할 준비를 해놓으라 전해라."

"예, 전하."

대담한 전령 서너 명이 외성 밖에 주둔한 포병 쪽으로 달려갔다. 잠시 후, 천궁포병여단 포병이 20여 개 부품으로 분해한 진천 1호 30문과 포탄 수백여 발을 내성으로 옮겼다.

내성으로 옮긴 다음엔 비룡여단 병사들이 미리 골라 둔 장소에 분해한 부품을 가져가 재빨리 조립하기 시작했다.

진천 1호 조립은 금방 끝나 새벽 2시가 막 지났을 무렵에 유성 3호를 발사할 수 있는 완벽한 준비를 마쳤다. 이준성은 지체하지 않았다. 즉시 유성 3호를 내성 북쪽 성벽에 발사하란 명령을 내렸다. 2시 30분이 막 지났을 무렵, 유성 3호 수십 발이 어둠이 내려앉은 오사카성 밤하늘을 갈랐다.

콰콰콰쾅!

성벽에 부딪힌 유성 3호가 눈을 멀게 하는 화광을 뿜어내며 폭발해 좀처럼 보기 드문 장관을 연출했다. 마치 커다란 행사가 있을 때 하는 폭죽놀이 같았는데, 포탄이 성벽에 떨어질 때마다 불티와 파편 수천 개가 반딧불처럼 흩날렸다.

공격하는 쪽에선 아름다울지 모르지만 당하는 쪽에선 죽을 맛이 따로 없었다. 유성 3호 수십 발을 얻어맞은 북쪽 성벽에 금이 갔다. 처음엔 거미줄처럼 미세한 금이었지만, 금세 크기가 커져 새벽 4시가 지났을 무렵에는 성벽이 가문 논처럼 쩍쩍 갈라져 더는 성벽이라 부를 수 없을 지경으로 변했다.

그러나 이준성은 진척 상황이 별로 마음에 들지 않았다. 그는 최소한 등이 트기 직전인 새벽 5시 전에는 성벽을 완전히 무너트릴 수 있을 것이라 예상했다. 그러나 그건 그의 과욕이었다. 외성 성벽과 비교해 높이는 낮지만, 내성 성벽의 두께는 훨씬 두꺼워 좀처럼 허물어질 기미가 보이지 않았다.

보다 못한 이준성은 바로 전령을 불러 자기 명령을 수정했다.

"천궁포병여단에 가서 포각을 위로 높여 내성 내부를 포격하라 전해라. 지금부턴 성벽에 유성 3호가 떨어져선 안 된다."

"예, 전하!"

대답한 전령들이 포병이 있는 위치로 뛰어갔다. 그로부터 30초쯤 지났을 때였다. 유성 3호가 성벽 위를 그대로 통과해 내성 내부에 떨어졌다. 유성 3호가 내성 내부에 있는 목조 전각에 떨어졌는지 곧 화광이 번쩍이며 연기가 치솟았다.

고개를 끄덕인 이준성은 한명련에게 준비한 공성 사다리를 설치하란 명령을 내렸다. 잠시 후, 한명련은 7미터 길이의 공성 사다리를 성벽에 걸쳐 해자를 넘어갈 수 있게 했다.

다리가 해자 위에 안전하게 걸쳐지는 모습을 지켜본 이준성은 가죽 주머니에 천왕뢰와 도화선을 담아 등에 짊어졌다.

그 모습을 본 한명련이 다급한 표정으로 그 앞을 막아섰다.

"소장이 하겠사옵니다. 천왕뢰를 소장에게 주시옵소서."

이준성은 한명련의 어깨를 툭 치며 웃었다.

"이번 일은 내가 아니면 안 되네. 한 장군은 병사들을 지휘해 엄호나 제대로 하게. 적의 총알에 맞아 죽기는 싫으니까."

한명련은 끈질기게 권했지만, 이준성의 고집은 그보다 더 질겼다. 부하의 능력을 믿지 못해서라기보다는 성공 가능성을 좀 더 높이기 위한 전략적인 결정이었다. 실제로 이번 일은 그가 아니면 할 수 없는 일이었다. 인드라망 덕분에 야간에도 대낮처럼 주위를 볼 수 있었기에 실패할 확률이 낮았던 것이다.

잠시 후, 결국 포기한 한명련은 부하들에게 엄호사격을 가해 성벽 위에 있는 왜군이 이준성을 조준하지 못하게 하였다.

뇌우 1호로 발사한 탄환 수십 발이 성벽 위에 박히는 모습을 지켜보던 이준성은 재빨리 해자 위에 걸쳐 놓은 다리로 달려갔다. 다리는 생각보다 튼튼해 그의 체중을 견뎌 냈다.

출렁거리는 다리를 재빨리 건너간 이준성은 북쪽 성벽에 등을 붙인 상태에서 주위를 둘러보았다. 유성 3호에 직격당한 성벽에 큼지막한 구멍이 몇 개 뚫려 있는 모습이 보였다.

이준성은 가죽 주머니에 들어 있는 천왕뢰를 꺼내 구멍에 집어넣었다. 그런 식으로 가져온 천왕뢰 다섯 개를 전부 설치한 다음, 천왕뢰와 연결된 도화선을 밑으로 빼내 한데 묶었다. 그 뒤에는 도화선 위에 화약을 잔뜩 발라 놓았다. 천왕뢰 설치를 완료한 이준성은 고개를 들어 성벽 위를 보았다. 성벽을 지키던 왜군은 흑룡대대의 엄호사격을 받는 바람에 성벽 밑에 있는 그를 조준할 여유가 없었다.

이준성은 그 틈에 해자에 걸쳐 둔 다리를 재빨리 건너갔다.

그러나 왜군 역시 마냥 당하지만은 않았다. 해자를 건너는 그를 억지로 조준해 집중사격을 퍼부었다. 이준성은 귀 옆을 스쳐 지나가는 탄환 소리에 머리카락이 쭈뼛 곤두섰다.

이준성은 전력을 다해 해자에 걸쳐 둔 다리를 건너갔지만, 탄환보다 빠를 순 없었다. 곧 등이 따끔거리며 몸이 휘청거렸다.

"제길."

균형을 잃은 몸이 해자에 흐르는 더러운 물을 향해 떨어지기 직전, 이준성은 재빨리 몸을 띄웠다. 그가 공중에 머무른 시간은 1초가 되지 않았지만, 그에겐 마치 1시간처럼 느껴졌다.

그때, 왼쪽 팔에 무언가가 걸리는 느낌을 받은 이준성은 손에 힘을 주었다. 그건 바로 한명련이 그에게 뻗은 팔이었다.

"어서 제 팔을 잡으시옵소서!"

히죽 웃은 이준성은 그가 내민 팔을 잡아 해자 위로 올라섰다.

그러나 한명련 혼자서는 이준성의 체중을 감당하지 못했다. 이를 눈치 챈 정충신이 부리나케 달려와 이준성의 오른팔을 잡은 다음 한명련과 함께 힘을 주어 위로 끌어올렸다.

또 정기룡, 슈메, 김덕령 등은 방패로 적의 공격으로부터 이준성을 보호했다. 시기적절한 시기에 이루어진 부하들의 지원 덕에 이준성은 안전한 장소로 대피하는 데 성공할 수 있었다.

안전한 장소에 도착해서는 갑옷을 벗어 등에 입은 상처를 확인했다. 40킬로그램이 넘는 갑옷을 입은 게 헛고생은 아닌 모양이었다. 탄환은 갑옷을 우그러뜨리는 데는 성공했지만 끝내 관통하는 데는 실패해 피부가 살짝 긁힌 정도였다.

한명련은 이준성에게 다시 갑옷을 입혀 주며 고개를 저었다.

"전하께서 이러실 때마다 소장은 지옥에 있는 것 같사옵니다."

갑옷을 다 입은 이준성은 한명련의 등을 두드렸다.

"잔소리는 그쯤하고, 우리가 해낸 성과나 확인하러 가세."

이준성은 전망대로 삼은 건물 지붕에 올라가 성벽 쪽을 살펴보았다. 그가 성벽 구멍에 설치한 천왕뢰 다섯 개는 아직 그 자리에 있었다. 또 천왕뢰에서 뽑아낸 도화선 다섯 개 역시 그가 성벽에 붙여 놓은 그 자리에 얌전히 놓여 있었다.

"활과 화살을 다오."

"여기 있사옵니다."

정충신이 건넨 철궁을 받아 시위를 몇 차례 당겨본 이준성은 이내 시위에 불화살을 메겨 힘껏 당겼다. 그러자 이준성이 활을 쏘는 모습을 본 적 없었던 정기룡, 김덕령 등은 의아한 눈길로 그를 쳐다보았다. 새벽이긴 하지만 아직 어둠이 가시지 않아 해자와 해자 위에 있는 성벽은 칠흑처럼 어두웠다.

한데 그런 상황에서 활로 성벽을 겨누고 있었으니, 이는 앞을 보지 못하는 사람이 화살을 쏘는 것이나 마찬가지였다. 그들로선 쉬이 이해할 수 없는 상황이었다.

그러나 그들과 반대로 한명련과 정충신, 슈메 등은 그리 놀라지 않은 표정이었다. 이미 그가 야간에 활을 쏘는 모습을 본 적이 있었기 때문이었다.

이준성은 인드라망을 이용해 도화선이 있는 곳을 겨눈 다음, 당긴 시위를 놓았다. 당겨진 시위가 바람을 가르는 소리를 내며 제자리로 돌아오는 순간, 불화살이 허공을 빗살처럼 갈랐다.

사람들은 급히 불화살이 날아가는 방향으로 시선을 돌렸다. 그러나 불화살이 날아가는 속도가 워낙 빨랐기 때문에 그들이 시선을 돌렸을 땐 이미 불화살이 성벽에 박혀 있었다.

물론 결과는 명중이었다. 불화살이 도화선 위에 뿌려둔 화약에 불을 붙이는 데 성공했는지 곧 새빨간 화염이 치솟았다. 그리고 그 화염은 도화선에 불을 붙여 천왕뢰를 터트렸다.

콰콰콰콰쾅!

폭음이 연달아 다섯 차례 울리는 순간, 하얀 섬광 속에서 붉은 불길이 치솟으며 성벽과 해자 주위를 대낮처럼 밝혔다.

잠시 후 불길이 어느 정도 사그라들었을 때 성벽이 굉음을 내며 무너져 내렸고, 잔해가 밑으로 쏟아져 내리며 해자 위에 층층이 쌓였다.

안쪽 해자는 바깥 해자보다 수심이 얕았으므로 얼마 가지 않아 사람이 돌을 쌓아 만든 것 같은 훌륭한 다리가 만들어졌다.

"모두 나를 따라 돌격하라!"

이준성은 바깥 해자에서 그랬던 것처럼 이번에도 가장 먼저 성벽 잔해로 만든 다리를 건너 성벽 위로 기어올랐다. 그런 이준성의 뒤를 흑룡대대와 비룡여단 병사들이 쫓았다.

성벽 위를 지키던 왜군은 천궁포병여단의 포격에 정신을 못 차리는 중인 데다 날까지 어두워 이준성 등을 효과적으로 제압하지 못했다. 결국, 동이 튼 새벽 6시 무렵엔 이준성을 포함한 한국군 병력 1,000명이 내성 북쪽을 점령했다.

이준성은 즉시 지휘관을 불러모아 명령을 내렸다.

"곧 적이 마지막 발악을 해 올 거다. 천궁포병여단은 이곳으로 진천 1호를 옮긴 다음, 포도탄을 미리 장전해 둬라. 그리고 보병들은 길목에 지뢰 3호를 매설해 둬라. 매설을 마친 후엔 각자 은, 엄폐가 가능한 장소로 이동해 대기한다."

"예, 전하!"

대담한 지휘관들은 각자 부대로 돌아가 병력을 전개했다. 가장 먼저 천궁포병여단장 이정암이 외성에 있던 진천 1호를 내성 안으로 옮겨 다시 배치했다. 또 비룡여단 병사들은 성벽 잔해와 나무판자로 공격을 막을 준비를 서둘렀다.

진천 1호 배치가 막 끝났을 때, 왜군 수천 명이 함성을 지르며 공격해 왔다. 공격해 오는 왜군의 얼굴엔 비장함이 흘러넘쳤다. 내성만은 어떻게든 사수하겠단 결의가 담겨 있었다.

이준성은 왜군을 충분히 끌어들인 다음, 포병에게 공격을 명했다. 곧 날카로운 포성과 함께 포도탄 수십 발이 날아가 왜군 선봉부대를 섬멸했다. 포병이 공격을 마친 다음에는 은폐, 엄폐를 마친 보병이 뇌우 1호와 각궁으로 공격했다.

그러나 이번에 공격해 온 왜군은 달랐다. 전과 달리 거센 반격 앞에서 후퇴하지 않았다. 말 그대로 자기 목숨을 도외시한 상태에서 끊임없이 밀고 들어왔다. 왜군의 시체가 산처럼 쌓이고 그들이 흘린 피가 시내를 이뤘지만, 왜군은 쉼 없이 밀려들어 끝내 방어선을 돌파했다. 곧 전선 곳곳에서 아군과 적군이 뒤엉켜 치열한 백병전을 벌였다. 오사카성에서 전투를 시작한 이래로 거의 처음 맞는 위기인 것이다.

그때, 후방에 있던 전령이 급보를 전해 왔다.

성 밖에 있던 왜군 수천 명이 외곽 방어선을 공격해 왔다는 급보였다. 그 급보가 사실임을 증명하듯 지뢰가 폭발하는 소리와 더불어 진천 1호가 포도탄과 유성 3호를 발사하는 소리가 연이어 들려왔다. 내성에서 왜군에게 밀리는 와중에 외곽에 있는 방어선마저 흔들리는 중이었다.

이준성은 점차 뒤로 밀려나는 부하들을 보며 이를 악물었다. 여기서 기세가 더 꺾이면 앞뒤로 포위당해 전멸할 수밖에 없었다. 그는 더 밀리기 전에 최후의 수단을 쓰기로 마음먹었다.

◆ ◈ ◆

최후의 수단이란 바로 지뢰를 의미했다.

이준성은 오사카성 내성까지 돌파당한 도요토미군이 그들의 주군이 있는 천수각을 지키기 위해 최후의 발악을 해 오리라 예상했다. 그리고 그 최후의 발악은 지금까지와는 다르게 본인의 생사를 도외시한 비장한 공격일 거라 짐작했다.

그렇다면 그 비장한 공격을 막아 낼 수 있는 비책이 당장 필요했다. 물론 이준성에게는 생각해 둔 비책이 이미 있었다. 그건 바로 지뢰였다. 그는 남은 지뢰의 6할에 해당하는 200여 개를 그들이 점령한 내성 북쪽 성채 앞에 매설했다.

이준성은 즉시 휘파람을 불어 예비 병력으로 대기하던 비룡여단 청룡대대 병사들에게 신호를 보냈다. 이준성이 부는 휘파람은 보통 휘파람과 달라서 총성과 비명과 욕설이 난무하는 전장의 강렬한 소음을 뚫고 멀리까지 퍼져 나갔다.

청룡대대장 마사카츠는 전선을 사수하는 흑룡대대와 적룡

대대가 왜군에게 밀리는 모습을 지켜보며 속이 타들어 가는 중이었다. 마사카츠는 손을 뒤로 뻗어 허리띠에 매달아 둔 가죽 수통을 꺼내 흔들어 보았다. 그러나 조금 전에 마신 게 마지막이었는지 물소리가 들리지 않았다. 이맛살을 잔뜩 찌푸린 마사카츠가 부관에게 손을 내밀려는 때였다.

날카로운 송곳으로 유리창을 긁는 것 같은 기분 나쁜 휘파람 소리가 고막을 찔렀다. 마사카츠는 즉시 명령을 내렸다.

"조금 전에 어명이 떨어졌다! 다들 시작해라!"

마사카츠의 명령을 받은 청룡대대 병사들은 앞에 파둔 고랑에 화약과 기름을 넉넉히 뿌린 다음 횃불로 불을 붙였다.

"화살에 불을 붙여라!"

마사카츠의 두 번째 명령이 떨어지는 순간, 청룡대대 병사들은 전통에 든 불화살을 꺼내 불이 흐르는 고랑에 집어넣었다.

"쏴라!"

마사카츠의 마지막 명령을 들은 청룡대대 병사들은 보급받은 각궁 시위에 불을 붙인 불화살을 재빨리 시위에 메긴 뒤 45도 각도를 조준해 시위를 놓았다. 각궁 시위를 떠난 불화살 수백여 발이 백병전을 벌이는 양측 병사들의 머리 위를 지나 지상으로 낙하했다. 불화살에 맞은 왜군 수십 명이 고통스러운 비명을 내지르며 바닥을 데굴데굴 굴렀다.

그러나 청룡대대가 불화살을 쏜 이유는 왜군을 쓰러트리기 위해서가 아니었다. 그들이 밟고 있는 지뢰 3호를 터트리기 위해서였다. 곧 바닥에 떨어진 불화살이 지뢰 3호에 뿌려 둔 화약에 불을 붙이는 바람에 펑펑하는 폭음이 울리며 지뢰 지대를 통과하던 왜군의 입에서 비명이 터져 나왔다.

지뢰 3호는 21세기에 사용하는 대인지뢰처럼 적의 발목을 완벽히 날려 버리지는 못했다. 그러나 지뢰 3호 안에 들어 있는 금속 파편이 군화를 뚫고 들어가 병사의 발바닥과 발목에 상처를 입힐 수는 있었다. 얼마 후, 왜군 수십 명이 상처가 난 다리를 붙잡은 채 바닥을 구르며 고통스러워했다.

청룡대대 병사들은 이준성이 그만하라 명령할 때까지 계속해서 불화살을 발사했다. 불화살 수백 발이 지뢰 지대에 떨어질 때마다 아직 터지지 않은 지뢰 3호가 흙과 파편을 사방으로 쏟아 내며 그 위를 지나가던 왜군의 발목을 붙잡았다.

발밑에서 터지는 지뢰는 한국군에게 두 가지 효과를 가져다주었다. 첫 번째는 왜군 후속 부대가 지뢰 때문에 쉽사리 진격하지 못하게 만들었다는 점이었다. 후속 부대는 지뢰가 언제, 어디서 폭발할지 알 수 없어 신중히 행동할 수밖에 없었다. 지뢰가 터진 자리는 안전하다는 공식을 알지 못하는 탓이었다.

두 번째는 진격에 차질을 빚는 바람에 후속 부대 투입이 늦어져 최전선에서 싸우는 병력이 점점 고립되어 간다는 점이었다. 처음에는 최전선에서 백병전을 벌이는 피아간의 비율이 3 대 7

이었다. 즉, 한국군이 3, 왜군이 7이었다. 그러나 지금은 그 비율이 5 대 5였다. 어떤 곳에서는 오히려 한국군이 6을 차지하기까지 했다. 즉, 왜군의 유일한 강점인 숫자마저 한국군이 균형을 맞추거나 앞서기 시작했단 뜻이었다.

이젠 뒤집은 전황을 단숨에 굳힐 차례였다.

이준성은 즉시 청룡대대장 마사카츠를 불러 명령을 내렸다.

"청룡대대는 지금부터 나를 따라와라! 우리가 끝장을 낼 것이다!"

"예, 전하!"

이준성은 청룡대대가 도열을 마치는 즉시 전선을 우회했다. 곧 왜군 한 갈래가 본대에서 떨어져 나와 그 앞을 막아섰다.

"오냐! 그렇게 뒤지고 싶다면 원하는 대로 해 주마!"

고함친 이준성은 등에 비껴 찬 언월도를 뽑아 비스듬히 휘둘렀다. 창으로 이준성을 찌르려던 왜군 세 명은 창과 몸통이 같이 잘려 날아갔다. 이준성은 고개를 숙여 머리를 찔러 오는 창을 피한 다음, 왼손에 쥔 칼을 번개같이 뻗어 갔다.

창을 찌른 왜군이 목덜미에서 피를 분수처럼 쏟으며 주저앉았다. 이준성은 그를 뛰어넘어 앞으로 계속 전진했다. 이번엔 말을 탄 사무라이 하나가 장도로 그의 머리를 베어 왔다. 그는 상체를 숙인 다음 언월도를 풍차 돌리듯 휘둘렀다.

언월도는 사무라이가 탄 군마의 다리 두 개를 뎅강 잘라 버렸다. 군마가 비명을 지르며 무릎을 꿇는 순간, 이준성은 칼로 사무라이 목 뒤를 내리쳤다. 사무라이의 잘린 머리가 둥실 떠올랐다. 그가 그렇게 10여 미터를 전진하는 동안, 20여 구가 넘는 시신이 처참한 모습으로 바닥을 뒹굴었다.

청룡대대 병사 중 경력이 오래된 병사는 그리 놀라지 않았지만, 들어온 지 얼마 안 된 병사들은 왜군이 이준성을 시노카미라 부르며 두려워하는 이유를 그제야 실감할 수 있었다.

2단계 작전, 즉 정유년에 재침한 왜군을 부산포에 밀어 넣어 섬멸하는 작전을 수행하는 동안 가장 큰 피해를 본 부대는 당연히 처음부터 끝까지 최전선을 사수한 비룡여단이었다.

그런고로 3단계 작전을 준비할 때, 비룡여단의 병력은 원래 편제에서 3할에 가까운 수가 부족한 상태였다. 이를 타개하기 위해 이준성은 다른 군에 있던 뛰어난 병사를 차출해 비룡여단의 부족한 병력을 보충했다. 한데 그 3할에 해당하는 병력은 이준성이 싸우는 모습을 가까이서 본 적 없었으므로 그가 보여 주는 믿을 수 없는 무위에 그만 넋이 나가 버렸다.

그들 눈에 비친 이준성은 사람이 아니라 괴물이었다. 그들 역시 수십 번의 전투를 경험한 베테랑이라 뭐가 쉽고 뭐가 어려운지는 충분히 알고 있었다. 한데 지금 이준성이 보여 주는 것처럼 갑옷을 착용한 적의 사지를 도검을 이용해 잘라 내는 행동은 어려운 수준을 넘어 거의 불가능에 가까운 일이었다.

일반 병사들은 갑옷을 입지 않은 적의 수급과 팔다리조차 제대로 잘라 내지 못했다.

사람의 살과 근육, 뼈는 생각보다 아주 단단했고 질겼다. 그 탓에 도검의 날을 아무리 바짝 세워도 한 번에 잘라 내기가 몹시 어려울뿐더러, 어느 정도 운까지 받쳐 줘야 가능한 일이었다.

한데 이준성은 맨몸인 적은 물론이거니와 심지어 갑옷을 입은 적의 사지까지 두부 자르듯 잘라 냈다. 그러나 이준성의 체구를 고려하면 아주 불가능하다고까지 말하긴 힘들었다.

이준성은 그들에겐 거인이나 다름없는 190센티미터의 장신이었다. 또 자라면서 뭘 주워 먹었는지는 모르겠지만, 팔뚝은 여자 허벅지보다 굵었으며 허벅지는 웬만한 사내 몸통보다 컸다. 그런 사내가 전력으로 도검을 휘두르면 어찌어찌해서 갑옷을 걸친 적의 몸을 쪼개 버릴 수는 있을 것 같았다.

그러나 그들이 가진 상식으로 절대 이해할 수 없는 점이 하나 더 있었다. 그건 바로 이준성의 속도였다. 마른 사람은 날렵하고 덩치가 큰 사람은 느리다는 게 그들의 상식이었다.

한데 이준성은 그들 중 가장 몸이 날렵한 사람보다 훨씬 더 날렵하게 몸을 움직였다. 왜군이 휘두른 왜도와 창이 이준성의 몸을 제대로 건드려 보지도 못하는 게 그 증거였다.

더구나 이준성은 몸에 40킬로그램이 넘는 어마어마한 무게의 갑옷까지 걸친 상태였다. 말 그대로 젊은 여자 하나를 등에 업고 있는 상태와 마찬가지였다. 한데 그런 상태에서도 이준성은 마치 갑옷을 전혀 입은 않은 사람처럼 움직이고 있었으니, 그들로선 이해가 가지 않는 일이었다.

어쨌든 그런 이준성의 활약 덕에 왜군의 격렬한 저항을 손쉽게 돌파해 낸 청룡대대는 얼마 후 왜군 측면을 기습하는 데 성공했다. 왜군은 그때부터 정신없이 무너지기 시작했다.

처음엔 여기서 죽겠다는 각오로 뛰어들었지만, 그것도 어느 정도 성과가 있을 때의 얘기였다. 지금처럼 별 성과 없이 그저 당하기만 할 때는 어떤 각오든 퇴색할 수밖에 없었다.

그로부터 1시간쯤 지났을 때, 왜군이 마침내 뒤로 퇴각했다. 퇴각이라기보단 살기 위해 도망친단 표현이 더 맞을 듯했다.

왜군의 마지막 발악을 성공적으로 막아 낸 이준성은 비룡여단 병사들에게 즉시 천수각 주위를 포위하라 명령한 다음, 외성을 수비하는 하구로에게 전령을 보내 전황을 점검했다.

하구로가 보고한 내용에 따르면 외곽 방어선을 공격하던 왜군 역시 내성을 지키는 도요토미군처럼 생사를 도외시한 상태에서 막무가내로 덤벼 왔다. 왜군은 결국 그 덕분에 지뢰 지대와 철조망 지대에 동료의 시신으로 쌓은 통로를 구축해 방어선 지척에 도달하는 데 성공했다. 그러나 그들은 외곽 방어선 앞에서 또다시 크나큰 좌절을 맛봐야 했다. 이준성의 명령을 받은 포병이 진작부터 진천 1호 70문에 포도탄과 유성 3호를 장전한 상태로 대기 중이었기 때문이었다.

포병은 즉시 포도탄과 유성 3호를 발사해 왜군을 기습했다. 또 방어선을 지키던 비룡여단 병사들이 뇌우 1호와 천뢰 3호, 각궁 등으로 맹공을 퍼붓는 바람에 몇 시간 만에 거의 수천에 달하는 사상자가 발생했다. 왜군은 결국 수백여 명만이 목숨을 부지한 상태에서 그들이 왔던 곳으로 퇴각했다.

이준성은 하구로에게 왜군에 의해 망가진 지뢰 지대와 철조망 지대를 복구한 상태에서 대기하란 명령을 내린 다음, 고개를 돌려 앞에 있는 천수각을 올려다보았다. 5, 6층 높이의 천수각에는 사방에 활과 조총을 쏘는 총안이 뚫려 있었다. 만약 도요토미 히데요시를 잡기 위해 병력을 접근시키면, 그 총안에서 화살과 탄환이 빗발치듯 날아들 게 틀림없었다.

그렇다고 빗발치듯 날아드는 화살과 탄환을 뚫고 천수각 정문에 도달했다고 해서 끝나는 것 또한 아니었다. 도요토미 히데요시가 있을 것으로 추정되는 천수각 꼭대기까지 올라가기 위해서는 다시 수십, 수백 명의 희생이 필요할 터였다.

이준성은 도요토미 히데요시를 붙잡아 목을 베고 싶었지만, 부하 수백 명을 사지로 몰아넣을 만큼 간절하진 않았다.

"포병에게 가서 지금 당장 천수각을 포격하라 전해라!"

"예, 전하!"

대담한 전령이 포병 쪽으로 막 걸음을 떼려 할 때였다. 갑자기 천수각 1층에서 연기와 불꽃이 새어 나오는 모습이 보였다.

이준성은 고개를 돌려 전령에게 소리쳤다.

"방금 내린 명령은 취소다!"

"아, 알겠사옵니다."

전령의 대답을 들은 이준성은 다시 고개를 돌려 천수각을 보았다. 천수각 1층에서 솟아오른 불길은 순식간에 2층, 3층, 4층으로 옮겨붙었다. 그때, 천수각 안에 있던 여자 30여 명이 불길과 연기를 피해 창문 밖으로 몸을 날렸다. 그러나 천수각이 꽤 높았기 때문에 목숨을 건진 여자는 소수였다.

화르륵!

마침내 불길이 천수각 전체를 휘감았다. 시커먼 연기가 하늘을 뚫을 것처럼 치솟았다. 불길이 얼마나 거센지 가까이 접근했던 몇 명은 급히 불똥을 피해 뒤로 물러서야 했다.

이준성은 씁쓸한 표정으로 입맛을 다셨다. 도요토미 히데요시가 적에게 포로로 잡혀 욕을 당하기 전에 천수각에 불을 질러 자진을 한 게 분명했다. 도요토미 히데요시가 직접 한 게 아니라면 그의 애첩인 요도 도노가 불을 질렀을 것이다.

천수각 안에 몇 명이 있었는지는 불이 꺼져 봐야 알 수 있을 테지만, 아마 적게는 수십 명에서 많게는 수백에 달할 것이다.

그때, 한명련이 다가와 아쉬운 표정으로 물었다.

"이제 어떻게 하시겠사옵니까?"

"오사카성을 칠 때부터 어차피 이렇게 끝날 줄 다들 예상하지 않았나? 그만 아쉬워하고 우린 우리 계획대로 움직이세."

"알겠사옵니다."

대답한 한명련은 즉시 휘하 병력을 지휘해 오사카성에 있는 금고를 약탈하기 시작했다. 사실, 그가 오사카성을 공격한 진짜 이유는 오사카성에 있는 엄청난 양의 금괴 때문이었다.

독재자

9장. 회군

이준성은 유진의 데이터베이스를 이용해 도요토미 히데요시 개인을 다각적으로 연구했다. 그 결과, 도요토미 히데요시가 본인의 콤플렉스를 감추기 위해 황금과 보석 등으로 외관을 화려하게 치장하는 일에 집착했다는 사실을 알아냈다.

도요토미 히데요시는 밑바닥 출신이었다. 오와리의 상속자인 오다 노부나가는 물론이거니와, 미카와라는 확실한 거점을 보유한 도쿠가와 이에야스와는 태생부터가 다른 셈이었다.

밑바닥 출신이란 점은 도요토미 히데요시를 평생 괴롭히는 짐으로 남았는데, 그런 경향은 권력을 잡은 후에 더 심해졌다. 권력자는 권력의 기반을 공고히 다질 목적으로 본인을 우상화하는 일에 심혈을 기울이곤 하는데, 그런 우상화 작업은 보통 본인이 선조에게 물려받은 혈통에서 시작했다.

태조 이성계가 조선을 건국한 후에 5대조 조상까지 추존했던 게 바로 그러한 예 중 하나였다. 물론 이성계는 동북면에서 한가락 하는 가문의 상속자였기에 큰 문제가 없었다.

반면, 밑바닥 출신인 도요토미 히데요시는 물려받은 혈통에서 다른 사람이 인정할 만한 무언가를 찾기가 아주 힘들었다. 그런 이유로 도요토미 히데요시는 색다른 방법을 써서 본인의 우상화에 나섰는데, 그것이 바로 외관을 치장하는 방법이었다.

도요토미 히데요시는 우선 본인이 기거할 거대한 성채, 즉 오사카성을 건설했다. 그리고는 닥치는 대로 징발한 황금을 오사카성 외관을 화려하게 치장하는 일에 사용했다. 심지어 차를 만드는 다기와 부채까지 금으로 제작할 지경이었다.

도요토미 히데요시는 미천한 출신이란 본인의 콤플렉스를 권력과 막대한 부, 명성 등으로 극복하려 한 것이다. 아니, 엄밀히 말하면 극복보단 위장하려 했다는 말이 맞을 듯했다.

이준성은 사실 도요토미 히데요시가 본인을 괴롭히는 콤플렉스를 극복하기 위해 어떤 발광을 했는지에는 별 관심이 없었다. 그가 관심 있어 한 유일한 분야는 바로 도요토미 히데요시가 전국에서 수집한 엄청난 양의 황금 그 자체였다.

도요토미 히데요시는 병적으로 황금에 집착했다. 심지어 오사카성이 아닌 다른 곳에선 황금을 보는 게 하늘의 별 따기보다 어렵단 소문이 돌 만큼 왜국 전역에서 황금을 징발했다.

도요토미 히데요시가 모은 황금이 얼마나 많았는지는 그 뒤에 벌어진 한 가지 사건으로 유추할 수 있었는데, 도요토미 히데요시가 죽은 지 17년이 지난 후에 벌어진 오사카성 전투에서 도요토미 측이 동원한 엄청난 금력이 그 증거였다.

요도 도노와 도요토미 히데요리 모자는 오사카성 전투에 대비하기 위해 도요토미 히데요시의 유산으로 낭인 수만여 명을 고용했다. 또 그 낭인들을 먹일 군량 수십만 석을 사들였다. 도요토미 히데요시가 죽은 지 17년이 지난 후에 동원한 금력이 그 정도이니 지금이야 더 엄청날 것이 틀림없었다.

불길에 휩싸인 천수각이 굉음을 내며 1층부터 무너지기 시작했을 무렵, 몇 명이 이준성을 찾아왔다. 그들은 바로 은호원 왜국지부장 이홍발과 부지부장인 진에몬 형제였다.

이홍발 등은 즉시 큰절을 올렸다.

"소신 이홍발 등이 전하를 알현하옵니다."

이준성은 고개를 끄덕이며 손짓했다.

"일어나라."

"성은이 망극하옵니다."

일어선 이홍발 등은 공손한 자세로 서서 그의 말을 기다렸다.

이준성은 그들을 칭찬하는 말을 한 다음, 진에몬 형제 쪽을 보았다. 진에몬 형제는 정유재란이 일어나기 석 달 전에 오사카성에 잠입해 오사카성의 취약점과 도요토미 히데요시의 현재 위치, 오사카성에 있는 금고 위치 등에 대한 정보를 조사했다.

"금고 위치는 찾았는가?"

진에몬 형제 중 형인 나가토리가 얼른 대답했다.

"금고를 숨겨 둔 다섯 곳을 모두 찾아냈사옵니다."

"찾는 데 어려움은 없었는가?"

이어진 질문에는 동생인 진에몬 나가츠네가 즉시 대답했다.

"금고의 규모가 워낙 거대한지라 쉽게 찾아낼 수 있었사옵니다."

이준성은 진에몬 형제의 어깨를 두드려 주었다.

"그동안 너희 형제가 고생이 많았다. 이 은혜는 잊지 않으마."

형제는 즉시 감격한 표정으로 머리를 조아렸다.

"성은이 망극하옵니다."

이홍발 등을 돌려보낸 이준성은 권응수, 명회, 유응수, 하구로, 이정암, 한명련, 마사카츠, 강억필 형제를 불러 명령했다.

"우린 지금부터 1,592년과 1,597년 두 차례에 걸쳐 한반도를 무단 침략해 병사와 양민을 살해한 왜적에게 책임을 물어 이 오사카성에 있는 황금을 배상금으로 가져갈 것이오. 제장들은 병력을 동원해 금고의 황금을 수레에 싣도록 하시오."

"예, 전하!"

대답한 권응수 등은 즉시 오사카성에 있는 금고 다섯 군데를 모두 개방한 다음, 금고 안에 든 막대한 황금을 미리 준비해 둔 수레에 옮겨 싣는 작업을 하였다. 금을 실은 공간은 충분했다. 한국군은 긴키 북쪽에 상륙해 이곳 오사카성까지 오는 동안, 수천 발이 넘는 유성 3호를 소진했다. 또 수만 명이 넘는 병사가 군량과 화약, 화살, 무기를 소진했기 때문에 보급 부대가 가져온 수레에 빈자리가 상당히 많았다.

이준성은 진에몬 형제의 안내를 받아 다섯 군데 금고 중에 규모가 가장 큰 금고를 찾았다. 내성 천수각 옆에 있는 금고였는데, 병사들이 불탄 잔해를 다른 데로 치운 다음 금고 입구를 찾아내 쇠로 만든 두꺼운 문을 양쪽으로 열어젖혔다.

이준성은 횃불을 손에 쥔 진에몬 형제와 금고 안으로 들어갔다.

"엄청나군."

엄청나다는 말 이외에는 지금 광경을 설명할 단어가 없었다. 가로 10미터와 세로 20미터, 높이 5미터에 이르는 거대한 지하실에 금과 은이 산처럼 쌓여 눈부신 광채를 발산했다. 은이 더 많기는 했지만, 어쨌든 엄청난 양임엔 분명했다.

금고 안을 둘러보던 한명련이 마른침을 꿀꺽 삼키며 물었다.

"여, 여기 있는 으, 은은 어찌하실 생각이옵니까?"

"뭘 어쩌긴 어째? 여기다 두고 가야지."

"이, 이 많은 은을 다 버리시겠다는 말씀이시옵니까?"

"가져가 봤자 괜히 자리만 차지할 뿐이야."

대답한 이준성은 주위를 쓱 둘러보았다. 엄청난 양의 보화에 넋이 나간 건 한명련만이 아니었다. 일반 병사들 역시 그들 앞에 산처럼 쌓여 있는 금과 은에서 시선을 떼지 못했다.

이준성은 차갑게 소리쳤다.

"금과 은을 사적으로 챙기는 자가 있을 시에는 불문곡직하고 그 자리에서 참수할 것이다! 다른 금고에도 내 말을 전해라!"

한명련 등은 일제히 부복해 소리쳤다.

"며, 명심하겠사옵니다!"

금고를 나온 이준성은 병사들이 작업하는 모습을 잠시 지켜보았다. 방금 그가 보화를 사적으로 챙기는 자를 불문곡직 참수할 거라 한 말은 진심이었다. 병사들에게 약탈을 허용할 경우, 그들은 조금이라도 더 많은 보화를 가져가기 위해 무기와 식량, 화약과 같은 필수품을 버릴 공산이 높았다.

가지고 있는 무기와 식량, 화약이 부족하면, 회군 중에 만만치 않은 적을 만났을 때 평상시보다 죽을 가능성이 올라가는 게 당연한 이치였다. 그리고 거기서 정말로 죽어 버리면 몰래 챙긴 보화 따위는 길바닥에 굴러다니는 돌멩이보다 못한 존재나 다름없었다. 죽을 때 들고 갈 게 아니라면 말이다. 이는 조금만 생각해 보면 쉽게 알 수 있는 이치지만, 인간의 욕심은 언제나 이성을 앞서는 법이라 문제였다.

원래 이런 상황에서는 지휘관의 엄포가 잘 통하지 않았다. 다른 사람에게 들키지만 않으면 괜찮을 거란 생각에 감시하는 사람 몰래 보화를 주머니에 챙겨 넣는 경우가 많았다.

그러나 한국군은 그러지 않았다. 그들이 훈련을 잘 받은 정병이기 때문만은 아니었다. 한국군은 이준성을 진심으로 존경했다. 그리고 존경하는 만큼 두려워했다. 그런 그를 상대로 도박하는 것은 죽음을 앞당기는 길임을 알기 때문이었다.

한데 도요토미 히데요시가 악착같이 수집한 황금의 양이 워낙 많은 탓에 가져온 수레로는 다 실을 방법이 없었다. 이준성은 하는 수 없이 진천 1호 100문 중 30문을 해체했다. 해체한 다음에는 각 부품을 완벽히 짓이겨 왜군이 부품을 이용해 진천 1호를 복제하는 불상사를 사전에 방지했다.

"이제 남은 금괴는 빈 포차에 실어 운반하도록 해라!"

"예, 전하!"

대답한 병사들은 진천 1호를 떼어 낸 빈 포차에 금괴를

실었다. 한국군이 떠날 준비를 모두 마쳤을 땐 날이 이미 완벽히 저문 상태였다. 금을 싣는 데만 반나절이 넘게 걸린 것이다.

이준성은 권웅수를 불러 명령했다.

"정찰 부대를 내보내 적이 매복해 있는지 알아보시오. 그리고 정찰 부대가 출발한 후엔 부하들에게 휴식을 주시오. 어제부터 지금까지 쉼 없이 움직인 탓에 다들 많이 피곤할 거요."

"바로 조치하겠사옵니다."

권웅수는 즉시 명령을 수행했다. 그로부터 한 시간쯤 지나 시계가 밤 10시를 가리켰을 무렵, 권웅수가 돌아와 보고 했다.

"정찰 부대의 보고에 따르면 우리 군이 이동하는 경로에 적이 매복해 있긴 하지만 숫자는 그렇게 많지 않다고 하옵니다."

이준성은 고개를 끄덕이며 다음 명령을 내렸다.

"체력을 비축한 백랑사단과 흑표사단이 번갈아 선두에 서고 그 뒤를 비룡, 천궁여단이 따라가는 형태로 출발하시오."

"알겠사옵니다."

대답한 권웅수는 바로 부대로 돌아가 회군 준비를 서둘렀다. 한국군은 자정이 막 지났을 무렵, 그들이 뚫어 놓은 오사카성 북쪽 성벽을 통해 밖으로 나와 북쪽으로 행군했다. 권웅수 말대로 그들이 가는 길 양편에 매복한 적이 있었 지만, 흑표, 백랑 두 사단의 맹렬한 공격에 전멸을 면치 못했 다.

이준성은 일반 병사처럼 걸어서 이동했다. 아니, 걸어서 이동하는 수준을 넘어 무기와 군량, 갑옷 등 70킬로그램이 넘 는 무거운 군장을 등에 짊어진 상태에서 도보로 행군했다. 왕 이 자기가 먹을 군량을 짊어진 채 행군하는데 누가 감히 마차 나 수레에 앉아 편하게 이동할 수 있겠는가? 가장 계급이 높 은 권웅수부터 몇 달 전에 입대한 이병까지 전부 자기가 쓸 짐을 등과 어깨에 짊어진 상태에서 걸음을 옮겼다.

그 덕분에 회군 속도는 예상보다 훨씬 빠른 편이었다. 회 군에서 가장 중요한 건 짐을 실은 수레와 진천 1호를 실은 포 차의 속도였다. 수레와 포차가 무거울수록 속도 역시 자연히 떨어질 수밖에 없었는데, 이준성은 수레와 포차에 가해지는 하중을 최대한 줄임으로써 행군 속도를 높일 수 있었다. 지금 속도라면 사흘 안에 항구에 도착할 듯했다.

이준성은 고개를 돌려 옆을 보았다. 옆에는 진천 1호를 떼 어 낸 포차가 있었는데 지금은 진천 1호 대신 황금이 잔뜩 실 려 있었다. 물론 그 위에 천을 씌워 놓아 겉으로는 내용물을 알아볼 순 없지만, 포차 바퀴가 푹푹 빠지는 모습을 통해 그 안에 담긴 것의 무게는 충분히 유추할 수 있었다.

왜국이라고 모든 도로가 포장도로처럼 잘 닦여 있을 리

만무했다. 더구나 야간에 하는 행군이라 어려움이 더 컸다. 결국 수레와 포차가 진흙탕에 빠져 움직이지 못하는 사태가 발생했다. 이준성은 즉시 군장을 내려놓은 다음, 진흙탕에 빠진 포차를 빼내기 위해 끙끙거리는 병사들에게 달려갔다.

"자, 내 구령에 따라 힘을 준다."

"예, 전하!"

이준성은 포차의 가장 무거운 부분을 양손으로 들어 올렸다.

"하나, 둘, 셋!"

셋 할 때 모든 병사가 힘을 주어 포차를 들어 올렸다. 들어 올린 다음엔 단단한 땅 쪽으로 밀어 바퀴가 다시 빠지지 않게 했다. 작업을 마친 이준성은 다시 군장을 짊어졌다.

그러나 한국군에게 위기가 끝난 것은 아니었다. 다음 날 오전, 수만 명이 넘는 왜군이 나타나 그들이 가는 길을 막아섰다.

이준성은 인드라망으로 앞을 막아선 왜군의 정체를 확인했다. 예상대로 간토, 도호쿠에서 온 병력이 주를 이뤘다. 앞엔 도쿠가와군이, 뒤에는 다테군, 우에스기군, 사타케군, 난부군 등이 늘어서 있었다. 그들은 한국군이 이 길로 올 줄 알았는지 방책과 목책을 세워 방비를 단단히 한 상태였다.

이준성은 인드라망의 배율을 높여 도쿠가와군 진영을 자세히 관찰했다. 이내 도쿠가와 이에야스가 즐겨 사용하는 군기와 그가 전장에 있음을 알려 주는 우마지루시를 찾아낼 수 있었다. 도쿠가와 이에야스가 우마지루시로 위장 전술을 펼친 게 아니라면 그가 이번 전투에 직접 뛰어들었다는 증거였다.

이준성은 코웃음을 쳤다.

"너구리가 명분 때문에 어쩔 수 없이 나선 모양이군."

옆에 있던 권응수가 의문이 담긴 표정으로 물었다.

"너구리라면 도쿠가와 이에야스란 자를 말씀하시는 것이옵니까?"

"그렇소."

권응수가 그의 눈치를 살피며 다시 물었다.

"바다와 같이 넓어 그 끝을 헤아릴 수 없는 주상전하의 견문에 비해 소장의 견문이 턱없이 짧긴 하오나, 은호원이 매월 가져다주는 보고서를 통해 그가 며칠 전에 죽은 도요토미 히데요시에 이어 왜국에서 두 번째 가는 영주라 들었사옵니다. 한데 그런 그가 명분 때문에 나섰다는 말씀이시옵니까?"

이준성은 껄껄 웃으며 권응수의 등을 툭 쳤다.

"하하, 진지한 표정으로 다른 사람 얼굴에 금칠하는 재주가 권 장군에게 있는지는 미처 몰랐군. 얼굴이 약간 화끈거리긴 하지만 뭐 딱히 틀린 말은 아니라 반박을 못 하겠소. 어쨌든 다시 본론으로 돌아와 너구리가 명분 때문에 나섰단 말의 의미를 알려 주겠소. 간단한 얘기니까 잘 들으시오."

권응수가 즉시 머리를 조아렸다.

"삼가 경청하겠사옵니다."

"우리가 며칠 전에 도요토미 히데요시를 죽였기 때문에 이제 왜국엔 나라를 통치할 주인이 없는 셈이오. 지난 100년간처럼 방귀 좀 뀌는 영주라면 누구나 일인자의 자리에 오를 기회가 생긴 거라 할 수 있소. 물론 현재 도요토미 히데요시의 후임으로 가장 유력한 자는 우리 앞을 막아선 저 너구리 영감, 즉 도쿠가와 이에야스일 거요. 한데 그런 도쿠가와 이에야스가 가장 바라는 상황이 무엇일 거 같소? 그건 아마 우리가 여길 떠나기 전까지 한국군과 최대한 충돌을 피하는 것일 거요. 그래야 그가 가진 전력을 온전히 보전할 수 있기 때문이오. 만약 도쿠가와 이에야스가 전력을 보전하는 데 성공한다면, 다른 경쟁자를 압도해 장차 왜국의 일인자로 올라서는 건 누워서 떡 먹기나 다름없소. 하지만 그런 선택을 하면 문제가 하나 생기는데, 그게 뭔지 알겠소?"

권응수 역시 총명한 위인인지라, 그 답을 모를 리가 없었다.

"소장의 소견으론 도요토미 히데요시를 죽인 한국군을 막지 않았단 오명을 써서 민심을 잃을 위험이 있어 보이옵니다."

"바로 그렇소. 여기서 우릴 막지 않으면 도요토미 히데요시를 죽인 한국군을 그냥 보냈단 오명을 써서 장차 정국을 주도하는 데 적지 않은 괴로움이 있을 것이오. 명목상이긴 하지만 어쨌든 자신의 주군을 살해한 자를 막지 않으면 장차 누가 도쿠가와 이에야스를 따르려 하겠소? 그렇다고 오명을 쓰지 않기 위해 죽기 살기로 우리 앞을 막아섰다간 피해를 볼 가능성이 큰지라, 그로선 열심히 싸우기도 뭐하고 우리가 지나가게 길을 열어 주기도 뭐한 상황이오."

이준성은 고개를 돌려 권응수의 얼굴을 바라보았다.

"그런 도쿠가와 이에야스를 상대로 우린 어떻게 대처하는 게 좋겠소? 뭐라 하지 않을 테니 장군은 기탄없이 말해 보시오."

권응수는 잠시 생각한 후에 차분한 목소리로 대답했다.

"도쿠가와 이에야스에게는 한국군과 싸웠다는 명분이 필요한 상황이니 적당히 밀어붙이면 길을 열어 줄 것 같사옵니다."

"내 생각 역시 그렇소. 권 장군은 그대로 시행하시오."

권응수는 바로 머리를 조아렸다.

"영명하신 결정이옵니다."

대답한 권응수는 바로 포병에게 앞을 막아선 적에게 유성 3호를 쏟아부으란 명령을 내렸다. 유성 3호 수십 발이 왜군 머리에 떨어졌을 때였다. 길을 막기 위해 세워 둔 방책과 목책이 유성 3호가 만들어 낸 폭발에 휩쓸려 부서지는 모습을 확인한 왜군은 방책 밖으로 나와 진격을 시작했다. 방책과 목책으론 한국군을 막지 못한다는 사실을 간파한 것이다.

권웅수는 즉시 이정암에게 재차 명령을 내렸다.

"포병은 포탄을 포도탄으로 교체한 후에 내 명령을 기다려라!"

권웅수의 명령을 받은 이정암은 즉시 부하들에게 진천 1호 70문에 유성 3호 대신 포도탄을 장전하란 지시를 내렸다. 곧 포반에서 장전이 끝났다는 뜻의 붉은색 깃발이 올라왔다.

진천 1호에 장전해 둔 포도탄이 최상의 효과를 낼 수 있을 거리까지 적들이 들어오기를 침착하게 기다린 권웅수는 적들이 사정거리에 들어오기 무섭게 즉시 손을 들어 올렸다.

"지금이다! 포도탄을 쏴라!"

권웅수의 명령이 떨어지자 옆에 있던 통신병이 깃발을 흔들어 전파했다.

잠시 후, 진천 1호 70문이 장전한 포도탄을 다섯 번에 걸쳐 쏘아 냈다. 포도탄 한 발에 들어가는 자탄 수가 수십 개였으므로, 수천 개의 자탄이 검은 우박처럼 왜군에게 쏟아졌다.

선봉을 형성하던 수백여 명이 포도탄에 맞아 일시에 나자빠지는 모습은 왜군 수뇌부에게 엄청난 충격을 주기에 충분했다.

깜짝 놀란 왜군 수뇌부가 진격과 퇴각 사이에서 갈피를 잡지 못할 때였다. 냉정한 권웅수는 폭풍 치듯 상대를 몰아쳤다.

"보병 앞으로!"

권응수의 쩌렁쩌렁한 음성이 울려 퍼지는 순간, 흑표, 백랑 두 사단에 속한 보병이 앞으로 나와 포병 앞을 막아섰다.

도열을 완료한 보병은 등에 멘 각궁을 풀어 화살을 장전한 다음, 허공을 향해 발사했다. 곧 수천 발에 달하는 화살이 까마귀 떼처럼 뭉쳐 왜군 머리 위로 낙하했다. 왜군은 급히 이동용 방책과 방패 등을 이용해 막아 봤지만, 화살이 워낙 많아 다시 수백 명이 넘는 왜군이 바닥을 뒹굴었다.

포도탄에 이어 화살 세례까지 받은 왜군은 엄청난 인명손실을 맛보았다. 그러나 이 정도론 퇴각할 수 없다는 듯 전투를 지휘하는 각 가문의 가신들은 계속해서 병력을 투입했다.

망원경으로 이 광경을 지켜본 권응수가 즉시 팔을 들어 올렸다.

"보병은 각궁 대신 뇌우 1호를 사용해 적을 공격하라!"

권응수의 명령이 떨어지기 무섭게 각궁을 내려놓은 병사들은 미리 장전해 둔 뇌우 1호로 왜군을 조준해 방아쇠를 당겼다.

탕탕탕!

엄청난 수의 총성이 대지를 가르는 순간, 달려들던 왜군 수백 명이 비명을 지르며 달려오던 자세 그대로 고꾸라졌다. 그러나 한국군의 뇌우 1호 사격은 이제 막 시작했을 뿐이었다.

한국군은 3열 횡대로 늘어선 다음, 돌아가며 사격을 퍼부었다. 재정전이 빠른 뇌우 1호의 장점을 십분 살린 전술이었다.

왜군은 원거리 무기로 대항하려는 듯 급히 이동용 방책으로 전면을 방호한 다음, 그 뒤에서 조총과 활을 쏘아 반격했다. 그러나 왜군이 동원한 조총병과 궁병은 3, 4천 명에 불과했다. 심지어 그중 반은 아직 투입조차 못 한 상태였다.

반면, 한국군은 5,000명이 넘는 병사가 뇌우 1호로 적을 공격하는 중이었다. 심지어 장전하는 속도에서까지 차이가 컸으므로 한 번에 날아드는 탄환의 숫자가 상대의 몇 배에 달했다.

왜군은 압도적인 화력 앞에서 제대로 된 반격 한 번 해 보지 못했다. 적과 싸워 보기도 전에 1,000명이 넘는 사상자를 낸 왜군 수뇌부는 급히 북을 쳐 병력을 후퇴시켰다. 계속 밀어붙이다간 전멸할지도 모른다는 위기감이 작용한 탓이었다.

"이번에 확실하게 조져 놔야 이후에 다른 마음을 품지 않겠지."

중얼거린 이준성은 권응수에게 명령해 사격을 중지시켰다. 몇 분 후에 간헐적으로 들리던 총성이 완전히 멈췄다. 그는 곧 측면 방어를 맡은 비룡여단을 동원해 후퇴하는 왜군을 쫓았다. 물론 그 선두엔 언제나처럼 이준성이 서 있었다.

이준성은 도망치는 왜군의 뒷덜미를 잡아 앞으로 던져

버렸다. 볼링핀처럼 날아간 왜군은 도망치던 동료 서너 명의 등을 치며 바닥으로 떨어졌다. 그 틈에 거리를 좁힌 그는 언월도로 쓰러진 왜군을 베어 버린 다음, 머리를 급히 숙였다.

부웅!

말을 탄 사무라이가 휘두른 왜도가 머리 위로 지나갔다. 이준성은 사무라이가 기수를 돌리려는 찰나에 재빨리 왼손에 쥔 칼을 내던졌고, 표창처럼 날아간 칼이 사무라이 등을 꿰뚫었다.

우웩 하며 피를 한 사발 토해 낸 사무라이가 말안장에 쓰러졌다. 이준성은 재빨리 말 옆에 따라붙어 왼손으로 쓰러진 사무라이를 끌어내린 다음, 주인을 잃은 말 위에 올라탔다.

그다음부터는 거의 일방적인 학살에 가까웠다. 이준성은 흑룡대대를 포함한 비룡여단 병사들의 지원을 받으며 도쿠가와 이에야스가 있을 것으로 추정되는 위치를 향해 돌격했다.

물론 주군을 지키기 위한 도쿠가와군의 저항 역시 만만치 않았다. 이준성은 도쿠가와군의 조총병과 궁병이 쏜 탄환과 화살로 인해 세 차례나 말을 바꿔 가며 상대와 싸워야 했다.

이준성은 앞을 막아선 도쿠가와군의 하타모토 수십 명을 베어 버린 다음, 말 배를 걷어차 앞으로 돌진했다. 이준성과 비룡여단의 맹렬한 돌진에 겁을 집어먹었는지 도쿠가와 이에야스는 급히 가신의 호위를 받으며 서쪽으로 도망쳤다.

그때, 사슴뿔 투구를 쓴 왜장 하나가 급히 말을 몰아와 그 앞을 용감히 막아섰다. 이준성은 별것 아니라는 생각에 평소처럼 언월도로 말을 탄 왜장의 옆구리를 베어 갔다. 그러나 왜장은 긴 창을 휘둘러 그의 언월도를 정확히 막아 냈다.

"오호, 이자는 제법 하는군."

피식 웃은 이준성은 막힌 언월도를 빙글 돌려 왜장의 머리에 다시 내리쳤다. 왜장은 이준성이 언월도를 회수하는 틈을 타 창으로 재빨리 빈틈을 찌르려 들었다. 그러나 이준성이 언월도를 회수해 다시 내려치는 동작이 상상을 초월할 만큼 빨라 그럴 틈이 없었다. 왜장은 황급히 수중의 창대를 두 손으로 잡아 이준성이 내려친 언월도를 막았다.

그러나 언월도는 무심하게도 창대를 반으로 가르며 떨어졌다. 단단한 목재에 기름칠과 옻칠까지 해 가며 만든 창대였지만, 이준성의 언월도에 실린 힘 앞에서는 견뎌 낼 재간이 없었다.

왜장의 눈동자가 찢어질 것처럼 커지는 순간, 언월도의 칼날이 왜장이 쓴 투구의 사슴뿔 장식을 부수며 밑으로 떨어졌다.

카앙!

그러나 언월도는 왜장의 투구를 가르는 데는 실패했다. 언월도의 날이 상해 있었던 데다, 투구에 달린 사슴뿔을 자르는 동안 힘을 많이 소진하여 투구까지 자르는 데는 실패한 것이다.

"운이 좋군."

미간을 찌푸린 이준성은 언월도를 반대로 뒤집어 밑에서 위로 올려치려 했다. 한데 그때 옆에서 말을 탄 왜장 하나가 더 달려들며 왜도로 이준성의 옆구리를 날카롭게 베어 왔다. 공격이 꽤 날카로웠지만, 이준성은 피하지 않았다. 그가 입은 갑옷이라면 왜도쯤은 충분히 막아 낼 수 있었다.

촤아악!

이준성이 올려친 언월도가 사슴뿔 투구를 쓴 왜장이 탄 군마의 머리를 반으로 가르며 솟구쳤다. 그러나 사슴뿔 투구를 쓴 왜장 역시 만만치 않아 상체를 뒤로 젖혀 급히 피했다. 사슴뿔 투구를 쓴 왜장은 비록 공격을 완벽히 피하진 못해 피를 뿜으며 말에서 떨어졌지만, 즉사는 면한 듯 보였다.

치이익!

그때, 왜도가 옆구리를 베며 지나갔다. 예상대로 왜도가 갑옷을 뚫지는 못했지만, 고통이 상당해 절로 미간이 찌푸려졌다.

"이 새끼가!"

화가 난 이준성은 왼손으로 칼을 뽑아 옆구리를 기습한 왜장의 가슴에 찔러 넣었다. 그의 옆구리에 한칼을 먹인 왜장은 더듬이처럼 생긴 긴 뿔 두 개가 달린 투구를 쓴 자였다. 한데 그 역시 실력이 만만치 않았는지, 칼에 관통당하기 직전 바닥으로 몸을 날려 즉사를 면하는 임기응변을 보여 주었다.

연달아 공격이 실패한 이준성은 말을 몰아 바닥에 쓰러져 피를 흘리는 왜장 두 명을 말발굽으로 짓이기려 들었다. 한데 그때, 도쿠가와군 조총 부대가 그를 겨누는 모습이 보였다.

"젠장! 운이 더럽게 좋은 놈들이군."

이준성은 급히 기수를 돌려 조총 부대의 집중사격을 피했다. 도쿠가와군은 그 틈에 중상을 입은 왜장 두 명을 뒤로 옮겼다. 그 모습을 본 이준성은 입맛이 썼지만 어쩔 수 없는 일이었다. 한데 그가 쓰러트린 왜장 두 명이 도쿠가와군에서 한가락 하는 인물이었는지, 깜짝 놀란 도쿠가와군이 꽁지 빠지게 도망친 탓에 전투는 거기서 싱겁게 끝나 버렸다.

도쿠가와 이에야스는 잡지 못했지만 어쨌든 소기의 성과는 거둔 셈이었다. 가장 강력한 도쿠가와군이 내뺀 마당에 우에스기군, 다테군 등이 버틸 재간이 있을 리 만무했다. 왜군이 사방으로 흩어지는 바람에 곧 막힌 길이 다시 열렸다.

이준성은 한국군을 지휘해 적이 열어 준 길을 따라 북쪽으로 올라갔다. 이젠 하루만 더 가면 상륙 지점에 이를 수 있었다.

나중에 들은 말이지만 이준성 앞을 막아선 두 왜장의 정체는 도쿠가와 이에야스 밑에 있는 명장이었다. 왜국에선 도쿠가와 사천왕으로 불리는 자들인데, 사슴뿔 투구를 쓴 왜장은 혼다 타다카츠, 더듬이처럼 생긴 뿔이 달린 투구를 쓴 왜장은 이이 나오마사였다. 혼다 타다카츠와 이이 나오마사는 도쿠가와군를 떠받드는 대들보와 마찬가지였기에, 그 두 사람이 중상을 입는 순간 더는 저항할 생각을 못한 것이었다.

물론 왜군 역시 한국군이 북상하는 것을 그냥 지켜만 본 것은 아니었다. 비록 정면 대결에선 형편없이 깨졌지만, 전투가 일어난 전장은 한국이 아니라 왜국이었다. 왜군은 보급 사정이 한국군에 비해 유리하다는 점과 현지 지형에 더 익숙하다는 점 등을 활용해 후방교란 작전, 즉 유격전을 감행했다.

처음 몇 번은 왜군이 펼친 유격전에 말려들어 제법 큰 희생을 치렀지만, 한국군 역시 유격전을 장기로 하는 부대라 바로 대응책을 내놨다. 이준성은 포병과 보급 부대를 중앙에 배치한 다음 그 주위에 흑표, 백랑 두 사단을 배치해 왜군 유격 부대가 침투해 들어올 수 있는 길을 차단했다.

또한 이준성 본인은 비룡여단을 앞세워 왜군 유격 부대를 직접 상대했는데, 쉽게 말해 유격 부대로 적의 유격 부대에 맞불을 놓는 식이었다. 이준성이 왜군 유격 부대를 상대한 방법은 크게 두 가지로 나눌 수 있었다. 하나는 왜군 유격 부대가 침투해 올 만한 길목에 미리 병력을 숨겨 놓은 다음, 왜군 유격 부대가 길목을 지나갈 때 기습하는 방법이었다.

다른 하나는 왜군이 좋아할 만한 미끼를 뿌려 둔 다음, 물고기가 미끼를 물길 기다리는 방법이었다. 그는 비룡여단 병사 몇십 명을 본대에서 떨어져 나온 수송 부대처럼 위장해 한적한 길가에 세워 두었다. 그게 미끼란 사실을 알 리 없는 왜군 유격 부대는 이게 웬 떡이냐 싶어 바로 달려들었는데, 그건 떡이 아니라 목숨을 앗아 가는 치명적인 독이었다.

왜군 유격 부대가 수송 부대로 위장한 비룡여단 병사들을 들이치는 순간, 마치 인계철선이 터진 것처럼 숨어 있던 다른 병사들이 튀어 나가 왜군 유격 부대를 순식간에 섬멸시켰다.

유격전이란 회심의 카드마저 빗나간 간토, 도호쿠 병력은 결국 한국군이 북상하는 모습을 그저 멍하니 바라볼 수밖에 없었다.

행군을 서두른 이준성은 긴키 북쪽 해안에 다다른 순간, 마음이 약간 놓이는 것을 느꼈다. 바다 위에 그들이 왜국에 올 때 사용한 수송 함대 선박과 그런 수송 함대를 지키기 위해 따라온 해군 전함이 떠날 때와 같은 모습으로 정박해 있었다.

그러나 해안에 거의 도착했을 때는 멀리서 바라본 상황과 실제 상황이 약간 다르단 사실을 금방 눈치 챌 수 있었다. 해안 북서쪽에서 총성과 비명이 계속 들려왔기 때문이었다.

이준성은 권웅수를 돌아보며 명령했다.

"무슨 일인지 빨리 알아보시오!"

"예, 전하!"

대답한 권웅수는 소리가 들리는 쪽에 정찰 부대를 급파했다.

잠시 후, 정찰 부대 부대장이 돌아와 결과를 보고했다.

"홍염연대가 적과 교전 중이었사옵니다."

"적의 숫자는?"

"홍염연대 송대립 장군의 말에 의하면, 1만 3천 명이라 하옵니다."

"꽤 많군. 규슈에 있던 부대인가?"

부대장은 즉시 고개를 저었다.

"그건 아닌 것 같았사옵니다. 시간이 부족해 자세히 보진 못했지만, 주코쿠와 시코쿠, 긴키 방면 병력으로 보였사옵니다."

이준성은 고개를 살짝 끄덕였다.

"그럼 급하게 동원한 병력인 모양이군."

주코쿠와 시코쿠는 임진왜란과 정유재란 두 번에 걸쳐 대규모 병력을 파병하는 바람에 남은 병력이 얼마 없었다. 또한 정유재란의 주력을 형성하는 바람에 병력이 많지 않은 것은 긴키 역시 매한가지였다. 거기다 이준성의 양동 작전에 당하는 바람에 남은 병력이 전부 규슈에 가 있는 상황이라, 홍염연대와 싸우는 병력은 급히 끌어모은 병력일 가능성이 높았다.

이준성은 서둘러 홍염연대가 전투를 벌이는 지역으로 이동했다. 예상대로 홍염연대는 고작 3,000명의 병력으로 1만 3천 명이 넘는 왜군을 여유롭게 상대하는 중이었다. 홍염연대가 강해서라기보단 왜군의 훈련 수준이 형편없는 탓이었다.

"평생 칼 한 번 잡아 보지 못한 사람까지 다 데려온 모양이군."

상륙 지점을 틀어막겠다는 왜군의 전략은 나쁘지 않았지만, 그 전략을 수행하는 병사의 질이 떨어지는 탓에 1만이 넘는 병력을 가지고도 3,000명으로 이뤄진 홍염연대에 쩔쩔매는 중이었다.

이준성은 즉시 흑표, 백랑 두 사단에 전령을 보내 홍염연대를 지원하란 명령을 내렸다. 홍염연대만으로도 벅찼던 왜군은 사방에서 물밀듯이 쏟아져 들어오는 흑표, 백랑 두 사단을 발견하곤 기겁해 급히 5킬로미터 뒤로 후퇴했다.

인드라망을 이용해 대패한 왜군이 퇴각하는 모습을 지켜본 이준성은 즉시 지휘관을 한자리에 불러모아 명령을 내렸다.

"흑표, 백랑 두 사단은 지금부터 수레와 포차에 실어 놓은 황금을 수송 함대로 옮기는 데 주력하시오. 그리고 비룡여단, 천궁포병여단, 홍염연대 세 부대는 상륙 지점 주위에 반월형 형태의 단단한 진지를 구축해 왜군의 공세에 대비하시오."

"예, 전하!"

잠시 후, 명회가 지휘하는 흑표사단과 유웅수가 지휘하는 백랑사단 병사들은 수레와 포차에 실어 놓은 엄청난 양의 황금을 수송 함대로 옮겨 싣는 작업을 개시했다. 이준성이 왜국 원정을 계획하며 내세운 명분은 당연히 임진왜란과 정유재란을 일으킨 도요토미 히데요시를 처벌하는 것이었다. 그러나 실제론 도요토미 히데요시가 오사카성에 모아 둔 엄청난 양의 황금을 강탈하는 것이 목적이었다. 사실, 그 황금이 없었다면 애초에 왜국에 쳐들어가지도 않았을 것이다.

뭍에선 흑표, 백랑 두 사단이, 물에서는 해군 병사들이 오사카성에서 가져온 황금을 함대에 싣느라 바쁘게 움직였다. 다행히 다음 날 정오 무렵에 황금을 옮겨 싣는 일을 마무리 지을 수 있었다. 그러나 바로 출항하진 못했다. 어젯밤부터 내리기 시작한 빗방울이 갈수록 점점 굵어진 탓이었다.

이준성은 출항할 수 있는지를 알아볼 목적으로 바다가 내려다보이는 언덕으로 향했다. 한데 바다에서 불어오는 바람이 어찌나 거센지 기름을 먹인 우비가 찢어질 것처럼 펄럭였다.

"흐음……."

한숨을 내쉰 이준성은 바다를 확인했다. 바다 역시 상태가 좋지 못하긴 마찬가지였다. 5, 6미터 높이의 큰 파도가 하얀 물거품을 뿌리며 쉼 없이 해안으로 밀려들었다. 그리고 돛과 닻을 내린 상태로 부두에 정박해 있는 배 수백 척은 그런 파도에 쓸려 가지 않기 위해 갖은 애를 쓰는 중이었다.

미간을 잔뜩 찌푸린 이준성은 하늘을 올려다보았다. 시간상으로는 햇볕이 가장 쨍쨍한 오후 2시였지만, 먹구름 때문에 저녁처럼 어두웠다. 이런 추세라면 당분간 출항은 힘들 듯했다.

그때, 우비를 쓴 충무함대장 권준이 바람에 쓸려 가지 않기 위해 상체를 한껏 낮춘 자세로 그가 있는 언덕으로 올라왔다.

이준성을 발견한 권준이 급히 군례를 취했다.

"소장을 급히 찾으셨단 말을 듣고 급히 왔사옵니다."

"여기까지 오느라 고생이 많았소. 권 제독을 급히 찾은 이유는 다름이 아니라, 함대의 현재 상황을 알아보기 위해서요."

권준은 고개를 돌려 해안을 부술 듯 몰아치는 파도를 보았다.

"돛과 닻을 내린 후에 무거운 짐을 밑으로 옮겨 배가 전복되지 않게 최선을 다해 보는 중이오나, 이런 날씨가 이어지면 출항은커녕 함대의 생존조차 장담할 수 없을 것이옵니다."

이준성은 잠시 생각을 정리한 후에 한숨을 내쉬며 명령했다.

"다른 문젠 신경 쓰지 말고 권 제독은 함대 안전에만 집중하도록 하시오. 육지의 일은 내가 알아서 해결하겠단 뜻이오."

"알겠사옵니다."

이준성은 돌아가려는 권준을 붙잡아 다시 물었다.

"이건 혹시나 해서 물어보는 건데, 권 제독 휘하에 있는 병사 중에 며칠 후의 날씨를 알아맞히는 데 도사인 자들이 있소?"

권준은 엷은 미소를 지었다.

"전하께선 점이나 미신 같은 것을 싫어하시는 줄 알았사옵니다."

이준성은 피식 웃으며 대꾸했다.

"날씨가 이렇다 보니 어쩔 도리가 없군. 지금은 용한 점쟁이가 있다면 찾아가 바짓가랑이라도 붙잡고 싶은 심정이니까."

"전하께서 말씀하신 대로 해군에 오래 근무한 병사 중에는 며칠 후 날씨를 기가 막히게 알아맞히는 재주를 가진 자가 더러 있사옵니다. 그러나 송구하옵게도 이번 폭풍이 정확히 언제

그칠지를 예측한 병사는 아직 만나 보지 못했사옵니다."

"폭풍이 언제 그칠지 누군가에게 물어보기는 한 모양이구려?"

권준은 즉시 머리를 조아렸다.

"소장 또한 누군가의 바짓가랑이를 잡아 보고 싶었나 보옵니다."

"하하, 알겠소. 가서 일 보시오."

"예, 전하."

권준이 충무함대로 돌아간 후, 이준성은 항구 근처에 설치해 둔 육군 지휘소를 찾았다. 육군 지휘소 안에선 권응수, 명회, 유응수, 하구로, 이정암 등 주요 지휘관들이 모여 이동용 화로에 피워 둔 모닥불로 젖은 옷과 갑옷을 말리는 중이었다.

"오셨사옵니까?"

이준성을 발견한 장수들이 급히 일어서며 머리를 조아렸다. 이준성은 그럴 필요 없다는 듯 손을 저으며 우비를 벗었다.

"다음부턴 일일이 일어날 필요 없소."

"황송하옵니다."

이준성은 자리에 앉기 무섭게 권응수 쪽을 바라보았다.

"병사들의 상태는 좀 어떻소?"

권응수가 고개를 숙였다.

"송구하옵게도 비 때문에 썩 좋은 상태는 아니옵니다."

"그렇겠지."

고개를 끄덕인 이준성은 장수들을 둘러보며 조용히 명령했다.

"계절이 바뀌는 환절기에 비바람까지 몰아치는 상황이니 감기와 같은 질병에 걸리는 병사들이 많이 생겨날 거요. 각부대 지휘관들은 최소 인원만으로 경계조를 짠 상태에서 병사들이 병에 걸리지 않도록 충분한 휴식을 부여하도록 하시오. 또 막사마다 화로를 만들어 젖은 몸을 바로바로 말릴 수있도록 해 주시오. 당분간 등화관제는 할 필요 없소."

"알겠사옵니다."

장수들이 돌아간 후, 이준성은 보급 부대 장교를 불러 물었다.

"가져온 군량을 이용해 따뜻한 음식을 만들 수 있겠나?"

"바로 취사병에게 말해 만들어 올리겠사옵니다."

"아니, 나 말고 병사들 말일세. 지금과 같은 날씨엔 잘 먹는게 중요하네. 남은 군량으로 따뜻한 고기죽 같은 것을 만들어서 병사들에게 끼니때마다 꼬박꼬박 나눠 주도록 하게."

"바로 조치하겠사옵니다."

대답한 장교는 바로 군량을 이용해 고기죽을 만들었다. 한국군은 바다를 건너올 때 군량을 여러 종류 챙겨 왔는데, 그중 하나가 바로 육포처럼 훈제해 만든 소고기였다. 또 채소와 쌀 역시 바짝 건조해서 건량처럼 만들어 가져왔기 때문에 고기와 쌀, 채소를 섞어 끓이면 고기죽을 만들 수 있었다.

한국군이 항구에 틀어박혀 비바람이 멎길 기다리던 나흘 동안, 규슈에 있던 왜군이 마침내 도착해 그들을 포위해 왔다. 그리고 이튿날과 그다음 날엔 눈치를 보던 다른 병력까지 합류해 총 10만 명이 넘는 대군이 포위에 참여했다.

독재자

10장. 진흙탕에서

10장. 진흙탕에서

이준성은 손을 뻗어 막사 처마 밑으로 떨어지는 빗줄기를 살펴봤다. 빗줄기가 이전보다는 가늘어져 비보다는 굵은 이슬비에 더 가까웠다.

강풍은 멎은 지 오래였다. 그리고 짙게 껴 있던 먹구름 역시 하늘 저편으로 사라진 덕에 오랜만에 해를 구경할 수 있었다.

다만, 파도는 아직 거칠어 출항하기에 적절한 날씨가 아니었다. 권준의 말에 따르면 하루 정돈 더 있어야 하는 모양이었다.

이준성이 비록 날씨 전문가는 아니지만, 장마가 아닌 이상

비가 거의 일주일 넘게 쏟아진다는 말은 들어 본 적이 없었다. 다른 사람들 역시 그렇다 하니 흔한 경우는 결코 아니었다.

이준성은 해가 내리쬐는 하늘을 보며 쓴웃음을 지었다.

"역시 그냥은 보내 줄 수 없단 건가?"

고개를 살짝 저은 이준성은 권웅수를 불러 명령을 내렸다.

"전 부대 장병에게 갑옷을 최대한 가볍게 걸치라 명령하시오. 투구는 써야 하지만, 그 외엔 각자 자율에 맡길 생각이오."

권웅수가 예상치 못했단 표정을 지었다. 이준성은 전에 부하들에게 항상 갑옷을 착용하란 엄명을 내린 적이 있었다. 그래야 그 무게에 익숙해져 실전에서 갑옷을 귀찮게 여기지 않을 거란 생각에 내린 명령이었다. 편한 것을 찾는 게 사람의 본능인지라, 갑옷을 귀찮게 여기기 시작하면 갑옷 착용에 소홀해질 우려가 있었다. 그리고 그 소홀함은 실전에서 생사를 결정지었다. 한데 그 명령을 갑자기 철회한 것이다.

이준성의 의중을 모른 권웅수가 조심스러운 목소리로 물었다.

"이유가 있사옵니까? 갑옷을 가볍게 입어야 하는."

이준성은 그를 힐끔 보며 되물었다.

"내가 준 세계사 책 안 읽어 봤소?"

예상하지 못한 질문인 듯 권응수가 약간 움찔하며 대답했다.

"소, 송구하옵니다. 읽긴 했사오나 자세한 내용까지는……."

이준성은 아침 안개가 덮인 산으로 시선을 돌리며 설명했다.

"1,356년에 영국군을 이끌던 흑태자 에드워드란 장군과 프랑스군을 이끌던 장 2세란 왕이 지금처럼 폭우가 쏟아진 후에 푸아티에란 지역에서 전투를 벌인 적이 있소. 장 2세가 지휘하던 프랑스군이 에드워드가 지휘하던 영국군을 선공하는 식의 전투였지. 한데 당시 장 2세가 이끌던 프랑스군은 우리처럼 무거운 갑옷을 걸친 기사단이 전력의 핵심을 이루었소. 그러나 장 2세는 거기서 그만 한 가지 치명적인 실수를 저질렀소. 기사들에게 말에서 내려 전장까지 걸어가라는 어이없는 명령을 내린 거요. 앞서 벌어진 크레시 전투에서 말에서 내려 싸우는 영국 기사단에게 큰 피해를 보았기 때문에 내린 명령이었지. 어쨌든 그 바람에 프랑스 기사들은 그렇지 않아도 무거워 죽겠는 갑옷을 걸친 상태로 오르막길을 올라가야 하는 이중고를 겪었는데, 비단 문제는 그것만이 아니었소. 땅이 진흙탕으로 변한 탓에 걸음을 옮길 때마다 기사들이 입은 갑옷에 진흙이 덕지덕지 달라붙었던 거요. 당연히 갑옷은 전보다 무거워질 수밖에 없었지. 권 장군 생각에는 그다음에 무슨 일이 벌어졌을 것 같소?"

"소장의 소견으론 그 프랑스란 나라의 기사들이 탈진한 탓에 제대로 싸워 볼 기회조차 잡아 보지 못했을 것 같사옵니다."

"바로 그렇소. 지금 역시 그때처럼 비가 일주일 연속으로 내리는 바람에 땅이 진흙탕인 상태요. 그런 상황에서 갑옷은 목숨을 지켜 주는 장비가 아니라 목숨을 앗아 가는 독에 가깝소."

권응수는 즉시 머리를 조아렸다.

"바로 조치하겠사옵니다."

그때였다.

이준성이 좋은 생각이 떠오른 사람처럼 자기 이마를 탁 쳤다.

"아, 한 가지 더 말해 둘 게 있소. 권 장군처럼 바쁘단 핑계로 내가 준 교과서를 제대로 공부하지 않는 장병이 군에 많은 모양인데, 그런 장병에게 경각심을 주는 차원에서 돌아가는 대로 교과서 내용을 중심으로 시험을 치를 생각이오. 만약 그 시험에서 성적이 제대로 나오지 않는 장병은 앞으로 각오하는 게 좋을 거요. 권 장군은 이번 전투가 끝나는 즉시 내가 방금 한 말을 전 장병에게 통보하시오. 한국으로 돌아가는 동안 공부할 수 있는 시간은 많이 있을 테니까."

움찔한 권응수가 다시 머리를 깊숙이 조아렸다.

"아, 알겠사옵니다."

어쨌든 이준성의 명령에 따라 한국군은 투구를 제외한 갑옷 착용을 각자 자율에 맡겼다. 물론 장병 대부분은 투구를 제외한 갑옷을 벗어 몸을 좀 더 가볍게 하는 선택을 하였다.

이준성은 이른 아침을 먹은 후에 밖을 향해 물었다.

"어이, 거기 누구 없나?"

곧 정충신이 달려와 부복했다.

"찾으셨사옵니까?"

"너는 가서 한명련, 정기룡, 김덕령, 슈메 이 네 명을 데려와라."

"알겠사옵니다."

잠시 후, 정충신은 시킨 대로 한명련 등을 데려왔다.

이준성은 그들에게 앞에 있는 의자를 가리켰다.

"모두 거기 있는 의자에 앉아라."

한명련은 즉시 고개를 저었다.

"전하께서 아직 서 계신데 소장들이 어찌 앉을 수 있겠사옵니까?"

이준성은 눈에 약간 힘을 주며 손으로 의자를 가리켰다.

"앉으라면 앉아. 어명이야."

"화, 황공하옵니다."

한명련이 의자에 먼저 앉은 후에야 긴장한 표정으로 서 있던 정기룡, 슈메, 김덕령, 정충신 네 명이 그 옆 의자에 앉았다.

이준성은 그들 앞에 칠판을 끌어다 놓은 다음, 분필을 집었다.

"잘 봐라. 지금부터 나는 우리와 적이 가진 강점과 약점을 적을 거다. 물론 전쟁은 살아 있는 생물과 같아 도중에 무슨 일이 생길지 예측할 수 없다만, 시작하기에 앞서 우리와 적이 가진 강점과 약점을 알 수 있다면 조금은 편해질 거다."

다섯 명은 거의 동시에 머리를 조아렸다.

"예, 전하!"

이준성은 돌아서서 칠판에 강점과 약점을 적어 나갔다.

"우선 적이 가진 약점부터 설명하겠다. 적은 우리가 펼친 양동작전에 속아 본토에서 규슈까지, 그리고 다시 규슈에서 이곳 긴키 해안까지 쉼 없이 행군해 지칠 대로 지친 상태다. 또 적 대부분은 실전 경험이 거의 없는 오합지졸이다. 이 두 가지가 적이 가진 대표적인 약점이라 할 수 있다. 이와 똑같이 적이 가진 강점 역시 두 가지인데, 하나는 적의 숫자가 우리의 두 배란 점이다. 그리고 다른 하나는 적에게는 기후와 상관없이 쏠 수 있는 장궁, 즉 화궁이 있다는 점이다."

거기까지 말한 이준성이 한명련 등을 돌아보며 물었다.

"여기까진 다 이해했겠지?"

"예, 전하."

"그렇다면 지금부턴 우리가 가진 강점과 약점을 설명하겠다."

이준성은 돌아서서 칠판에 다시 글을 적어 나갔다.

"우리가 가진 약점은 크게 두 가지로 볼 수 있다. 하나는 적보다 병력이 적다는 점이다. 그리고 다른 하나는 지겹게 내리는 비 때문에 한국군이 가진 최대 강점인 화약 무기와 각궁을 쓸 수 없다는 점이지. 반대로 우리가 가진 장점은 적보다 체력과 훈련 상태에서 앞선다는 점을 들 수 있을 것이다."

설명을 마친 이준성은 정기룡을 콕 집어 물었다.

"객관적인 전력만 봤을 때, 자넨 둘 중 누가 이길 것 같은가?"

정기룡은 담담한 표정과 목소리로 대답했다.

"잘 모르겠사옵니다."

이준성은 피식 웃었다.

"보통은 우리가 이긴다고 대답할 텐데, 생각보다 솔직한 녀석이군. 맞다. 지금은 네 말대로 둘 중 누가 이길지 알 수 없는 상황이다. 그러나 나는 조금 전에 우리가 가진 강점 중 하나를 말하지 않았다. 이 중에 그게 뭔지 아는 사람 있나?"

그때, 김덕령이 손을 번쩍 들었다.

"소인이 아옵니다."

"뭔가?"

"우리에겐 백전불패의 신화를 가지고 계신 주상전하가 계시옵니다. 그런 분이 함께하는데 패할 턱이 없지 않겠사옵니까?"

이준성은 껄껄 웃었다.

"하하, 일리가 아예 없진 않군. 하지만 내가 원한 정답은 아니야."

한명련 등은 전혀 모르겠다는 표정으로 이준성을 바라보았다.

그때, 이준성이 손가락으로 한 사람씩 지목하며 말했다.

"그 강점은 다름 아닌 너희들이다. 뭐 소문을 들어 알겠지만, 한명련, 정기룡, 슈메, 김덕령, 정충신 너희 다섯 명은 앞으로 우리 한국군을 이끌어 갈 재목으로 내가 점찍어 놓은 인재다. 그러나 살다 보니 예상이 언제나 맞는 건 아니더군. 즉, 재목인 줄 알았는데 막상 키워 보니 쭉정이일 수 있다는 거지. 하지만 지금처럼 승부를 예측하기 힘든 상황에서 너희들의 활약으로 대승을 거둘 수가 있다면, 너희들을 훌륭한 재목감이라 점찍은 내 직감이 틀리지 않았단 증거가 될 거다. 너희들은 내 기대를 배신하지 않을 자신이 있나?"

한명련 등은 벌떡 일어나 군례를 취했다.

"자신 있사옵니다!"

"자신감 하나는 마음에 드는군. 그럼 그 자신감이 실제 결과로 이어질 수 있도록 오늘 전투에서 최선을 다하길 바란다."

"예, 전하!"

대답한 한명련 등은 각자 맡은 위치로 달려갔다.

이준성은 그 모습을 바라보며 고개를 살짝 끄덕였다.

오늘의 승부는 한명련과 같은 젊은 친구의 손에 달려 있었다. 지금처럼 비가 그치지 않아 화약 무기와 각궁을 쓰지 못하는 상황에선 적의 숨결이 얼굴에 닿을 만큼 가까운 위치에서 전투가 벌어지는 백병전이 벌어질 공산이 높았다.

그렇다면 나이 든 병사보다 체력과 근력, 그리고 가장 중요한 패기에서 앞서는 젊은 병사의 분발이 필요했다. 이준성은 정말로 위험한 순간이 도래했을 때, 그가 조금 전에 한명련 등을 불러모아 한 얘기가 효과를 발휘할 거라 기대했다.

빗발이 점점 약해지던 그날 이른 오전, 아침밥을 지어 먹은 양측은 최후의 승부를 가리기 위한 혈전에 바로 돌입했다.

참호에 도착한 이준성은 칼과 왜도를 뽑아 양손에 단단히 움켜쥐었다. 오늘처럼 체력이 승패를 가를 확률이 높은 날엔 언월도보단 짧고 강하게 칠 수 있는 칼이 옳은 선택이었다.

준비를 마친 이준성은 병사들의 사기를 살펴보았다. 각궁과 뇌우 1호를 쓰지 못한다는 말을 들은 것인지 병사들의 얼굴엔 걱정이 한가득했다. 퍼커션 캡 머스킷인 뇌우 1호는 화승총과 비교해 주변 환경의 영향을 덜 받기는 하지만, 아예 영향을 받지 않는 것도 아니었다. 즉, 날씨가 아주 습하거나 아니면 비가 많이 와서 뇌관이 젖어 버릴 경우, 불발이 나기는 마찬가지였다.

그러나 사실 한국군이 봉착한 더 큰 문제는 각궁이었다.

합성궁인 각궁은 제작할 때 아교와 같은 접착제를 사용하는데, 습한 날씨에는 그 아교가 녹아 버려 고장이 날 확률이 높았다. 태조 이성계가 위화도 회군을 결정할 때 변명거리 중하나로 사용할 정도였으니, 쉬이 무시할 수 있는 것이 아니었다.

결국 한국군 측면에서 보면, 전투를 시작하기에 앞서 차와 포를 다 뗀 상태로 백병전에 능한 왜군을 상대해야 한단 의미였다.

"돌아가면 이놈의 쓸모없는 무기부터 손봐야겠군. 날씨에 무적인 놈으로 말이야. 물론 살아 돌아갔을 때의 얘기겠지만."

이준성은 한숨을 내쉬며 다시 전방으로 시선을 돌렸다.

둥둥둥!

그때, 진격을 의미하는 북소리가 왜군 진영 쪽에서 들려왔다.

잠시 후, 빗방울이 만든 안개 속에서 특이한 발소리가 들렸다. 처음엔 신발을 질질 끌며 걸어가는 소리처럼 들렸는데, 나중엔 얕은 늪을 헤치며 걸어가는 것 같은 소리로 변했다.

"후후, 악당 등장이군. 아니, 주인공인가?"

이준성이 쓸쓸한 미소를 짓는 순간, 조금 전까지 시끄럽게 들려오던 발걸음 소리가 갑자기 사라졌다. 마치 고성능 진공

청소기로 주변에 존재하는 모든 소리를 빨아들인 것 같았다.

이준성은 즉시 주변을 향해 소리쳤다.

"놈들이 화살을 쏠 거다! 모두 방패를 들어라!"

그 말에 병사들은 급히 미리 준비한 방패를 들었다.

그 순간, 마치 기다렸다는 듯 윙 하는 소음과 함께 수백 발
이 넘는 화살이 안개 속에서 미사일처럼 솟구쳐 올라왔다. 이
준성은 화살을 끝까지 지켜보다가 급히 방패를 올려 막았다.

파파파파팟!

화살이 방패에 박히며 몸 전체가 크게 요동쳤다.

◆ ◆ ◆

안개 속에 숨은 왜군은 다섯 차례에 걸쳐 화살을 발사했
다. 세어 보진 않았지만 거의 3,000발이 넘는 화살을 발사한
듯했다.

한국군이 쓰는 각궁은 합성궁이기 때문에 지금처럼 비가
많이 온 다음에는 사용하는 데 어려움이 많았다. 억지로 사용
했다간 접착제인 아교가 녹아 버려 중요한 순간에 고장 날 위
험이 다분했다. 그러나 왜군 궁병이 주력으로 쓰는 화궁은 복
합궁인 덕에 기후 변화에 크게 영향을 받지 않아 언제든 발사
할 수 있었다.

이 점을 간파한 이준성은 병사들에게 방패를 보급했다.

그러나 방패가 화살을 전부 막아 주지는 못했다. 물론 없는 것보다야 낫지만 비처럼 쏟아지는 화살 비를 모두 피한다는 것은 불가능했다.

이준성은 화살 비가 멈춘 틈을 타 고함을 질렀다.

"예비 부대는 전사자와 부상자를 뒤로 후송해라!"

"예, 전하!"

예비 부대 병사들은 흙바닥에 피를 흘리며 누워 있는 전사자와 부상자를 들것에 실어 좀 더 안전한 항구 근처로 옮겼다. 일단 항구 근처에 옮겨 놓으면, 대기하던 해군 병사들이 의원이 있는 병원선으로 후송해 바로 치료를 시작할 것이다.

이번 원정 동안에 적지 않은 사상자가 발생한 한국군이었지만, 지금까지 왜국 땅에 버려둔 사상자는 없었다. 만약 전장이 한국이었다면, 전투 후에 수습할 기회가 충분히 있었다. 그러나 왜국에선 바로바로 수습하지 않으면 영원히 수습할 수 없었다. 분노한 왜군이 한국군 시신을 가만히 내버려둘 리 없었기 때문이다.

전장을 덮은 비안개가 아침 햇살을 받아 점차 희미해져 갈 무렵이었다. 멀리서 화궁으로 화살만 쏘아 대던 왜군이 마침내 보병 부대를 진격시켜 한국군이 있는 참호를 공격해 왔다.

이준성은 인드라망의 배율을 높여 전방을 주시했다.

"흠, 지금까진 예상대로 흘러가는군."

왜군은 무거운 갑옷을 착용한 상태에서 200미터가 넘는 경사로를 힘겹게 기어오르는 중이었다. 처음 출발할 땐 괜찮아 보였지만, 경사로를 100미터쯤 기어올랐을 무렵에는 진흙이 군화에 덕지덕지 달라붙어 진군 속도를 느리게 만들었다.

심지어 중간에 미끄러지는 병사마저 속출해 150미터를 전진했을 땐 진흙탕을 뒹굴지 않은 병사를 찾아보기 힘들 정도였다. 그러나 진짜 문제는 진흙탕을 뒹군 후에 발생했다. 갑옷 위에 덕지덕지 달라붙은 진흙 때문에 갑옷이 물을 먹은 솜처럼 무거워져 병사의 체력을 순식간에 빼앗아 갔다.

그러나 왜군은 단순히 땅이 진흙탕이란 이유 하나로 고작 200미터를 가는 도중에 숨을 헉헉댈 만큼 지친 게 아니었다.

왜군 주력은 규슈에서 방금 넘어온 병력이었다. 즉, 한국군이 펼친 양동작전에 속아 규슈에 한 차례 집결했다가 급히 긴키 북부로 이동해 온 자들이었다. 그들은 거의 근 보름을 쉼 없이 움직인 탓에 체력이 바닥까지 떨어져 있었다. 그런 상황에서 발이 푹푹 빠질 만큼 진흙탕인 경사로를 200미터 가까이 기어올랐으니 숨이 턱 끝까지 차오를 수밖에 없었다.

"지금이다! 쳐라!"

고함친 이준성은 참호를 나와 숨을 헐떡거리는 왜군 목에 칼을 찔러 넣었다. 전력을 다한 공격이었으므로 목을 관통한 칼날이 뒤통수로 쑥 빠져나갔다. 왜군이 죽어 가며 흘린 피가 수증기처럼 차가운 이슬비 속으로 흩어졌다.

그때, 왜군 하나가 창으로 이준성의 등허리를 찔러 왔다. 갑옷을 걸친 상태라면 무시했을 공격이지만, 지금은 그럴 수 없었다. 재빨리 돌아선 다음, 왼손의 칼을 밑으로 찍어 막았다.

칼이 왜군이 찌른 창을 자르며 떨어졌다. 이준성은 그 틈에 오른손에 쥔 칼을 옆으로 휘둘렀다. 칼이 왜군의 수급을 자르며 지나갔다. 그 순간, 이번에는 왜군 두 명이 동시에 덮쳐 왔다. 그는 양손에 쥔 칼을 동시에 휘둘러 왜군이 찌른 창을 밀어냈다. 그런 다음, 양손에 쥔 칼을 앞으로 찔러 넣어 왜군 두 명의 목과 가슴 부위에 커다란 구멍을 뚫었다.

네 명을 해치운 이준성이 다섯 번째 적에게 덤벼들 때였다.

"와아!"

흑룡대대 병사들이 함성을 힘껏 지르며 참호를 뛰쳐나와 경사로를 기어오르느라 탈진한 왜군을 차례차례 베어 넘겼다.

흑룡대대 병사 한 명이 적을 때는 두셋, 많을 때는 네다섯 명의 적을 상대했다. 그러나 왜군 네다섯 명은 흑룡대대 병사 한 명을 제대로 감당하지 못했다. 실전을 치름에 있어 가장 중요한 요소라 할 수 있는 경험과 훈련 상태 모두 흑룡대대가 왜군보다 월등히 앞서 있기 때문이었다. 더구나 왜군은 경사로를 기어오르느라 상당히 지쳐 있기까지 했다.

흑룡대대 병사들은 마치 초등학생과 싸우는 어른처럼 왜
군을 베어 넘겼는데, 그렇게 30분쯤 전투를 치렀을 땐 바닥에
널브러진 왜군 시신이 너무 많은 탓에 발 디딜 데가 없었다.

원래 이쯤 했으면 퇴각하는 게 정상이었다. 그러나 왜군은
퇴각을 주저했다. 한국군과 싸울 수 있는 시간이 그리 많지
않단 사실을 수뇌부가 알았기 때문이었다. 한국군은 바다가
잔잔해지는 대로 한국으로 돌아갈 게 분명한지라, 이번 전투
에서 패하면 그동안 입은 치욕을 만회할 기회가 없었다.

흑룡대대 병사들이 끊임없이 몰려드는 왜군 때문에 거친
숨소리를 토해 낼 때였다. 왜군 진영에서 북소리가 흘러나왔
는데 퇴각하라는 명령인지 왜군이 갑자기 돌아서기 시작했
다.

사실, 이번 후퇴는 한국군을 경사로 밑으로 유인해 해치우
려는 유인 작전에 더 가까웠지만, 애초에 방어만 하기로 마음
먹은 한국군은 그런 유인 작전에 말려들 이유가 전혀 없었다.

이준성은 즉시 부하들에게 명령했다.

"모두 앉아서 각자 편한 대로 휴식을 취하도록 해라!"

"예, 전하!"

병사들이 휴식하는 동안, 이준성은 유진을 불러 물었다.

"유진, 내 바이탈 사인 좀 체크해 줘."

-호흡과 맥박이 약간 높긴 하지만 아직은 정상범위 안입니
다.

"체력은 어때?"

-70퍼센트가량 남았습니다.

이준성은 미간을 살짝 찌푸렸다.

"생각보다 많이 소비했군."

-이젠 나이가 있으니까요.

이준성은 씁쓸한 표정으로 중얼거렸다.

"하긴 나도 이제 한창 젊을 때는 아니지."

유진을 돌려보낸 이준성은 하늘을 잠시 올려다보았다. 비는 거의 그친 상태였으며 하늘색 역시 여느 가을날처럼 청명했다. 그는 고개를 돌려 바다를 살펴보았다. 파도가 일긴 하지만 1, 2미터 정도로 전처럼 무지막지한 수준은 아니었다.

"반나절 정도만 버티면 출항할 수 있겠군."

그때 왜군이 두 번째 공격을 해 왔는데, 조금 전에 끝난 첫 번째 공격처럼 엄청난 양의 화살을 한국군에게 다시 퍼부었다.

푹!

이준성은 방패를 관통한 화살 하나가 오른쪽 눈 바로 위에서 멈추는 모습을 보며 가슴을 쓸어내렸다. 만약 화살이 1센티미터가량 더 들어왔다면, 인드라망이 찢어졌을지도 모를 일이었다.

수천 발의 화살을 퍼부은 왜군은 곧 풀숲을 지나는 뱀처럼 조용히 진격해 왔다. 이준성은 인드라망을 이용해 소리가 줄어든 이유를 금방 알아냈다. 왜군은 한국군처럼 투구를 제외한 모든 갑옷을 벗어 버린 상태였다. 이런 날씨에서는 갑옷이 행동을 방해한단 사실을 왜군 수뇌부가 깨달은 듯했다. 심지어 어떤 왜군은 군화마저 벗어 맨발인 상태였다.

"군화는 절대 벗는 게 아니란 사실을 가르쳐 줘야겠군."

중얼거린 이준성은 권응수에게 즉시 명령을 전달했다.

잠시 후, 참호를 지키던 한국군은 미리 준비해 둔 마름쇠를 참호 앞에 뿌렸다. 마름쇠는 날카로운 쇳조각을 이어 붙인 형태로, 적의 진입을 막는 데 사용하는 부비트랩 중 하나였다. 마름쇠는 특히 지금처럼 땅이 무른 환경에서 위력을 발휘했다. 흙 속에 박히면 겉으로 티가 잘 나지 않는 덕이었다.

마름쇠를 몰래 심어 둔 효과는 금방 나타났다. 전선 앞에 당도한 왜군이 비명을 지르며 나자빠졌는데, 대부분 군화를 신지 않은 왜군이었다. 물론 왜군 역시 그다음부턴 땅에 박힌 마름쇠를 제거하며 전진했기 때문에 효과는 크지 않았다.

이준성은 첫 번째 전투처럼 가장 먼저 적진에 뛰어들었다. 그 모습을 본 한국군은 용기백배해 적을 덮쳐 갔다. 이준성은 그냥 상관이 아니었다. 한국에선 권력의 정점에 서 있는 국왕이었다. 한데 그런 이준성이 적진에 가장 먼저 뛰어들었으니 사기가 오르지 않는 게 오히려 이상할 수 있었다.

두 번째 전투는 첫 번째 전투보다 훨씬 더 치열했다. 왜군 역시 비가 그친 사실을 알았기 때문에 더 악착같이 덤벼들었다.

파도가 잔잔해지면 한국군은 자기 나라로 내뺄 게 분명했고, 그러면 치욕을 갚아 줄 기회가 영영 사라져 버릴지도 모를 일이었으니까 말이다.

"크억!"

그때, 흑룡대대 병사 하나가 비명을 지르며 나자빠졌다. 이준성이 급히 도와주기 위해 달려갔지만, 그가 도착했을 땐 이미 왜군 두 명이 병사의 가슴에 창을 깊이 찔러 넣은 뒤였다.

"이 개새끼들이!"

이준성은 욕을 하며 칼을 휘둘러 왜군 두 명을 단숨에 베어 넘겼다. 그러나 이준성 역시 한 명의 인간일 뿐이었다. 그가 몸을 열 개로 나누어 모든 전선을 다 챙길 수는 없었다.

왜군은 가장 공격하기 편한 방향에 있는 흑룡대대를 향해 끊임없이 밀려들었다. 마치 이번 전투에 모든 병력을 갈아 넣겠다는 듯 눈덩이처럼 불어난 피해 따윈 신경조차 쓰지 않았다.

더욱이 한국군의 유일한 강점이라 할 수 있는 진흙탕이 이젠 별로 도움을 주지 못하는 상황이었다. 왜군이 비좁은 공간 안에 수천 명이 넘는 병력을 투입하는 바람에 진흙탕이 점점 다져져 단단한 땅처럼 변한 지 오래였다. 이제 왜군은 경사로를 기어오를 때 전처럼 큰 힘을 들일 필요가 없었다.

이준성은 전선을 사수하기 위해 전력을 다해 싸웠다.

벌써 무기를 세 번이나 바꿔 가며 싸울 정도였다. 그러나 전선으로 몰려드는 왜군 행렬은 끝이 날 기미가 전혀 보이지 않았다.

그때, 유진의 경고가 경광등처럼 머릿속을 울렸다.

-사용자의 체력이 20퍼센트로 떨어졌습니다. 여기서 더 떨어지면 주의가 산만해져 크게 다칠 위험이 있습니다. 잠시 후퇴하여 체력을 회복하는 것을 강력히 권고하는 바입니다.

이준성은 쓰러진 왜군 목에 칼을 내려치며 윽박질렀다.

"내가 지금 물러나면 전선을 사수할 방법이 없어!"

-사용자가 전사하면 전선을 사수할 방법이 없기는 마찬가집니다. 다만 그게 지금이냐, 아니냐의 차이만 있을 따름이죠.

그 말에 한숨을 내쉰 이준성이 뒤로 후퇴했다.

"쳇, 그 말엔 반박할 말을 못 찾겠군."

한데 그때였다.

갑자기 전선에서 다섯 명이 튀어나와 그가 하던 일을 수행했다. 그들은 바로 한명련, 정기룡, 김덕령, 정충신, 슈메였다.

이준성이 전투 전에 그들에게 한 얘기가 효과를 발휘한 것이다. 뚫릴 것처럼 보이던 전선은 한명련 등의 활약으로 다시금 균형을 되찾았다. 그는 그 모습을 보며 승리를 확신했다.

◆　◆　◆

　　이날 전투의 엄청난 활약으로 한명련, 정기룡, 김덕령, 정충신, 슈메 다섯 명은 소오호 장군이란 새로운 별명을 획득했다. 소오호 장군의 활약으로 체력 보충에 성공한 이준성은 전투가 세 시간째에 접어들었을 무렵, 전장에 다시 합류했다.

　　그러나 이번엔 반대로 소오호 장군이 지쳐 나가떨어진 상태라, 전선은 여전히 세 시간이 넘도록 같은 자리를 고수하고 있었다.

　　무언가를 절실히 기다릴 때는 원래 그 기다리는 시간이 영원처럼 길게 느껴지기 마련이었다. 지금 한국군의 상황이 딱 그러했다. 네 시간째 이어진 전투에 물속에 들어가 싸우는 사람처럼 팔다리가 천근만근으로 변했다. 그리고 몸에 남아 있던 약간의 수분은 땀을 통해 다 빠져나간 지 오래라, 입안이 바싹 타들어 가다 못해 불이 난 것처럼 뜨거웠다.

　　한국군은 지금 아껴 둔 예비 부대마저 모두 투입해 왜군의 공세를 가까스로 차단하는 중이지만, 병력이 많아 차륜전이 가능한 왜군은 매번 체력이 쌩쌩한 병력을 전선에 투입했다.

　　그리고 그 결과는 오래지 않아 한국군에게 치명적인 약점으로 작용했다. 원래 체력이 떨어져 손발이 자기 마음대로 따라 주지 않으면 실수를 범할 확률이 몇 배로 높아졌다.

다른 장소, 다른 상황에서 그런 것이라면 실수로 치부해 버리는 게 가능하지만, 전장은 상황이 아예 달랐다. 전장에서 하는 실수는 곧 본인의 비참한 죽음으로 이어지기 때문이었다.

"사, 살려⋯⋯!"

"크어억!"

"으아아악!"

얼마 후, 비명을 지르며 쓰러지는 흑룡대대 병사가 속출했다. 체력을 소진한 상태에서 정신력과 자존심으로 버티던 흑룡대대 병사들은 허무하게 죽어 나가는 동료를 보며 심적으로 흔들렸다. 그리고 심적으로 흔들린 것은 본인 역시 참혹한 시신이 되어 죽은 동료 옆으로 나뒹구는 결과를 초래했다.

더구나 지금은 예비 부대마저 다 투입한 상태라, 쓰러진 병사의 자리를 메울 병력이 부족했다. 그 바람에 균형을 맞춰둔 전선이 시간이 지남에 따라 점점 뒤로 밀려나기 시작했다. 이는 한국군에게 또 한 번 위기가 찾아왔음을 의미했다.

이준성은 앞에 있는 왜군 심장에 칼을 쑤셔 박으며 물었다.

"유진, 체력은?"

-30퍼센트입니다.

"위험한 수준인가?"

-지금과 같은 수준이면 30분이 한계일 겁니다. 인간은

기계와 달라서 남아 있는 체력이 낮을수록 더 빨리 지치니까요.

"30분이라······ 내 운을 시험해 보기엔 너무나 짧은 시간이군. 그러나 가끔은 할 수밖에 없을 때가 있지. 지금처럼 말이야."

이준성은 강철 칼을 뽑아 양손으로 단단히 틀어쥐었다.

"지금부턴 동작을 간결하게 가져가는 수밖에 없겠어."

홀로 적진에 뛰어든 이준성은 칼을 수직으로 내리쳤다. 왜도를 쥔 팔과 가슴이 통째로 잘려 나간 왜군이 힘없이 넘어졌다.

왜군이 죽어 가며 흘린 피가 얼굴과 몸을 흠뻑 적셨지만, 이준성은 피하지 않았다. 지금은 체력을 아낄 필요가 있었다. 또 그렇게 덮어쓴 피는 근육의 열을 식혀 주는 효과가 있었다.

쉬익!

그때, 키가 큰 사무라이 하나가 창으로 그의 가슴을 예리하게 찔러 왔다. 이준성은 칼을 재빨리 휘둘러 창을 옆으로 비껴 낸 다음, 비어 있는 사무라이의 가슴을 어깨로 들이받았다.

쿵!

둔중한 충격음과 함께 뒤로 날아간 사무라이가 바닥에 처박혀 꿈틀거렸다. 이준성은 사무라이의 가슴을 밟아 움직이지 못하도록 만든 다음, 칼을 사무라이 목 위에 내리쳤다. 사무라이의 잘린 머리가 투구를 쓴 상태로 떨어져 나왔다.

한데 하필이면 그때 사무라이의 잘린 목에서 분수처럼 솟구친 피가 이준성의 눈두덩이에 쏟아져 잠시 시야를 잃는 사고가 발생했다. 그가 급히 왼손 소매를 끌어당겨 피가 묻은 눈을 닦아 내려는 순간, 뒤에서 날카로운 소음이 일었다.

"제길!"

이준성은 본능적으로 뒤쪽을 향해 칼을 휘둘렀다.

카앙!

이준성의 칼은 그를 기습한 왜장의 창을 정확히 막아 냈다. 그 모습을 본 왜장의 표정에는 놀라움이 가득했다. 이준성이 고개조차 돌리지 않은 상태에서 등을 찌른 창을 막아 낼 것이라곤 상상조차 못 했다는 듯한 표정이었다. 이준성은 왼손으로 피를 닦아 내며 오른손의 칼을 간결하게 휘둘렀다. 깨끗하게 잘려 나간 왜장의 머리가 풍선처럼 둥실 떠올랐다.

그때였다.

"으아아악!"

이번엔 옆에서 사무라이로 보이는 적이 괴성을 지르며 창으로 이준성의 옆구리를 날카롭게 찔러 왔다. 그때, 이준성은 왜장의 수급을 막 잘라 내던 중이라 피할 시간이 부족했다.

물론 평범한 사람에게는 그렇다는 말이었다. 이준성은 절대 평범한 사람이 아니었다. 유진 덕분에 초인적인 반응속도를 가지는 데 성공한 그는 재빨리 왜군 쪽으로 뛰어들어 간격을 좁힌 다음, 왼팔로 창대를 막아 튕겨 냈다. 그리곤 오른손에 쥔 칼을 가장 작은 표적인 목에 정확히 찔러 넣었다.

"컥!"

사무라이가 목에 박힌 칼 때문에 고통스러운 표정으로 무릎을 꿇는 순간, 이준성은 손잡이를 비틀어 칼을 뽑아냈다. 목의 반이 잘려 나간 사무라이는 경동맥이 찢어졌는지 사람 몸에서 나왔다곤 믿기지 않는 엄청난 피를 쏟으며 즉사했다.

"시노카미!"

그때, 왜장 하나가 그를 알아보았는지 시노카미란 단어를 입에 담았다. 한데 더 놀라운 일은 그다음에 벌어졌다. 시노카미란 단어가 마치 승리를 의미하는 마법의 단어인 것처럼 입에서 입을 통해 왜군 전체로 순식간에 퍼져 나간 것이다.

잠시 후, 왜군은 시노카미 뒤에 몇 개의 단어를 더 붙여 문구로 만든 다음, 울분이 담긴 목소리로 반복해 소리쳤다. 처음엔 한두 명이었지만, 금세 수십, 수백 명이 같은 문구를 반복했기 때문에 목소리에서 이상한 살기 같은 게 느껴졌다.

이준성은 마치 불경을 암송하듯 같은 문구를 반복하며 그를 향해 모여드는 왜군 수백 명을 지켜보며 유진에게 물었다.

"저들이 지금 뭐라 하는 건지 알겠어?"

-알고 싶으십니까?

"당연히 알고 싶으니까 물어봤지."

-저들은 지금 사용자를 반드시 죽여 버리겠단 맹세를 신에게 하는 중입니다. 설령 자기가 죽는 한이 있어도 말입니다.

이준성은 피식 웃었다.

"네 말대로 괜히 물어봤단 생각이 드는군."

그러나 미소를 지은 건 그때뿐이었다. 이준성은 그를 향해 불나방처럼 모여드는 왜군을 지켜보며 흥분해 고함을 질렀다.

"나를 죽일 수 있으면 어디 한번 죽여 봐!"

그때부터 이준성은 한 번에 왜군 두셋을 동시에 상대해야 했다. 심지어 많을 때는 네다섯 명이 한꺼번에 달려들어 공격했는데, 달려들 때마다 그의 손에 꼬박꼬박 도륙당했음에도 적들은 포기하지 않았다. 지금깟진 역사에 남을 만한 치욕을 겪었지만, 눈앞에 있는 한국의 왕만 죽일 수 있다면 이번 전쟁은 치욕이 아니라 성전으로 남을 것이기 때문이었다.

이준성이 왜군을 정신없이 베어 가는 중일 때였다.

유진이 다시 한 번 경고를 발했다.

-남은 체력이 10퍼센트로 떨어졌습니다.

"그래서? 나보고 지금 도망치란 거야?"

-체력이 떨어지면 누구나 실수를 범하기 마련입니다. 제 말은 도망치라는 게 아니라 지금보다 더 냉정해지란 뜻입니다.

"흥, 힘이 나는 조언이군."

화가 나서 쏘아붙이긴 했지만, 유진의 조언은 지금 상황에 딱 알맞은 조언이었다. 원래 체력이 떨어지면 집중력 역시 같이 떨어지기 마련이었다. 집중력은 특히 한 번에 여러 명을 상대할 때 중요한 요소로 작용했다. 일대일 대결이라면 집중력이 약간 떨어진다 해도 근력과 속도, 그동안 쌓아 둔 막대한 양의 경험을 통해 충분히 극복할 수 있었다.

그러나 여러 명과 싸울 때 집중력이 떨어지면 죽음을 면하기 어려웠다. 집중력이 떨어진 상태에선 옆과 뒤에서 갑자기 날아드는 적의 기습을 막아 내는 것이 쉽지 않기 때문이었다.

치익!

왜군이 휘두른 왜도가 이준성의 등을 길게 가르며 지나갔다. 가슴과 등을 보호하는 흉갑을 걸쳤기에 망정이지, 그렇지 않았다면 척추가 잘려 나가 그대로 황천길에 오를 뻔했다.

푹!

그때, 창 하나가 오른쪽 허벅지를 뚫고 들어왔다. 이준성은 급히 왼손으로 창대를 붙잡아 더 파고들지 못하게 조치한 다음, 오른손 칼로 창을 찌른 왜군의 얼굴을 베어 버렸다.

"상처는?"

-다행히 큰 혈관은 건드리지 않았습니다.

"좋아."

이준성은 창대를 뽑은 다음, 급히 뒤로 물러섰다. 원래 짐승이든 사람이든 다쳐 피를 흘리는 순간, 더 많은 적이 달라붙기 마련이었다. 먹잇감이 약해졌다고 판단하기 때문이었다.

지금 역시 마찬가지였다. 왜군은 피를 흘리며 물러서는 이준성을 집요하게 노렸다. 이준성은 전에 없이 긴장한 상태에서 그에게 날아드는 창과 왜도, 언월도를 정신없이 방어했다.

그러나 그에게 날아드는 적의 무기가 너무 많았다. 결국, 사각에서 찔러 들어온 창 하나가 이준성 옆구리에 틀어박혔다.

"씨발!"

이준성은 욕을 하며 몸을 옆으로 틀었다. 창이 흉갑을 찢고 들어와 내장에 상처를 입히는 것만은 반드시 피해야 했다.

그때, 피를 흠뻑 뒤집어쓴 인영 하나가 갑자기 나타나 그의 옆구리로 창을 찌른 사무라이의 머리를 단숨에 베어 버렸다. 덕분에 그의 옆구리에 박힌 창은 더 깊이 들어오지 못했다.

이준성을 구한 인영이 숨을 거칠게 몰아쉬며 물었다.

"헉헉, 괜찮으시옵니까?"

그를 구한 인영의 정체는 바로 흑룡대대장 한명련이었다. 한명련 역시 본인과 적의 피로 목욕하다시피 한 참혹한 상태였지만 주군을 구하기 위해 사지에 뛰어든 것이다.

이준성은 피식 웃었다.

"지금 모습만 봐선 나보다 자네가 먼저 죽을 것 같은데."

한명련은 달려드는 왜군을 정신없이 막으며 대꾸했다.

"이, 이런 상황에서 농담이 나오십니까?"

"이런 때 농담을 하지, 그럼 언제 농담을 하겠나?"

"저, 정말 못 말리실 분이군요."

어쨌든 한명련과 흑룡대대의 필사적인 엄호 덕에 이준성은 안전한 장소까지 대피해 잠시나마 상처를 돌볼 여유를 얻을 수 있었다.

"제길."

옆구리와 등에 입은 상처는 그런대로 버틸 만했지만, 허벅지에 입은 상처는 꽤 깊어 단시간에 치료하기 힘든 상태였다.

한데 그때였다.

끼이익!

항구 쪽에서 까마귀가 우는 것 같은 효시가 연달아 올라왔다. 이준성은 그제야 안도의 한숨을 내쉴 수 있었다. 방금 올라온 효시는 권준이 이끄는 충무함대가 쏜 효시로, 거기에는 파도가 잔잔해져 출항이 가능하단 의미가 담겨 있었다.

한국군은 전날 미리 마련해 둔 철수 작전에 따라 철수에 들어갔다. 왜군은 이대로 한국군을 보낼 수 없다는 듯 악착같이 달려들었지만, 한국군이 항구에 설치해 둔 철조망과 마름쇠 같은 부비트랩에 붙잡혀 효과적인 추격을 하지 못했다.

맨 마지막으로 충무함대 기함에 승선한 이준성은 부두 쪽으로 개미 떼처럼 몰려오는 왜군을 지켜보며 차갑게 소리쳤다.

"놈들에게 영원히 기억될 만한 이별 선물을 남겨 줘라!"

"예, 전하!"

권준은 도열을 마친 충무함대 전함에 함포를 발사하란 명령을 내렸다. 곧 충무함대 전함 10여 척이 발사한 유성 3호 수십 발이 부두에 떨어져 활을 쏘아 대는 왜군을 찢어발겼다.

갑작스러운 포격에 놀란 왜군은 더는 공격할 생각을 하지 못했다. 잠시 후, 한국군 수만 명을 태운 수송 함대는 마침내 지옥 같던 전장을 벗어나 고국이 있는 북쪽으로 향했다.

〈7권에 계속〉

이계로 간 초능력자

어울림 퓨전 판타지 장편소설

FUSION FANTASY STORY

세계가 극찬하는 최고의 마술사 이강현.
그리고 그만이 가지고 있는 또 다른 직함

'인류 최초의 초능력자'

남부러울 것 없이 살아가던 그가
불의의 사고로 죽음을 맞이한 순간,
마법의 세계에서 새로운 삶을 맞이한다!

이계에서도 최고가 되어 보이겠다!
신이 선택한 재능러 이강현의 이계 정복